巴山女红军

Bashan Female Red Army

远山 著

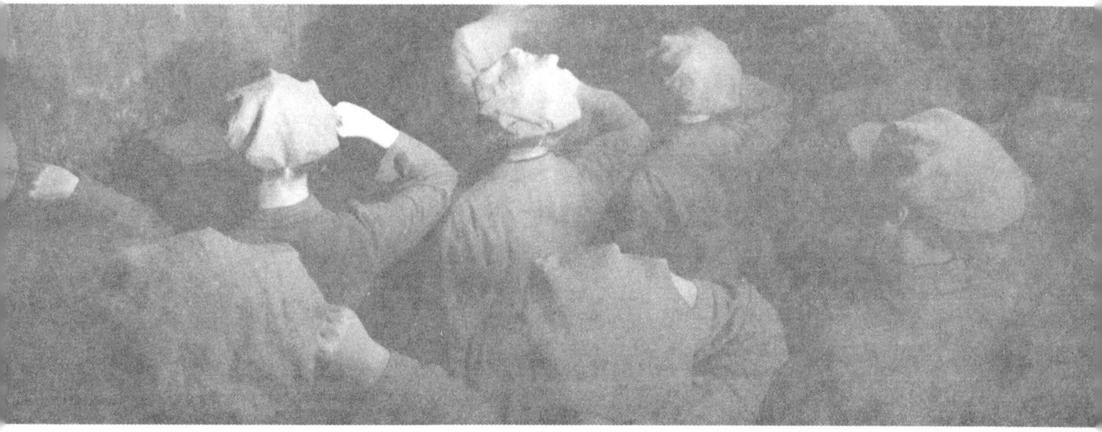

中国青年出版社

一

一队背二哥背着沉重的货物隐隐出现在这条千年古道上，领头的是一位身材魁伟、体格健壮的青年汉子。他长得宽额大脸、虎背熊腰，高鼻梁、粗眉毛，一双眼睛虽然不大，却射出两道锐利的光芒。

这汉子名叫黄新民，从小随父母从南充逃荒到长池坝青杠梁，没有田地，没有房子，唯一的栖身之所是借别人的一面山墙搭起的茅棚。他妹妹活活饿死了，因为没钱安葬病逝的父亲，三岁半的二弟也被卖掉了，换回四块做棺材的木板和两升麻豌豆。黄新民不得不早早地挑起了生活的重担，还在六七岁时，他就捡柴背到长池街上去卖。二十岁时娶了一个大他七八岁的寡妇，几年后老婆病死，他无力再娶，便与七旬老母相依为命。三十岁上老母病故了，他便成了一个无依无靠、无牵无挂、名副其实的光棍汉。从此他便在这条路上当了背二哥，把长池坝的桐籽、油菜籽、生漆、药材以及各种山货背到巴中、阆中等地，再从这些地方背回桐籽油、菜籽油、盐巴、草纸以及山里人必需的生活日用品，往返行程四五百公里。背二哥日晒雨淋，风餐露宿，沿途道路凶险，更可怕的是经常有土匪强盗出没，轻者只劫了财物，重者连性命都难保。

黄新民上身穿一件土白布短褂，下身是一条浅蓝色的短裤，脚下穿着一双粗草鞋。虽然被沉重的二架子压弯了腰，但他依然一路谈笑风生，声如洪钟。

只听黄新民一声吆喝：“兄弟伙们，歇气吃烟咯！”

众人吆嘿一声支起背架子和二架子，有的从裤腰带上解下烟锅袋，取出叶子烟，慢条斯理地卷起烟来。冯老幺、米脑壳等人则解开裤腰带，掏出家伙当众屙起尿来。四个白皮嫩肉、一脸秀气的小青年顿时羞红了脸，赶紧将行李停放在岩壁石头上，一阵小跑钻进路旁树林里去了。

冯老幺呵呵大笑道："这四个小伙子他妈的像娘们儿一样，每次都要跑进树林里去屙尿，生怕让咱们看见了似的。黑毛猪儿家家有，又不是哪个冇得。"众人一阵大笑。

黄新民说："这四个小伙子加入咱们的队伍一年多了，一句话也不跟咱们说，只用摇头和点头来应付我们，也不知他们姓啥名谁，家住何方，到底是从哪里来的。"

孬娃子说："八成是哑巴。"

米脑壳说："哑巴也用不着怕羞呀？每次我们解手或脱光了下河洗澡，他们四人都要躲得远远儿的，我怀疑是四个不带把儿的。"

孬娃子惊得张大了嘴巴："啊——女的？"

冯老幺说："你娃胡乱说。"

米脑壳诡异地笑了笑："这还不简单，等他们回来了，按在地上撸倒把裤子给他们挎了，是公的还是母的，不一下子就明白了嘛！"

冯老幺呵呵笑着："要得要得，看看长毛了没有。"

孬娃子倒是打退堂鼓了："万一真是女的，那怎么办？"

冯老幺说："正好让兄弟伙们饱眼福过干瘾！"

这时，黄新民正言道："女人扮成男人下苦力当背二哥，天下哪有这样的怪事？各人有各人的生活习惯，再说人家这是有教养，哪像你们这些野物不顾羞耻。"

孬娃子说："先莫乱来，等下回他们再钻进树林去屙尿的时候，我悄悄跟过去看个究竟，这样既顾了他们的面子，又真相大白。"

米脑壳打趣道："那就让你狗日的先饱眼福吧。"

冯老幺说："黄老兄，咱们对个山歌吧！"

"这还要得！"随着黄新民的一声吆喝，《巴山背二哥》的优美旋律，就像一只欢乐的百灵鸟，腾空而起，在密林中飞翔，在山谷间回旋，在溪流里激荡……

长池河、恩阳河，
我是巴山背二哥。
太阳送我上巴山，

月亮陪我过巴河。
打一杵来唱支歌，
人家说我好快乐。
何曾有过快乐处，
背子重了难爬坡。

冯老幺立即接过去唱道：

高高的大巴山，
离天只有三尺三，
要想翻越巴山顶，
只有背二哥的铁脚杆。
背上千斤翻巴山，
铁打腰杆都压弯，
打双赤脚路难走，
七十二道脚不干。

米脑壳起哄说：“冯老幺，这种山歌不过瘾，咱俩对段荤的，给弟兄伙们解解乏。”

众人一起欢呼起来：“要得，要得！”

米脑壳扯起嗓子唱道：

哎——
莲子开花一样长，
帐子里面画小郎。
风吹帐动郎也动，
妹见情郎心里痒。

冯老幺接道：

哎——
情妹长得嫩毛毛，
年纪不大长这高。
好比山中水桐树，
一年长起两年高。
水桐长大逗人砍，
情妹长大逗人嫖。

众人哄堂大笑起来。黄新民先是跟到一起笑，望了一眼孬娃子和从树林里走出来的那四个小白脸，小声说："嘿嘿，不要唱了，莫把这几只童子鸡带坏了。"

背二哥在大巴山区大概有三千年的历史，米仓古道、汉壁古道，就是汉中经南江到长池坝的路，这是背二哥背运货物往来的必经之道。

背二哥一代又一代翻越巴山，长途跋涉在古道上，或背运粮草，或运输武器，或背运日常生活用品。陕西长安县兴教寺慈恩塔院内一块石碑上，有一幅宋代工匠仿原碑图刻的《玄奘取经图》，图中玄奘背经书所用的工具与巴山背二哥所背的背架一模一样，说明唐代以前，人们就开始使用背架这种运输工具了。

大巴山区，千山万壑，林深似海，交通极端困难。正是在这种情况下，这里的祖先们才想出了隔山唱歌的方法，来联络感情，交流思想，驱逐野兽。山歌把劳动同娱乐巧妙地结合在一起了，才使得它能够从久远的年代流传下来，历千年而不衰，深受山民们喜爱。

背二哥们唱够了笑够了，便又跟着黄新民出发了。此时太阳已有些晒人，加上又是一段笔直的上坡石板古道，众人额头上都冒出了热汗，大家肚子都饿了，必须加把劲上了周记客栈，才搞得成老板娘那冒儿头（大米饭）。

这支队伍正行走之间，忽然从前边树林里闪出十几号人来，手持棍棒，呐喊一声，拦住了去路。

"此路是我开，此林是我栽，若要从此过，留下买路钱！"为首的一位黑脸大汉，手握一根碗口粗的青杠棒挥动着，哇哇怪叫。

此地离周记客栈已经不远，哪想到还会有棒老二（强盗），背二哥们一时都慌了手脚。

黄新民指挥众人赶紧放下货物，他指着那黑脸汉子喝道："我们是长池坝的背老二，青天白日，什么人敢在此拦路打劫？"

黑脸汉子哈哈大笑道："此地是王三爷的地盘，任你是玉皇大帝，爷爷今天也不会让你白白过去！"

黄新民勃然大怒，从一个背二哥手中夺过一根支二架子用的单鞭飞奔过去。那黑脸汉子全无惧色，手持青杠棍朝黄新民迎面打来。黄新民赶紧举起单鞭招架，青杠棍势大力沉，哐的一下将黄新民手中的单鞭打成两段。

"哈哈哈……"那黑脸汉子得意忘形。正在他狂笑时，忽见黄新民扬起右手半截棍已向他门面打来，他急忙用青杠棍一挡，直震得虎口发麻，不由暗暗称奇。还没等他多想，黄新民左手的那半截棍已经到了头顶。黑脸汉子不敢马虎，两人棍来棒往，杀在了一起。

黄新民从小喜欢听村儿里一个外来长工讲梁山好汉的故事，他最崇拜的是武松武二郎，每天便与村儿里的那些孩子们扮演着《水浒传》里的各种英雄好汉，杀得天昏地暗。再加上那长工又会些武术，便教黄新民练就了一身好功夫。他与黑脸汉子斗了三四十个回合不分胜负。黄新民原本只想把这伙人打跑，并不想伤及他们的性命，便情留三分，下手少了一点狠劲。那黑脸汉子看黄新民手慢，便把木棍向他肋下扫来，想把他一棍打下山涧去。不想黄新民用胳膊肘一挟，便把那棍子死死挟住，并丢下右手半截木棍，而另半截木棍顺势向黑脸汉子盖了过来。黑脸汉子躲闪不及，连忙一伸手，将半截棍子接住，较起劲来。两人僵持不下，忽见黄新民借劲身子一纵，两手一用力，把那黑脸汉子高高举过头顶，随着一声呐喊扔进山涧。众人发出一片惊呼之声。

背老二二十几条汉子一声呐喊，如狼似虎般地扑向那伙强盗，也学着黄新民的样子手脚并用，将十几个强盗打得哭爹叫娘，落荒而逃。

周记客栈坐落在半山腰里，前不巴村后不着店，是南来北往的背二哥歇店打尖（吃饭）的唯一之地，也就成了背二哥之家。周记客栈是用圆木建成的一幢干净利落的三合院，大门口挂着几串玉米、大蒜和红辣椒，院坝里摆放着锄头、犁头等农具，两侧堆放着一排整整齐齐的柴捆，充满浓郁的川北农家气息。

周记客栈又叫半山幺店子，代代老板只生女子不生儿子，只好从南来北往的背二哥中挑选上门女婿，而代代上门女婿都没本事弄出儿子来，又只好招上门女婿。

而这一代的老板娘周玉华却连女子也生不出来，反倒成天责骂自家男人没本事，便请歇店的背二哥们帮忙，这也是那伙长年在外的男人们梦寐以求的事，于是一个更比一个卖力，辛勤耕耘了好几年，然而只开花不结果，只长草不长苗。

老板娘有些心灰意懒起来，两口子关系也就不那么好了。老板娘的男人后来索性跑到外面做生意去了，有人看到他在南部县当盐贩子，反正好几年不见他的踪影，老板娘无奈之下只好收养了一个儿子。

背二哥一行饥肠辘辘地走出道河沟，来到周记客栈院坝里，脸上都挂满了汗水，累得张开大嘴喘粗气。牛栏里的黄牛、猪圈里的猪娃，还有那条拴在柱子上的大黑狗，一齐叫唤起来，几十只鸡崽也在房前屋后“叽呀”、“叽呀”叫个不停。

冯老幺老远便高声吆喝起来：“老板娘，你的冒儿头给我们准备好了没有啊？”

老板娘闻声而出，笑容满面地跟这一伙人打招呼：“伙计哥子们，怎么现在才来呀，我都把你们的饭菜热了好几遍了。”

黄新民说：“嗨，别说了。我们在道河沟遇到了棒老二，要不是兄弟伙们齐心协力，怕我们这阵都到丰都县迷魂店喝老板娘的迷魂米汤去了。”

老板娘打起哈哈说：“怪不得，老娘今天眼皮跳得很。”

冯老幺打趣道：“你又不是我们的婆娘，你的眼皮跳啥子？！”

老板娘笑着说：“你们是我店里的常客，要是有了三长两短，也就等于砸了我的饭碗。”

冯老幺说：“哦，原来是这么回事！”

冯老幺拿眼直勾勾地盯着老板娘看，真是百看不厌。老板娘周玉华是天生的一个美人坯子，虽然已是三四十岁的中年妇女，却比二十多岁的姑娘还要标致和水灵，但见乌发垂肩，眉儿弯弯，眼儿水灵，面泛红光；俏丽脸蛋，似吹弹即破；樱唇频动，鼻儿玲珑；一双秀手，十指纤纤，犹如精雕的美玉；一对玉臂，丰盈而不见肉，娇美而若无骨，冯老幺横看竖看都要比自己婆娘强上十倍八倍。

老板娘吼道："看啥子，老娘又不是一树谷草！"

经这一嗓子吼，冯老幺那直勾勾的眼神这才从老板娘身上回过神来。

老板娘便火上浇油色眯眯地跟他调侃道："冯大兄弟，我看你是一个宁愿花前死，也不愿阵前亡的花将军哟！"

众人一阵大笑。

冯老幺像是给灌了一碗迷魂汤，顿时飘飘然起来，全然不顾自己的身份，盯着老板娘胸前高高耸起的那对大奶子调侃道："老板娘说笑话了，冯某哪有那样神乎。听说你的大肉包子一个怕有两三斤重，香得几里路都闻得到，要不然先给我们来两个尝尝？"

老板娘呵呵大笑道："这是哪个烂舌根子说的，老娘只卖冒儿头，从来也没有卖过肉包子。"

众人哈哈大笑起来。

冯老幺笑道："冒儿头也行啊，肚儿饿得爬背梁了。"

老板娘招呼道："那就快往屋里请！"

一行人放下行李，嘻嘻哈哈地跟着老板娘进了木屋。

黄新民说："老板娘快给我们上饭，一人一个冒儿头，一碗红苕蒸肉，一碗红萝卜汤。快点点，吃了还要赶路呢！"

老板娘一边指挥着几个男女帮工搭桌子摆碗筷，给众人端茶递水，一边斜眼对黄新民说："莫走了，前去无人烟，此处正是歇脚店，晚上我再拿好饮食来招待你们哈！"

冯老幺笑呵呵地接过话头说:"老板娘，我们下回专门来吃你那好饮食。我们这批货物今晚必须运到，明天恩阳河逢赶集急用。老板娘快点上饭，你听我这肚子响得几里路都听得见。"

"来了，来了。"老板娘应道，先把一碗热气腾腾的红苕蒸肉放到冯老幺面前，用筷子挑起两片蒸肉就往他的口里喂，笑呵呵地说："人家不饿就你饿，来来来，冯大兄弟，先把我夹的这两片吃了！"

众人哄堂大笑。

冯老幺也被逗笑了，张开大嘴，几下便将两片蒸肉吞进肚里。

转眼间众人饭菜也全部上齐，一群饿极了的汉子，吃饭的响声几里路外也能听得见。

老板娘望着孬娃子，笑呵呵地问道："这位小兄弟叫啥名字？"

米脑壳说："他叫孬娃子。"

孬娃子调侃道："他叫米脑壳，脑壳只有一颗米粒儿大！"

米脑壳笑骂道："放狗屁！我叫何金刚！"

老板娘打起哈哈笑道："孬娃兄弟长得好英俊，有婆娘了没有啊？"

孬娃子答道："我叫廖永富，还没有找对象。"

米脑壳调笑道："家婆娘还冇得，野婆娘倒有一个。"

"呵呵，看不出来，你狗儿不大个，却一肚子的花花肠子！"老板娘笑道。

孬娃子说："莫听他狗日的打胡乱说。"

米脑壳说："你娃儿跟赵小莲偷情的事，整个青杠梁无人不知，无人不晓。"

老板娘问道："那个赵小莲是个什么样的人物，是姑娘还是婆娘？"

米脑壳说："是个婆娘，都嫁人两三年了。"

老板娘说："偷有夫之妻，也不怕她男人打断你娃儿的脚杆！"

米脑壳笑道："她男人哪打得过他，今年才六岁。"

老板娘听了一阵大笑，说："原来是个童养媳，还没圆过房，你娃儿给她开苞了没有啊？"

孬娃子和那四个小白脸都不好意思地低下头去。

米脑壳说："开了，早就开了！"

老板娘故意打趣道："你娃儿咋又晓得哟，你看见的？"

米脑壳来了兴趣，眉飞色舞地说："我们都是长池坝青杠梁村儿里的，一天不见十次也见到八次。我好几次看见他和赵小莲在苞谷地里偷情。"

孬娃子急了，冲米脑壳吼道："放你妈那么大个屁！"

众人一阵大笑，冯老幺笑得把嘴里的饭都喷得老远。

老板娘走过来笑着对冯老幺说："嘿，看你像喝了笑和尚的尿一样。"

冯老幺也故作多情："嫂子，哥哥一去好几年，你想不想我呀！"

老板娘说："想你来看大门，我家的狗跑了。"

"嫂子，你那口子一跑好几年不落屋，你那东西闲着也是闲着，干脆借给我用用。”

老板娘骂道：“叫狗啃，也不叫你用。”

二

巴山深处，晨雾袅袅中的青杠梁小山村，家家户户的瓦房顶上已开始冒出缕缕炊烟。

村边那座瓦房的院落内传出狗叫声，夹杂着中年妇女的骂声和年轻女孩的哭声。

院门“砰”的一声从里面拉开了，背柴用的背架、绳子和柴刀被扔到院坝里。衣服破烂却长得十分漂亮的赵小莲，被凶狠的婆婆用力推出大门。

赵小莲带着哭腔央求道：“最近山上闹土匪，苦妹子、桂花子她们都不敢去了，我也不敢去！”

赵小莲婆婆站在大门口，左手叉腰，右手指着赵小莲骂道：“你个发瘟的，敢跟老娘顶嘴了，皮子又长紧了，要不要老娘再给你松一下？”

赵小莲一边抽泣，一边捡起背架、绳子、柴刀，嗫嚅道：“那我也得把昨晚没吃成的那碗红苕饭带上，坡上吃。”

赵小莲婆婆说：“不行！”

赵小莲婆婆脸色青灰，像是鸦片烟瘾发了，打了个哈欠：“我要回去抽几口烟了，赶紧给老娘上山打柴去。”

“砰”的一声，小莲婆婆进屋关上了大门。

赵小莲背上背架，拿起绳子、柴刀，流着泪，怨恨地离开院门。

狗娃子从房后跳出来，喊道：“姐姐，我陪你上山去打柴！”

赵小莲没好气地说：“哼，要让你娘知道了，还不扒了我的皮！”

狗娃子左右看了一下，从怀里掏出两根红苕，递给赵小莲，说：“姐姐，我给你偷了两根红苕，带到山上当午饭。”赵小莲双手从狗娃子手中接过红苕，感激地连连点着头。

群山，深涧长溪，悬崖挺立。山坡上梯田油光闪闪，太阳懒洋洋地照着大地。地头，面黄肌瘦、衣衫褴褛的农民在耕种。其中有许多是妇女，也有的背着孩子在挑粪。一个中年男子在吆着水牛犁地，边犁边唱山歌："凉风吹来嘛凉风凉，凉风出在哪一膛？凉风出在凉风洞，小妹出在绣花房。"不远处一个放牛娃停下吹笛，唱道："放牛放到黄草坪，天天遇到我家老丈人。请你家姑娘快长大，我屋头还没得煮饭人。"

犁田男子戏谑道："你唱歌不像唱歌声，你就像灶门前那个烂草墩……"

一群人在急促地奔走，男女老少都有，带着大小包袱，看得出是逃难的有钱人。他们从犁田男子和放牛娃前路过，男子停下犁问道："跑啥子？"

"王三春来了！"一个老妇说着匆匆走过。

放牛娃问道："王三春是干啥子的？"

"反正是凶得很！"一个老头回答道，"不必犁田了，赶紧躲一躲。"

中年男子笑道："我们穷人，管他哪个来了，都冇得关系。"他朝牛吆喝两声，继续犁地，口中还哼着民谣：

爹也穷，
妈也穷，
爹穷盖蓑衣，
妈穷盖斗篷；
细娃儿没盖的，
抱个吹火筒。

苞谷地头，衣衫褴褛的杨天成、陈碧英和十四岁的小女儿杨玉香一家三口在薅苞谷草。

陈碧英一边薅苞谷草，一边唱着巴山民歌：

尖尖山、二陡坪，
苞谷馍馍胀死人。
弯弯路、密密林，
茅草棚棚笆笆门。

要想吃干饭啥，
万不能，万不能。
风里滚，雨里淋，
一年到头累死人，
年年苦、辈辈穷，
老天专整穷苦人。
怨得老天啥，
太不平，太不平。

赵小莲背着背架走过来，说："陈大嫂，你的山歌越来越好听了！"

陈碧英招呼道："小莲妹子，又上山打柴呀？"

赵小莲点点头："嗯！"

陈碧英提醒道："最近听说青杠梁来了土匪，你一个姑娘家，不害怕？"

杨天成也劝道："不要去砍柴了，碰到就麻烦了，快回去吧！"

赵小莲叹了一口气，说："我们童养媳，没办法。捡不到柴，回去要遭婆婆打，还不给饭吃。"

杨天成和陈碧英同情地摇摇头。赵小莲一脸惶惶不安，犹豫了片刻，还是无可奈何地向千年古道青杠梁高石坎走去。

三

连绵不绝的大巴山笼罩在云雾之中，永恒地沉默着，雄奇、高峻；绵延的林带，舒缓，秀美。

密林中传来急促的喘息声，一只手悄悄地撩开树叶，一双眼睛警惕地注视着四周。

"砰——"一声枪响。

树丛里一位黑衣女子刚要起身，忽然听到枪声，赶紧又敏捷地原地蹲下，她四处观察了一遍，良久，见没有什么动静，便快步蹿出树林，向大路急急地奔去。

过了一会儿，李副官带着几个团丁急急地追赶过来，他瞧见那个黑衣女子，喊道："站住，再跑老子就开枪了！"

黑衣女子置若罔闻，仍拼命地向前奔跑。"砰"的一声枪响，子弹从黑衣女子耳边飞过。

李副官对着一个团丁喝骂道："狗日的，打死了她，老子扒了你的皮！"

黑衣女子拼命奔跑，并不时地回头向团丁们开枪还击，她抬枪照准李副官头部就是一枪，然而却没打响。

李副官一阵狂喜，喊道："弟兄们，这娘们儿没子弹啦，给我上去抓活的！谁先抓住，今晚便赏给谁先睡。"

李副官一声呐喊，带着团丁冲上去，将黑衣女子包围起来。

黑衣女子将没子弹的手枪从容地揣进怀里，提起双拳，拉开马步，怒视着。

李副官蔑视道："呃嘿！小娘们儿还敢在关公面前耍大刀！？弟兄们闪开，让我来陪她玩玩！"

李副官根本不把黑衣女子放在眼里，一双色眯眯的贼眼只在她脸上和胸前瞟来瞟去，突然伸手向她胸部抓去。

黑衣女子纵身闪过，并在转身的那一瞬间给了李副官一记大耳光。

李副官恼羞成怒，咧嘴狞笑道："嘿嘿，看不出乖妹妹还有股野性哩！好哇，哥哥今天就给妹儿退退火儿！"他随即拉开马步一来一往地与黑衣女子交起手来。

黑衣女子声东击西，指南打北，十几个回合下来，李副官已找不到东南西北，被她一记重拳打倒在路旁草丛里。

一个虎背熊腰的团丁腾身跃起，与黑衣女子交起手来，都是阴招，拳拳指向要害，黑衣女子又羞又怒，几个回合下来，反倒是黑衣女子很快占到上风。

几个团丁一声呐喊，一起扑过来，你一拳我一脚，却不下狠招，有意消耗她的体力。

黑衣女子渐渐体力不支，情急中朝李副官面上就是一拳，他急忙闪开身子，没想到这是虚招，黑衣女子趁机从缺口中冲了出去。

李副官气急败坏地吼道："赶快开枪，给我往死里打！"

随着一阵急骤的枪声，黑衣女子快速消失在树林深处。

四

群山绵绵，山道弯弯。

大山深处，突然传来吆喝声："收天麻木耳，板栗核桃……"

声音越来越近，原来是孬娃子，他已离开背二哥队伍，在这山里收购土特产。

孬娃子祖祖辈辈都是长池坝廖家河的农民，他是家中最小的儿子，便跟着父母过日子。他父亲除了种田，农闲时也做点小买卖，多半做些上场买、下场卖，这场买、那场卖，也就是投机倒把的营生。孬娃子先是跟着黄新民当了一段时间的背二哥，他爹担心路上再遇到强盗搭上性命，加上孬娃子也时时想念他心中的情人赵小莲，于是便不当背老二干起了收山货的营生，也能赚些钱，家中日子还算好过。

孬娃子背着背篼慢步行走在山道上，山对面是一大片黄灿灿的青杠林，隐隐约约传来"咔嚓、咔嚓"的砍柴声。润透心田的山歌声如期而至：

太阳出来照山岩，
我跟太阳去砍柴；
左手砍根黄荆棍，
右手砍根马桑柴；
太阳在前边打露水，
我在后面砍干柴。

孬娃子用手搭起凉棚，在山林里寻找那砍柴人，他终于看清楚了，砍柴人正是他的心上人赵小莲。赵小莲跟他是一个村儿里的，童养媳，今年十七岁，丈夫狗娃子还不到六岁。赵小莲穿一件紧身红色上衣和一条青色的裤子，一对黑油油的长辫盘在脑后，一排整整齐齐的刘海挂在额头上，两竖浓眉下面是一对水汪汪的大眼睛，瓜子脸，高鼻梁下面是一张小巧玲珑的樱桃小嘴，左眉正中长着一颗米粒大小的肉痣，简直就是一个仙女！别说是那些男人们，就连女人见了，也会心惊肉跳！

赵小莲娘家是长池坝赵家湾的，也是自耕自足的普通农民，家中七个姐妹，她是老大。七姐妹一个比一个长得漂亮，人称七仙女。她父亲平时在家务农，农闲时也偶尔出外做点小生意，家境说不上富裕，但温饱尚能保障。然而天有不测风云，她父亲在一次去木门赶集就再也没有回家，托人四处寻找也无踪影，从此十四五岁的赵小莲便撑起了这个家。她聪明伶俐、温柔贤惠，精通针线、善理家务，而且还有一副天生的金嗓子，从小就会唱山歌。不久她母亲又患重病卧床不起，为给母亲找钱治病，无奈之下只好托媒婆以五十元现大洋的身价，把自己卖给长池坝青杠梁富裕人家刘家山家当了童养媳，嫁给了当时才四岁多的狗娃子。

童养媳是川北地区的特产，广大妇女深受帝、官、封和三从四德、三纲五常等封建礼教的压迫和束缚，苦难尤其深重。生活在极端贫困和文化极端封闭的山区，那些正处花季的女孩子过早地经历了磨难。长池坝的女子劳力特别好，栽秧打谷、耕田犁地，背、挑、抬，样样不比男人差。她们中许多人不满十岁就被当作商品一样贩卖，十二三岁的时候就要担负起养家糊口的担子，成为受尽剥削和欺凌的童养媳。更有甚者，十七八岁的姑娘嫁给一个几岁的小丈夫当媳妇，实际上就是买来的一条牲口，孝敬公公婆婆，伺候小丈夫，煮饭喂猪，打柴割草，还要下地干农活，经常挨打挨骂，受尽苦难。

小丈夫长大了才圆房，还要等十多年。小丈夫长大了童养媳也人老珠黄不要了。特别是那些被公公霸占了的姑娘，生下的孩子也不知该叫爷爷还是该叫爹，当地管这种公公叫烧火佬。小丈夫长大知道了奸情，童养媳不是惨遭毒打撵出家门，便是上吊投河自尽，光在青杠梁就有好几个。

孬娃子听到山歌，立即来了情绪，大声对唱起来：

青杠梁上岩对岩，

男公妇女穿草鞋；
出门一声山歌子，
进门一背块子柴。

过了一会儿，山上传来赵小莲的歌声：

青杠梁上青石岩，
溜溜石板长青苔；
爹妈苦了一辈子，
挣个窝棚缺盖盖。

孬娃子接道：

青杠梁上雾沉沉，
沉沉云雾闷死人。
砍柴妹妹歇口气，
对个山歌提精神。

赵小莲唱道：

青杠老林冷清清，
一阵山歌穿过云。
山歌好比栽秧雨，
淋透秧田甜透心。

孬娃子回应道：

丢个石头把你逗，
一只画眉飞出沟。
画眉若是有情意，

飞到我家桂花楼。

赵小莲应道：

你家门前光溜溜，
只有几根树格篼。
我若落到格篼上，
凤凰变成麻斑鸠。

孬娃子对道：

想起妹子好伤怀，
独守空房冇郎来。
门前长起青杠菌，
床上生起绿青苔。

赵小莲唱道：

想起哥哥好伤怀，
独守空房好难挨。
客来客往门前过，
就是不进你屋来。

孬娃子对道：

你唱山歌那么傲，
你晓得黄牛多少毛？
你晓得筛子多少眼，
你晓得石磙多少槽？

赵小莲对道：

我唱山歌也不傲，
我只数黄牛不数毛；
我只数筛子不数眼，
我只数石磙不数槽。

孬娃子对道：

你唱山歌那么歪，
你晓得成都多少街？
那条街上卖粽子？
那条街上卖小菜？

赵小莲应道：

我唱山歌也不歪，
我晓得成都两条街；
左手街上卖粽子，
右手街上卖小菜。

孬娃子唱道：

你唱山歌那么酸，
你晓得啥子弯弯弯上天？
啥子弯弯跟牛走？
啥子弯弯在姐面前？

赵小莲答道：

我唱山歌也不酸，
我晓得月儿弯弯弯上天，
犁头弯弯跟牛走，
木梳弯弯在姐面前。

孬娃子嬉皮笑脸地唱起来：

太阳出来满山黄，
问妹招郎不招郎？
你要招郎就招我，
八字也好命也长！

赵小莲一拢头发，答道：

太阳落坡满山黄，
乌鸦休想配凤凰。
妹要招郎不招你，
你是满身骚臭黄鼠狼！

孬娃子好一阵尴尬，嘴里嘟哝道："这女娃子的嘴，真他妈厉害！"他随即大步离去，用双手卷起话筒，一路走，一路吆喝起来："收天麻木耳，板栗核桃……"

千年古道高石坎，一条弯弯曲曲的石板路盘绕在山间。

密密的青杠林里，赵小莲挥动砍刀，干柴树枝纷纷掉在她的脚下。孬娃子背着背篼悄悄地钻进树林，来到赵小莲身边，轻轻地叫了一声："小莲！"

赵小莲正在专心砍柴，被吓了一跳，砍刀都差点从手中掉下去。她没好气地责备道："孬娃子，吓我一跳，怎么又跟来啦！？"

孬娃子说："看没人和你做伴，我担心你遇到土匪！"

赵小莲说：“你不是跟着黄新民当背老二去了吗，怎么又收起山货来了呢？”

孬娃子说：“爹害怕我当背老二有生命危险，再说几个月不见你的面，想你都快想疯了。”

“咱俩偷偷摸摸在一起的事，村儿里的人都知道了，闲话已经传到公公和婆婆耳朵里。公公威胁我，如果再看见我跟你在一起，他就把我活埋了。”

孬娃子放下背篼，从赵小莲手中接过砍刀，一边砍柴，一边说：“咱俩只是相好，又没有做其他方面的事，凭什么活埋你？”

赵小莲说:“不管怎样，我已是有丈夫的人了，以后你就不要再缠着我。”

孬娃子说:“狗娃子还没有三泡牛屎高，那也算你男人？等他长大圆房，还要十几年呢！”

赵小莲说：“那也得等，这就是童养媳的命。”

“那我不管，反正我喜欢你！”孬娃子边说边从怀里掏出一个小包递给赵小莲。

赵小莲接过去打开一看，原来是一面小镜子和一根红头绳。她将红头绳扎在那根又黑又粗的长辫子上，然后对着小镜子上下照了几遍，小镜子里露出一张美丽而又甜蜜的笑脸，孬娃子站在一旁也笑得十分灿烂。

赵小莲斜瞟了他一眼，说：“不怕我公爹打断你的腿，你就尽管来缠吧！”

日已当午，缕缕阳光从青杠树梢的缝隙里，斑斑驳驳地洒落在铺满青杠叶的空地上。

空地上已经堆放了许多柴火，赵小莲和孬娃子坐在柴堆上歇气。

赵小莲从怀里掏出两根红苕，犹豫了一下，将最大的一根递给孬娃子。

孬娃子摆摆手说:“我带有好吃的呢！”他从怀里掏出一个纸包来打开，是一个白面火烧馍。火烧馍是川北地区的特产，做法很简单，就是把面粉拌水调好做成饼子，放进灶膛里用燃灰盖着烧，需一会儿就要翻动一次，否则就会烧煳。火烧馍好吃得很。

孬娃子将火烧馍掰成两半，将稍大一点的那半块递给赵小莲。

赵小莲虽然双眼盯着白面火烧馍，却把头摇得像拨浪鼓，根本不伸手去接。

孬娃子强行将火烧馍塞到她手里，说 ：“快吃吧！我也吃过你的苞谷馍馍和黄豆炒面呢！”

赵小莲不再拒绝，感激地望了孬娃子一眼，然后埋头狼吞虎咽起来。

孬娃子高兴地望着她啃火烧馍的那个样子。

由于饿极了，又第一次吃到这种货真价实的白面火烧馍，赵小莲难免露出狼狈相来。孬娃子看得一阵心疼。

赵小莲猛啃一气火烧馍，抬头发现孬娃子正两眼直勾勾地盯着她，顿时满脸羞愧，一紧张便被火烧馍噎住，呛得上气不接下气。

孬娃子赶紧上前给她捶背，好半天才缓过劲来。

赵小莲不好意思地低下头去。

孬娃子又走到梧桐树下，摘下一大片叶子，卷成喇叭筒，从岩石缝里接了一筒水，小心翼翼地端到赵小莲面前让她喝了。

赵小莲没说话，只是感激地看着孬娃子。

孬娃子把自己没吃的那一半火烧馍也递给赵小莲，说 ：“你饿坏了，把我这一半也吃了吧！”

赵小莲坚决不要。

孬娃子说 ：“我早上吃了苞谷团，现在一点也还不饿。这样吧，我用这半块火烧馍换你那两根红苕？”

赵小莲望着孬娃子一脸真诚的样子，便点头同意，用两根红苕换下孬娃子的那半块火烧馍。

就在这时，附近传来一声枪响。孬娃子本能地跳起身来，手握砍刀四处张望。突然，一个披头散发、衣衫褴褛，但面目却十分清秀的年轻女子，拄着棍子、跛着腿，在弯曲的山道上吃力地一步步地向前挪动着。

跛腿女子从石板路上跌跌撞撞地奔下来，看见赵小莲和孬娃子，犹豫了一下，便趔趄地朝二人奔来，倒在柴堆旁。

两人大惊失色地望着那位陌生的跛腿女子，惶恐地对视了一下。

这时，远处传来吆喝声。赵小莲抬头一看，只见十几个端枪的国民党团丁，从石板路上方如狼似虎地追了下来。

孬娃子低声说 ：“不好，我们快跑吧！”

赵小莲说 ：“你跑得过人家的枪子儿？”

孬娃子说：“那就把这个女人交给他们。”

“你敢这样做，我一辈子都不会再理你！”

“我听你的，你说怎么办？”

赵小莲说：“赶紧用柴火把人藏起来。”

孬娃子说：“万一她是坏人呢？”

“屁话！一个女人家，会是啥子坏人？”

赵小莲不再理会孬娃子，赶紧动手搬柴火掩盖住陌生女人。孬娃子也只好赶紧过来帮忙。

二人刚刚把女人掩盖好，十几个团丁便追到路旁停下。李副官一眼发现树丛里的赵小莲和孬娃子，大声吆喝道：“嗨，砍柴的那对男女，看见一个陌生女人跑过来没有？”

赵小莲从容地说：“我们一上午都在这里砍柴，没看见你说的什么女人。”

李副官站在石板路上朝赵小莲那边望了好一阵，犹豫了一会儿，还是带人朝树林里走来。

赵小莲低声对惶惶不安的孬娃子说：“你要是把她出卖了，我就一把火把你家的房子给烧了！”

孬娃子说：“我不是那种人！”

说话间李副官已走到两人面前，众人四处查看，不放过任何一个可疑的地方，却偏偏忽略了那个柴堆。孬娃子十分紧张，大气不敢出，赵小莲却沉得住气。

李副官找了半天没发现什么，便恶狠狠地盯着两人，喝道：“你俩是什么关系啊？”

孬娃子说：“我们是两口子！”

赵小莲狠狠地踹了孬娃子一脚。

李副官打了一个哈哈道：“小娘们儿还不好意思！圆房了没有哇？”

赵小莲瞪了孬娃子一眼，孬娃子望着赵小莲得意洋洋地说：“早圆啦！”

赵小莲又要踢孬娃子，他赶紧转移话题：“老总，你们要找的这个女人是个什么人呀？”

李副官说：“她是一个杀人不眨眼的红匪婆。”

孬娃子说："啥叫红匪婆？"

"有一支叫红军的土匪队伍，你们晓得啵？"

孬娃子和赵小莲茫然地摇摇头。

李副官说："这支队伍里有男人也有女人，他们从很远很远的地方跑到川北，占领了好大一片土地。他们杀人放火，共产共妻。"

赵小莲说："啥子叫共产共妻？"

李副官说："红匪所到之处，不仅把人家的财产共有，就连人家的女人也要共有。共有懂不？就像茅坑一样，人人都可以用。"

赵小莲与孬娃子听得毛骨悚然，面面相觑。

李副官冷笑了几声，带领几个团丁走出树林，走到石板路上，又回头恶狠狠地朝二人吼道："小两口子给我听好了，一旦发现那个嫌疑女人，马上报告你们村里的联防队，否则老子杀了你们全家！"

孬娃子和赵小莲同时长出一口气。突然，赵小莲瞪着孬娃子吼道："嘿，你真是一个大赖皮！"

孬娃子得意地说："我要不这样说，那伙人就要打你的歪主意。你没看见那个领头的，一双贼溜溜的鬼眼睛看了你上头看下头，恨不得一口把你吞到肚子里。"

赵小莲给了孬娃子一巴掌，小声骂道："你再胡说，小心我割了你的舌头！别再油嘴滑舌了，赶紧看看那位大姐咋样了。"

二人赶紧将柴火搬开，那个女人仍未苏醒。

孬娃子迷惑地说："她难道就是刚才那当官的所说的红匪婆？"

赵小莲思忖着，说："这么文静，哪像他们说的杀人不眨眼呀？咱们先弄回村儿里再说。"

孬娃子说："弄回村里又怎么办？放你家还是放我家？我的父母和你那公公婆婆肯定不会收留，其他人家就更不会收留了。再说谢保长手下的联防队员，天天像狗一样在村里转悠，要是哪天给碰到了，不仅害了她，也害了收留她的人家。"

赵小莲想想也觉得有道理，就说："这——那也不能见死不救哇。"

二人一时谁也拿不出好主意来。

过了一会儿，孬娃子说："我想起来了，村西有一个无人知晓的山洞，把她藏在那里，等伤养好了再出去。但是怎么才能把她弄进山洞里呢？”

赵小莲有了笑容，命令道：“你背！”

孬娃子摇摇头：“不行！”

赵小莲说：“我跟你抬。”

孬娃子摇摇头：“也不行！”

赵小莲生气道：“这也不行那也不行，难道就让她死在这里？”

孬娃子摸摸脑袋，说：“你也不想想，这样明目张胆，走不到二里路就会被那伙团丁擒住。”

赵小莲说：“那怎么办？”

“我这不正在想办法嘛，有了，我用背架子背，用树枝将她盖住。”孬娃子讨好地说。

赵小莲高兴地说：“好办法，咱们马上动手！”

二人立即动起手来，一会儿，孬娃子背着昏迷的女子，赵小莲背着孬娃子的山货，从容地走上了千年古道石板路。

五

村东头有一片小树林，走过树林，有一幢独门独院的老瓦房，在不远处谢保长那豪宅的映衬下，老屋更加显得局促不安，一下子露出它的寒碜和破败来。屋子的后面是一片竹林，门前是一块宽大的稻场，稻场边上有一口水面不大的池塘，稻场与池塘之间形成一道缓坡，正好用做村户人家洗洗刷刷的水埠头。前边有一棵亭亭如盖的皂角树，枝繁叶茂，遮出一片阴凉。

大院里只住着婆媳两人，婆婆叫饶淑珍，五十岁左右，长得一脸凶相，大嗓门儿，说起话来几里路以外都听得见。三十多岁时，她丈夫被抓了壮丁，独自千辛万苦把儿子带大，八岁那年给儿子娶了个十五岁的媳妇，可还没等到圆房便死了，从此婆媳二人便相依为命。婆婆总认为儿子是被媳妇克死的，因此更加苛刻、狠毒。儿媳就是赵小莲说的苦妹子，大名叫柳红妹，十年前苦妹子一家逃难到了长池坝，父母以二十块大洋把她卖了当童养媳。

这天下午，苦妹子在院后倒泔水喂猪，婆婆手提烟枪，斥骂道："还不死回来，想招野男人哪！"

苦妹子赶忙放下泔桶，转身就要往屋里跑，刚要进屋，身后传来一声吼叫："站住！"

她回头一看，面目狰狞的李副官带着两个团丁正色眯眯地望着她奸笑。苦妹子吓得赶紧躲在婆婆身后，小声说："娘，前天跟赵小莲在山上碰到的就是他，差点被他那个了。"

婆婆小声骂道："没用的东西！"随后，上前应付着："老总，你这是……"

瘦个团丁说："这位是长池镇民团新来的李副官。"

李副官打着官腔，瓮声瓮气地说："最近从通江跑过来了一个女共匪，要是发现了陌生女人，赶紧向你们村联防队报告。"

婆婆连连点头，敷衍道："哎，哎！"

李副官又问道："你们家还有人吗？你男人呢？"

婆婆说："拉夫拉走了！"

李副官往她身后瞟了瞟："她是你女儿？"

婆婆说："噢，不，是儿媳。"

李副官盯着苦妹子，问道："儿子呢？"

婆婆愤愤地说："叫她克死了！"

李副官说："哈哈，小寡妇，怕还没圆过房吧！记住了，有情况随时报告，否则按窝藏犯论罪，烧你的房子，杀你们全家！"婆婆唯唯诺诺地点头称是。

李副官给苦妹子抛了一个媚眼，色眯眯地离去。

婆婆瞪了一眼苦妹子，训斥道："这几天就死在屋里，哪儿也不准去。"

苦妹子惶恐不安地点点头。

六

落日的晚霞染红了天边，染红了森林，染红了整个大地，也染红了青杠梁后山脚下的那条小路。阵阵晚风，吹得漫山遍野的青杠树波澜起伏，黄叶满天飞。

在半山腰间，但见峰壁如刀砍斧凿，一个洞口睡卧在绿树环抱、奇花异草之中。这是一个神奇的岩洞，攀登而上至洞口，洞宽数丈，可容纳数十人。洞外有瀑布千尺，挂绝壁而下，虽大旱而不绝。潭在洞门外，深不可测。

洞里燃着一堆篝火，三块石头支着一只铁罐，铁罐里冒出一股股热气。赵小莲把那陌生女子抱在怀里，孬娃子端着一碗开水，慢慢地往她嘴里喂。

陌生女子慢慢地苏醒过来，警惕地环视了一眼山洞，马上便明白了眼前的一切，感激地对二人说："谢谢，谢谢你们二人救了我。"

赵小莲蹲下身去问道："大姐，你叫啥名字，从哪儿来的？"

女人说："我叫王桂兰，请问你们俩是夫妻？"

赵小莲抢先回答道："不是。"

王桂兰有些疑惑："哦——"

赵小莲说："我叫赵小莲，今年十七岁，已经有了丈夫。"

王桂兰问道："丈夫对你好吗？"

赵小莲说："好倒好，只不过太小了。"

孬娃子说："才五六岁！"

王桂兰有些明白了，说："啊，又是童养媳！那你俩是兄妹？"

赵小莲有些害羞："也不是，我跟他是——"

王桂兰点点头说："哦，我明白了！"

赵小莲连忙又羞涩地分辩道："不，我跟他不是那种关系！"

王桂兰笑着说："看把你急的，我没有那样理解。你婆婆家是穷人还是富人，公公婆婆对你好吗？"

赵小莲说："普通农民，靠种几亩薄地为生，比一般的穷人稍好一点。公公待我还好些，就是婆婆霸道得很。"

王桂兰又问孬娃子："小兄弟，说说你家的情况？"

孬娃子说："我今年十九岁，叫廖永富。"

赵小莲说："小名叫孬娃子！"

孬娃子挠挠头说："我们这个地方的人，多大了还管人家叫小名。我们家也有几亩土地，由母亲耕种，我跟父亲每天到附近镇上赶集，贩卖当地的土特产，也不知算穷人还是算富人。”

王桂兰说：“哦，那应算富裕中农。”

赵小莲说：“大姐，你到底是什么人，从哪儿来的，到这里来干啥子？”

王桂兰犹豫了片刻，说：“我来长池坝找一个亲戚，路上遇到民团盘问，听我说是从通江过来的，不由分说便认定我是红军的探子要缉拿我，逃脱后所幸被你们搭救了。”

赵小莲有些放心了，便问道：“原来是这样。那红军到底是怎么回事？”

王桂兰说：“前年从很远的地方来了一支红军队伍，很快占领了通江、南江和巴中，并在通江成立了川陕革命根据地苏维埃政权，打土豪分田地，闹红了半边天。”

赵小莲说：“民团的人骂红军杀人放火，共产共妻。”

王桂兰说：“那是国民党的反动宣传，红军是穷人的队伍，专门对付地主老财，将他们的财产分给劳苦大众，让天下为公，人人有饭吃，人人有衣穿。”

孬娃子连忙制止，说：“在外头可不能这样讲，就凭你这些话，民团那些人都可以杀你的头！”

赵小莲插话问道：“不知大姐伤哪儿了，需不需要找个郎中瞧瞧？”

王桂兰微微一笑，说：“没有，哪儿也没伤到，只是在逃跑时把腿摔伤了。”

赵小莲说：“那你就在这洞里好好养伤，由我们俩轮流给你送水送饭，等伤好了再出去找你亲戚。”

王桂兰说：“请二位给我弄点吃的，都几天没吃东西了。”

“难怪，你这都是饿的。”赵小莲便从怀里掏出没来得及吃的那半块火烧馍，双手递给王桂兰说，“大姐先把这半块火烧馍吃了，晚上再给你送饭。孬娃子，我们走吧！”

赵小莲与孬娃子走出山洞，孬娃子左右看看没人，便急忙将洞口用树枝伪装好。

赵小莲叮嘱道：“今天发生的事，千万不能向外人讲！”

孬娃子点点头：“放心吧！”

赵小莲说：“我怕我那母老虎婆婆，晚上不方便出门，晚饭就由你送了。”

孬娃子爽快地答应了："好！"

二人走到山脚下，赵小莲说："我先走一会儿，你看不见我时再走，千万不要让人看见我俩又在一起了。"孬娃子点点头。

赵小莲背着柴火快步来到村口，远远看见杨天成、陈碧英等男女老少村民们，聚集在村头一棵大树下面，树干上贴着一张布告，识字的人在聚精会神地看布告，不识字的在全神贯注地听人读布告，气氛十分紧张。苦妹子、春女子、玉香子、桂花子几个与她相好的女娃也夹在人群里。

赵小莲背着柴火大汗淋淋地走过去，只见李副官挎着手枪在两个团丁的护卫下，耀武扬威地走过来。苦妹子等人看见李副官的影子，就像见了鬼一样往人群里头拱。

李副官在大树下站定，大声喝道："大家都看见树上的告示了，谁要是发现了这个女人不报，罚大洋五十元。要是举报了线索，奖大洋五十元。谁要是窝藏这个女人，老子便杀他全家！"说完，他便带着两个团丁离去。

众人一片哗然，也随后纷纷散去。

七

一幢极具川北农家特色的大院子，隐蔽在一大片竹林和绿树丛中。院坝里摆放着锄头、犁头等农具，墙上挂着几串玉米、大蒜和红辣椒，两侧堆放着一排整整齐齐的柴捆。院坝边上有一副大石磨，一头大黄牛正拉着石磨轰隆隆地转着，一个小男孩手里拿着小木棍，跟在牛后，不停地挥舞着，口中不时"嘿哧、嘿哧"地吆喝着大黄牛。

这儿便是赵小莲的家，撵牛的小男孩便是她的小丈夫狗娃子，箩面（箩是川北地区农村加工面粉用的一种工具。箩呈半圆形，箩四周是竹子编织的，箩底是用丝锦做成的）的那位便是她那凶神恶煞的婆婆。

小莲婆婆一边箩着面，一边小声地哼着川北民间小调：

一把扇儿连连，

正月正那个溜溜；
家家门前（狗娃子）呀呼嗨，
挂红灯（狗娃子）闹莲花！
二把扇儿连连，
……

一只肥大的鸡婆带着一群小鸡崽在石磨周围觅食。石磨旁边有一棵大核桃树，一条大黄狗在核桃树下睡懒觉。

黄昏时分，赵小莲背着柴捆远远走过来，叫了声：“娘，我回来啦！”

赵小莲婆婆气不打一处来，骂道：“小娼妇，一天到黑，就捡了这么一把柴，还不够你吃。”

赵小莲不敢抬眼看婆婆，也不敢跟她顶嘴，只埋着头放下背架，把柴火整整齐齐地摆放在后门阶沿上。小莲婆婆狠狠地剜了赵小莲一眼，口中“哼”了一声，埋头继续箩着她的面。

狗娃子从磨坊跑过去，抱着赵小莲亲热地叫了一声：“姐姐！”

小莲婆婆训斥狗娃子道：“一个偷人的婆娘，有啥亲热头？还不快滚过来给老娘撵牛。”

赵小莲委屈地申辩：“娘——”

小莲婆婆一声怒骂：“小娼妇，这么晚才死回来，是不是又跟孬娃子偷情去啦？”

赵小莲走到水缸边，抓起水瓢舀了半瓢水，一仰脖“咕咚、咕咚”地灌下肚去，撩起衣袖擦干嘴，这才回话：“我跟苦妹子在山上打柴遇到了棒老二，吓得我们躲在山沟里好半天不敢出来，所以回来晚了。再说孬娃子当了背二哥，长年远离家门，我在哪里去跟他偷情哟！”

小莲婆婆跳起身来，从狗娃子手中夺过撵牛棍，跑过去朝着赵小莲的屁股就是几棍子，咬牙切齿地骂道：“死婆娘，还敢跟老娘犟嘴！孬娃子天天就在附近收山货，你当老娘是聋子还是瞎子？遇到了棒老二，你这条发情的骚母狗，还欢喜不得呢！上山打柴还穿得这般花里胡哨，难道不是去招野男人吗？遭强奸了没有哇？咋没有把你抢到山上去当压寨夫人呢？”

赵小莲哭着说：“娘，你怎样打我都可以，但不该这样侮辱我哇。”

小莲婆婆骂道 :“不要老娘骂你，除非你个小娼妇跟孬娃子一刀两断，永不来往。”

赵小莲伤心地哭着说 :“我跟孬娃子哪有那种事嘛，一个村里住着，低头不见抬头见，见到了难免打个招呼说句话，那些烂舌根子的就给我编出闲话来，硬说我跟孬娃子在偷情。”

“要想人不知，除非己莫为。久走夜路，早晚碰到鬼。假若让老娘擒到，老娘就把你个小娼妇绑在这根柱头上，单刀单刀地剐了喂狗！今天不准吃饭，赶紧去把猪给老娘喂了。”

赵小莲拂起衣袖擦着脸上的汗水和泪水，然后走进厨房，揭开锅盖一看，锅里放了一碗红苕干饭，两眼顿时发绿，肚子早已饥肠辘辘，端起饭碗正要往口里抛，突然记起婆婆不准她吃晚饭，只好又将碗放进锅里盖上锅盖，伤心的眼泪又情不自禁地涌了出来。她抬眼一看，大锅里煮着猪食，就拿起勺子搅了一下，发现里面有不少小红苕，眼睛一亮，赶忙抓起几根小红苕狼吞虎咽起来，还不时地朝后门张望，生怕婆婆突然闯了进来。她一气吞咽了十几根红苕，将肚子填了个大半饱，便提起猪食桶走到灶台边盛满，然后拎到猪圈边。

猪栏里的猪娃见到了熟悉的女主人，都一齐朝她叫唤起来。

赵小莲将猪食倒进猪食槽里，一声呼唤，饿极了的大小猪崽们扑上去狠命地吞食起来。赵小莲煞有兴致地看了一会儿，然后转身跑到磨坊帮婆婆推磨，却又遭到训斥 :“把猪喂啦？”

赵小莲不敢看婆婆，答道 :“喂了。”

“这里不要你帮忙，你爹赶集也快回来了，拿瓜瓢来盛点面拌好，再刮几个洋芋，给你爹煮洋芋面疙瘩，多煮一点，我和狗娃子也要吃，然后再把几个人的洗脚水烧好。”

八

在大巴山的崇山峻岭之中，有一个两省交汇处，唤作上两河口，站在山顶北瞰陕西河川，南观四川秀峰，自古以来就是川陕两省的分界线。山南属四川南江县，山北归陕西南郑县。四面是悬崖峭壁，只是下山才有一条弯曲狭窄、被草木掩盖着的羊肠小道。自古以来，这里就是一片人迹罕至的原始森林，也是兵家必争之地。

神秘的大巴山，因神秘的巴山文化而闻名。上两河口坐落在四山环绕之中，半山岩洞中喷涌而出一股溪水，溪水如一条巨龙直冲云天，达数十米之高，蒸腾起茫茫白雾，庇荫着方圆百里之地，而后跌入深深的峡谷中，再奔流南下。溪水边行边集山中涌出的无数山泉，形成了这条大河。正面是一条滔滔不绝的宽大河流，无数条从大巴山中奔流而出的小河小溪汇集于此。

南江县上两镇是川北陕南几百年来的贸易区，门店都是清一色的山石砌成的二层小楼，林立数公里。从外地运来的食盐、布匹、大米、日用百货换走当地生漆、桐油、药材。从四面八方来此下苦力的巴山背二哥们，就在这条街上来来往往。街面是用青石铺成，一到晚上在月光照耀下闪闪发光。一到夏天夜晚，山风再将木兰花香送进小镇，顿时消除人们一天的疲劳。有句民谣“玉石大街金铺路，木兰花开香满屋”，说的就是这里。

河坝边上是一排排木桶粗的千年银杏，棵棵挺拔，见证了岁月的沧桑，故而又叫上两河口银杏坝。镇南半条街是多年来有钱有权有势人的居住区，清一色红木雕刻的木板屋掩映在银杏丛中，幢幢房屋气派非凡，座座院落熠熠生辉。

每天到太阳落山时，河道中纤夫的号子声、山道上背老二的山歌声连成一片，很是动听，搅动得上两河两岸的猿猴驻足，百禽噤音。

上两河又是米仓山千年古道，如一根来来回回扭动的牛绳，道两旁全是高大的山毛榉和桦树林，林木高大，掩盖得古道不见天日。

黄新民带领冯老幺等一行十多人组成的背老二队伍，前天一早背着菜籽油从长池坝出发，经大柏树坝走太阳河，翻过一座大山，再途经沙河，夜宿二洞桥，第二天再宿南江县城；第三天天不亮又是一天的长途跋涉，直到天黑尽时，一行人才到达上两河口的银杏坝。一行人交了货便去找客栈歇号，恰逢第二天是个大集，南来北往的客商早已云集在此，黄新民他们来晚了，小镇上大大小小的客栈全部客满为患。一行人饥肠辘辘、疲惫不堪地找遍了大街小巷，没找到落脚的地方。突然鞭炮声炸响，三眼铳的爆响声，打破了山野的宁静。黄新民赶忙向路人打听，原来是“巴山背二哥客栈”在操办喜事。一行人朝着响声走去，远远看见店门口那块宽敞的空地上燃起无数堆篝火，篝火蹿起一人多高的火苗。黄新民等人顾不得脚疼，赶紧一溜小跑过去。好家伙，只见院坝里人头攒动，来来往往。还没有来得急卸担子的宾客，看样子都是连夜赶来喝喜酒的。这时只听知客亮开嗓门，如唱歌一样大声道：“新郎官蔡家俊的堂叔，通江县城的蔡大老板驾到！兄弟们铜唢呐吹起来哟，迎接蔡老板！”

只见一位颇有派头的五十多岁的男人，在众人簇拥下走进后院，还有几条汉子背着货物吃力地走进了场院。

唢呐拉开了迎宾大调，高亢激越，在院内盘旋回荡。知客又大声唱道：“官坝胡老板、寨坡岳老板大驾光临，唢呐吹起来哟。”

又一队客人挑着担子走进了后院，唢呐再一次迎宾高歌。

无数堆篝火盛燃，天空一下子明如白昼。宾客们纷纷卸了担子，围向篝火边。端茶的幺妹子、上烟的小哥子，一脸灿烂地在宾客中装烟递茶。睡不着的村妇带着娃儿也都赶来了，她们便和男人们开始了最原始的话题，打情骂俏：“嫂子，哥哥一去大半年，你想不想我呀！”

妇人道：“想你来看大门，我家的狗跑了。”

“妹子，你那口子驾船去了旺苍城，你那东西闲着也闲着，借给我用用。”

“叫狗啃，也不叫你用。”

“幺妹，你黄花菜都凉了，要不要我来给你暖热哟。”

“叫太监暖也不叫你暖。”

你来我往，俏皮话不绝于耳，可男男女女心中都是乐乐的。

巴山深处初夏的夜晚还有几分寒意，男女老少们围着篝火，烤得脸红红的，充满了幸福的醉意。乡亲们相互聊着今年的庄稼和收成，也有人在火堆里烧土豆和红苕，烧熟后从火堆里掏出来，放在手里又吹又拍又打，然后与乡亲们相互谦让，你推过去我推过来。黄新民一行饿极了，当推到他们面前时便当仁不让了。

早已准备好的数支狮子队、高跷队跳着蹦着来了。搭好的戏台上，四川的高腔、陕西的秦腔比着唱、比着乐。一时间，锣鼓喧天、炮声阵阵。

台下的客人们都看得发呆。一些会唱山歌的老人也纷纷出台唱起老民谣，人们乐不够，笑不够。

这时，新娘孙桂英出场了。一个小伙子大声提议道："听说新娘子的情歌唱得好，让她给咱们来段尽兴的好不好？"

人们随即起哄道："好啊，好！"

孙桂英也不推辞，走到场地中央，落落大方地对众人说："好哇，那我就给大家来一段！"她扭动着腰肢，舞动双臂唱了起来：

正月里妹想郎，
在两河口水边边站，
银杏树抽芽芽儿，
麻柳树吊线线儿，
俏脸蛋儿在水中打旋旋儿，
好看不好看？

一众小伙子纷纷喝彩，齐声叫喊："好看，好看！"

孙桂英又唱道：

二月里妹想郎，
在桃树下站，
桃花瓣瓣儿落在头上，
好看不好看？

底下人大声地笑道："好看，好看！"

孙桂英又唱道：

三月里妹想郎，
两河口大石头上站，
风掀起衣裳露出红肚肚儿，
好看不好看？

男人们疯狂地笑道："好看，好看！"

四月里妹想郎，
山坳坳里站，
摘朵杜鹃花插在发间，
惹得过路人心头痒痒儿，
给他抛个媚眼儿，
好看不好看？

男人们笑出了眼泪，齐声叫喊："好看，好看！"

五月里妹想郎，
山尖尖儿站，
心事儿重重，
相思儿绵绵，
望眼欲穿。
顺手摘颗野葡萄，
舌尖尖儿舔舔，
涩不涩？

男人们大声尖叫："涩，涩！"

孙桂英大声问道："酸不酸？"

男人们疯狂地笑着："酸，酸！"

这时，客栈老板孙天财带着众人抬着瓷缸走来，放下瓷缸大声说："各位来宾、各位乡亲，明日是我女儿孙桂英的大喜日子，今晚先提前让大家喝一碗喜酒助个兴！"

孙老板话一出口，人们欢呼不止。

一只只酒碗传递到众人的手中，酒香四溢，整个场面再次沸腾了。

当孙老板给黄新民敬酒时，他便赶紧上前求情说："孙老板，我等一行是长池坝来上两河口送货的背老二，走了三天两夜，交了货却找不到歇号落脚之处，大家是饥渴难忍，疲惫不堪，恳求孙老板发善心收留了我们，只求给我们做顿夜饭吃，哪怕就在你这店门口蹲一晚上也要得。”

孙老板见他说得可怜，便起了怜悯之心，说：“你们是第一次来本店的客人，个个都是生面孔。按理你们是请都请不来的稀客呀，理应上等招待。只是不巧明日是我招上门女婿的大喜日子，客房都住满了四处客人。若不接待你们，断言你们再也找不到第二家了。那就只好委屈你们了，把一间大杂屋腾出来给你们打个地铺，我马上安排给你们煮夜饭，吃饱了凑合一晚上，你们意下如何？”

还有什么可说的，黄新民一行人感激涕零。老板笑了笑，便带一行人径直走向后院。

九

后院里正忙着杀猪，男男女女跑出跑进，一片繁忙的景象。

“你们来得正是时候，我是人逢喜事精神爽，明天是我招上门女婿的大喜日子。你们就委屈住下，给我凑个热闹。”孙老板说着抬头喊道，“伙计们，大家赶快动手把后院那间大杂屋收拾干净，给这十几个长池坝来的客人铺个地铺。”

几个小伙子应声而动，杂屋里随即传来一片“乒乒砰砰”、“叮叮当当”的响声。

一位四十多岁、风姿尚存的女人跑过来抱怨道：“我怕你碰到啥子了，咱们家办喜事都忙不过来，哪里还顾得过来接客哟！”

孙老板说：“婆娘，这些客人是长池坝的背二哥，跋山涉水走了两三天，到处歇不到号才来求我们，我们要不收留便只有睡街沿边边了。再说人家走了一天的山路，到现在还水米没进呢！我也是当背二哥出身，深知这个行当的艰辛。赶紧安排厨房给这帮伙计们煮夜饭，正好赶上杀猪，多炒两个下酒菜，烧佬儿酒管他们喝个够。”

老板娘倒也直爽，连声说对不住，便转身招呼伙计忙乎去了。

孙老板招呼众人到饭厅坐下不久，老板娘便和两个小妹儿提来两铜茶壶老鹰茶，分别给大家倒了一碗，众人也是渴极了，端起碗来“咕咚咕咚”一气喝了个底朝天。

老板娘望着那四个长得白皮嫩肉、浓眉大眼的背老二，笑呵呵地说：“这四个小兄弟长得与众不同，比我们店里这几个妹子还漂亮，你们到底是男的还是女的哟！”

黄新民说：“这四个小伙子跟着我们当了一年多的背老二了，哪会是女的呢？只可惜是哑巴。”

老板娘神情有些惋惜。

冯老幺说：“我都摸过，个个都是带把儿的。”

四个小伙子狠狠盯了冯老幺一眼，害羞地低下头去。老板娘和众人一阵大笑。

刚放下茶碗，店里的伙计们就端来了洗脚水和换脚布鞋。黄新民等人十分感动，将跑了两三天苦不堪言的双脚泡入热水中，顿时觉得从脚板底升起了一股热浪，酣畅淋漓。

米脑壳一双打起了亮泡的双脚，经热水一烫钻心地疼，疼过之后，便热乎乎的，如火燎了一般。

老板娘找来大针放到桐油灯火苗上烧了一会儿，然后将米脑壳的脚抱在怀里，小心翼翼地把水泡挑了，再撒上药面子，又用一块布把脚包上。米脑壳这才慢慢地止了疼，对老板娘是千恩万谢。

老板娘笑眯眯地说：“兄弟伙们先喝水摆龙门阵，我去厨房催促伙夫们抓紧给你们弄夜饭哈！”边说边“嗵嗵嗵”地跑下楼去。

孙老板也跟着出去招呼杀猪办大席去了。

众人正在吹骚壳子，走进来一位年轻的汉子，他笑着说：“哥子们辛苦了！”

黄新民说：“请问老弟是——”

汉子说：“听说你们是长池坝来的背老二，便跑过来认个老乡。”

黄新民说：“哦，老弟是长池坝哪里人？”

汉子说：“白龙滩蔡家河的，我叫蔡家俊。”

俗话说得好，老乡见老乡，两眼泪汪汪。在远离家乡二三百里外的深山老林里遇见了货真价实的老乡，众人顿时激动起来。

黄新民这才正正当当地看了看这小伙子，长得牛高马大的身板，滚滚实实的肌肉，脸上黑里透红满面喜色，难不成就是这店老板的上门女婿了，便问道："兄弟，你是——"

蔡家俊不好意思地笑笑说："明日正是我的大喜日子呢！"

冯老幺叫道："啊，你是新郎官儿？"

蔡家俊说："哥子们碰上了，小弟一定要奉你们几杯喜酒哈。"

黄新民笑着说："人逢喜事，加上又是老乡，我等应当凑个热闹。"

蔡家俊说："我跟你们一样，也是大巴山里的背老二。十三岁跟父亲到了通江县，有个堂叔在那里生意做得很大，我们父子俩便投靠他跑运输，把些山货背到汉中，再把汉中的日用百货背回通江。有时也把这些山货运往南充，再把南部的雪花盐背到通江、南江。两年前，我和父亲就是把盐从南部背到上两河口，也歇于此店。当夜，棒老二王三春派人来抢店老板娘的大姑娘做压寨夫人。我与父亲和乡亲们一道，与棒老二死打死拼，才保住了大姑娘。我父亲不幸在混战中负了重伤，两天后，父亲去世了。店老板见我人老实，靠得住，就招我做这上门女婿。"

众人不禁对蔡家俊父子俩的义举肃然起敬。

冯老幺说："蔡老乡，你那新娘子听说漂亮得很哟，可惜我们站得远，没有看清楚，能不能叫过来让我们近距离再欣赏一下哟！"

蔡家俊随即起身对门外喊道："桂英，你进来一下。"

没过一会，一位十七八岁的大姑娘嗵嗵嗵地跑了进来，众人抬眼一看，果然是生得十分标致，身穿粉红缎袄、水绸裤，细嫩圆润的脸蛋儿，再配上丰满灵活的身段，真个妖娆诱人。

众人一片喝彩。

冯老幺说："活脱脱一个仙女下凡，难怪王三春要抢去做压寨夫人。"

众人一阵大笑，孙桂英有些难为情，转身跑了。

米脑壳问道："你们说的那个王三春是个啥子东西哟？"

蔡家俊便一五一十地道来。

王三春本名叫王汝林，出生在巴中的一个小山村里，原本是一位平淡无奇的庄稼汉子，靠几亩薄地养家糊口。后来学会了石匠手艺，长年在外做石匠活路。一次出远门，他妻子被族长先奸后卖，双目失明的老母悲愤而亡。他激起万丈怒火，夜闯族长家院，血刃其全家，一把大火烧毁了孽宅。

其后，王三春逃至汉中南郑县白家落脚，做了两年多的长工，以其聪明能干，渐渐赢得白家厚爱，继而获得白小姐暗恋。后来，他做了白家账房先生，白家欲将其招为赘婿。谁知，平地风云，当地民团团总贪慕白小姐容貌，欲将她霸占。团总先以强盗手段拦路抢劫，事情败露后又收买镇长为媒，逼迫白小姐成亲，仍是不成。王三春却咽不下这口气，行仇未果却先落网，被团总的伏兵捕住，反以凶犯定罪。很快，团总公报私仇，欲将王三春和白家小姐一同枪毙。在刑场上竟奇遇救星，被巴山悍匪孙杰救下。于是，他和白家小姐一同落草为寇。说来也巧，王三春对孙杰有救命之恩。后来孙杰被川军刘存厚剿灭，王三春便在大巴山拉起一支队伍，打出劫富济贫的旗号，把富人的财产分给穷人共有，把富人的土地分给穷人耕种，让巴山百姓人人有饭吃，人人有衣穿。在这种口号的诱惑下，很快，王三春便聚集起了数千人马，先是在汉中、安康、达县、巴中、广元、南江等州县攻城陷地抢劫国库，后来发展到不仅抢劫富人，就连穷人也不放过，百姓四季庄稼一旦成熟他们也要抢收，饲养的猪鸡牛羊更是他们下手的目标。入伙的喽啰们这才发现王三春是一伙打家劫舍、偷鸡摸狗的土匪，但想离开却为时已晚。王三春心狠手辣，给喽啰们规定了一条骇人听闻的纪律，谁要胆敢逃跑，逮住之后不仅要割下一只耳朵做记号，还有把他全家抓上山来开荒种地。

后来从鄂豫皖开过来了一支叫红四方面军的红军队伍，经汉中进入川北。田颂尧五万大军在通江围攻红四方面军时，王三春的队伍被收编，并逼他在前沿充当炮灰。与红军几经战阵，王三春的队伍损失惨重，而国军督战队不容他退却，甚至大加杀罚。王三春一怒之下挥戈反击，打垮国军督战队，重返绿林，流窜于川陕鄂豫四省交汇处，欺官讹府，打家劫舍。

众人听了，都感叹不已。

黄新民叹道："如此说来，王三春本是一个苦大仇深的穷苦百姓，还有一身好本事。这龟儿子要是走了正路，没准还是个人物。"

冯老幺说："蔡家兄弟，你可把你家里的仙女看好了，谨防王三春那狗日的随时给你抢跑了哈！"

蔡家俊笑道："上两河口这一带安静了，王三春的队伍逃到陕南去了。"

黄新民问道："这又是什么缘故？"

蔡家俊说："川北发生了这么大的事情，你们这些当背二哥的应该最先知道啊！"

黄新民说："我们长期跑阆中、南部、南充和广元，对这边发生了什么事情真的一无所知。"

冯老幺说："发生的到底是啥子事，蔡老弟就说给我们听听。"

蔡家俊说："刚才给你们讲过，从很远的地方开过来了一支红军队伍，在川北地区八面威风，打得川军人仰马翻，闻风丧胆。"

黄新民问道："啥子叫红军，你见过没有啊？"

蔡家俊说："红军是穷人的队伍，在通江建立了红色政权，叫做什么川陕革命根据地，闹红了半边天，专门对付那些地主老财。"

黄新民惊讶地说："啊，还有这等事？！"

冯老幺插了一句："又是一伙梁山好汉，跟王三春的性质差不多吧？"

蔡家俊说："那可不一样。红军打土豪、分田地，他们的口号是人人有饭吃，人人有衣穿。"

冯老幺说："王三春不也是这么宣传的吗？"

蔡家俊说："王三春顶多只是一介草莽，岂能与人家红军同日而语！"

黄新民兴奋地说："那太好了！红军什么时候也到我们长池坝打土豪、分田地，我们有田地种了，哪个舅子还跑出来当背老二！"

蔡家俊说："难道你们在南江城里就没有见到红军？"

黄新民说："我们前天很晚才歇在县城北一个叫马跃溪的幺店子里，天还没亮又出发了，没见到也没听到关于红军的事。"

蔡家俊说："这支红军部队是从鄂豫皖开过来的，打起仗来凶得很，只有一万多人马，恁是把田颂尧的五万大军打得落花流水。主席叫张国焘，政委叫陈昌浩，总指挥叫徐向前，还有一个文武双全的女将叫张琴秋，原是红四方面军总政治部主任，现在担任红四方面军总医院政治部主任兼红江县（今四川通江县涪阳镇）县委书记，打双枪，骑白马，通五国语言，据说还能在马背上写文章。"

冯老幺说："你吹壳子，难道她比花木兰、穆桂英还厉害？"

蔡家俊竖起大拇指说：“那当然啦，张琴秋留过洋，在国外念过大学，文武双全，人又长得漂亮，花木兰、穆桂英也比不过呀！”

黄新民赞叹道：“蔡家俊兄弟真是见多识广，让我等这些粗人长了不少见识。你见过张琴秋没有？”

蔡家俊说：“当然见过，是在我堂叔的商铺里见过的。漂亮得很，比刚才你们见过的我那位还要漂亮好几倍呢！”

冯老幺叫道：“哇，又让你饱了眼福！”

蔡家俊说：“那天张琴秋带着几个男女红军到堂叔商铺宣讲政策，说红军将在通江大力发展经济，还要设立一个厘金局。”

米脑壳问道：“啊，还有女红军，漂不漂亮啊？”

蔡家俊哈哈大笑道：“漂亮得很，一个比一个漂亮。红军从安徽带过来四十多个女兵，成立了一个妇女独立营，又招了几百个通江妹子。她们为红军抬担架、送军粮、救护伤病员，有时还直接拿起枪杆子上前线打仗，田颂尧最害怕这帮女人。你道领头的是谁？就是大名鼎鼎的张琴秋。妇女独立营营长叫陶万荣，教导员是曾广澜，都是双枪将。”

众人听得目瞪口呆，相互用眼神交流着。特别是那四个小白脸儿，把两只大眼睛睁得溜溜圆。

蔡家俊说：“张琴秋率红军妇女营五百女兵俘敌一个团的故事，在通江老幼皆知，家喻户晓。”

冯老幺兴致勃勃地问道：“这又是怎么回事？”

蔡家俊说：“红四方面军粉碎了田颂尧部队的三路围攻，从前方一步步撤退下来，这便是总指挥徐向前采取的有名的‘收紧阵地，诱敌深入’的打法。”

话说红四方面军总医院从毛浴镇转移到了苦草坝附近。恰在这时，国民党左纵队独立师刘汉雄部的一个团，突然由小路抄袭过来。当时，医院政治部主任张琴秋身边除了医院保卫科少数战士有作战经验外，只有一个妇女营。妇女营没经过严格的军事训练，更没有临阵作战的经验，枪支弹药也少得可怜。她得悉敌人抄袭的情报后，凭着多年沙场鏖战的胆略和一颗为革命敢于献身的心，率领妇女营这几百人首先抢占了山头。

敌人发现山头上有红军，开始时只是组织火力试探。密集的子弹打在岩石上飞溅出点点火星，阵地前沿树上的枝叶都被子弹打落光了。敌人见红军没有还击，便壮起胆子往上冲，但被妇女营一个反冲锋打了回去。

这时,敌人发现山头上全是女兵,惊讶地说:“唉呀,上边都是些堂客（指妇女）呀！”有的敌兵还发牢骚说：“男子汉跟女斗，不值得！”

敌军官见士兵不愿往山上冲，举起手枪威胁说：“给我冲！不然我就统统把你们打死！”但不管敌军官怎么威胁，许多士兵仍停留在原处，冲锋组织不起来。

张琴秋见状，转身叫来妇女营的几个干部，吩咐了几句，她们就各自回阵地去了。一会儿，山谷里响起一阵阵呼喊声：

“白军士兵兄弟们，欢迎你们参加红军！”

“咱们都是穷苦人，是为穷人谋幸福的！穷苦人不打穷苦人！”

“红军是抗日的先锋队！”

“别再为军阀卖命了！”

阵地上的喊话声,使敌军官更加恼怒,“叭叭”两枪,他逼着士兵往上冲。

“老子打了几十年仗，没见过堂客们打仗的！”一个士兵发牢骚说。

“老子不冲就不冲。你打吧！”另一个士兵干脆趴在地上不起来。

“叭！”一声枪响，国民党军官把那个趴在地上不愿冲的士兵打死了。

敌军官的野蛮行径,激起了众士兵的愤怒,纷纷怒喊:“打死他,打死他,咱们投红军去！”“对，咱们投红军去！”

“叭！叭！”又是两声枪响，一个愤怒的士兵举枪射击，结果了那个反动军官的性命。一些被逼迫冲到前沿阵地的白军士兵，这时也转过身来，把枪口朝向那些反动的白军军官。

张琴秋见时机已到，带领众姐妹大声地呼喊起来：“白军士兵兄弟们！欢迎你们参加红军！”

“你们也是受苦人，我们是一家，不能自家人打自家人！”

接着，张琴秋派出一部分姐妹冲下山去，迎接哗变的白军士兵兄弟。

战斗就这样胜利结束了。女兵们无一伤亡，就缴了军阀田颂尧部下一整个团的械。敌军那些顽固的团长、营长、连长，也被哗变的士兵一一捆绑，交给了红军女战士。

黄新民说 :“兄弟，你的故事讲得比街头那些说评书的还好听！”

冯老幺说 :“你也是红军吧，要不然哪知道红军里头那么多的事情？是鼓动我们去参加红军吧？！”

蔡家俊哈哈大笑道 :“你哥子在说笑话了，我要是一个红军，哪还能跑到这店里来当上门女婿？再说通江是红军的天下，我三天两头地往通江跑，你说啥子事情我不晓得？”

黄新民点点头 :“这话在理！”

冯老幺说 :“依我说兄弟办了喜酒，干脆带着老婆一起去参加红军，凭你这张嘴，至少也会给你个连长排长当。你老婆这样漂亮，干脆去给张琴秋当个丫环。”

蔡家俊说 :“人家红军部队里官兵一致，男女平等，军官和士兵一律称同志。假若去了也是一个女红军，哪会是什么丫环！”

说话间老板娘和几个小伙计们便把热气腾腾的饭菜端了过来，还有温得发烫的热酒。

老板娘对蔡家俊说:“干儿子跟他们是老乡，那就陪他们多喝两杯哈！”

“要得。”蔡家俊随即给各位倒酒，说:“甜不甜家乡水，亲不亲故乡人。来来来，大家干了这杯。”

众人碰杯，都是一口干。

孙天财听见饭厅里女婿与那伙背老二侃得热闹，酒也喝得热闹，便提了一壶自家酿的上等好酒，兴冲冲地走进去，给众人一一敬了一杯，令大家好生感动。

这孙天财是南江县兴马坎人，十五岁跟舅舅走南部背盐，十八岁那年娶了舅舅的女儿也就是现在上两河口“巴山背二哥客栈”的老板娘。后来便在此地安了家。如今他已五十多岁了，头已经全秃。孙天财为人爽直，在这小镇上有好名声，镇上居民和附近村民大事小事都爱找他做主，他也乐于助人。他父亲在兴马坎是酿酒的能手，见儿子媳妇在上两河开了客栈，也过来靠自家手艺，在镇上开了一个酿酒的作坊。上两河的水要比兴马坎的水好得多，再从山中采来治腰肌劳损的草药泡制，酿出来的酒好得没法说，是南来北往常住店的背二哥们必喝的补品，生意十分红火。

黄新民感激地说："我当背老二走南闯北十几年，还第一次遇到你们这样好的人家。给我们这样高规格的接待，生平还是第一次。今晚给老人家添麻烦了，过了今夜，明天我们就走。"

孙天财忙说："哪里话。你的双脚都走成了这样，无论如何也不能走。明天是我们客栈的大喜日子，喝了我女儿女婿的喜酒再走不迟。蔡家俊，你要陪你的这帮老乡把酒喝好哈！"

蔡家俊说："岳父大人这事你放心好了。"

孙天财端起自家酿制的草药酒，同黄新民连饮了三大杯，方肯罢休。

十

酒足饭饱之后，黄新民一行被安排到已收拾好的大杂屋去歇息。大杂屋用谷草铺成两排地铺，谷草上铺着竹席，竹席上铺着几床被子。老板娘吩咐说："由于今晚客人太多，只能挤出这几床被子，大家伙需搭伙睡，四个人合盖一床，一头睡两个人。"又用手指着墙角一只尿桶说，"晚上起夜就屙在这只桶里，尽量不要到外面去，院子里有两只大黑狗晚上护夜，凶得很，小心遭狗咬了哈！"

老板娘交代完便快步离开房间了。四个小白脸交换了一下眼色，闪电般地冲向靠里的墙角落，也不脱衣裤，连身钻进一床被子，一头两个人。众人都被四人的举动惊呆了。

冯老幺吼道："嘿，睡觉咋不兴脱衣服啊？"

米脑壳说："你们还没有屙尿呢！"

黄新民瞪了米脑壳一眼，说："人家屙不屙尿跟你有啥子关系？狗咬耗子多管闲事！"

于是大家便自由组合，开始脱衣解裤，排起队在尿桶里拉完尿，吹灯钻进被子中睡去，不多时便传来一片有节奏的呼噜声，像是在搞比赛似的，此起彼伏，这边停了，那边马上又响了起来。

其中有一个人在黑暗中把眼睛瞪得溜溜圆，密切关注着墙角那四个小白脸的动静。

大约半夜时分，那人观察到众人都已熟睡了，便从被子里爬出来，像贼一样悄悄向那四个小白脸摸去，他蹑手蹑脚地把手伸进被子里，先摸胸部，平平的与男人无异。当他把手伸到胯弯里时，却发现了一个惊天秘密，原来确是一个地地道道的女人。

那个小白脸一下被惊醒了，发出一声撕心裂肺般的叫喊声。喊声惊醒了屋里所有的人，黄新民赶紧下地划火柴点燃桐油灯，只见米脑壳像鬼一样蹿过来。

黄新民大喝一声："狗日的，你在干啥子？"

只见高个子小白脸用双手捂着脸在哭泣，哭声完全是女人的声音，众人纷纷坐了起来，一下子被眼前的情景惊呆了。

黄新民赶紧穿好衣服，责问米脑壳："米脑壳，你都做了啥子事情？"

米脑壳也吓呆了，口中喃喃地说："这四个人跟着我们当了一年多背老二，从不跟我们一起下河洗澡，也没有当着众人面屙过尿，行动十分诡秘，就连老板娘都怀疑他们是女的。于是我刚才便趁大家睡着了，悄悄去摸了一把，谁知果然是女的。我完全是无意的。"

众人发出一片惊呼："啊，怎么会这样呢？"

冯老幺说："那你摸的是上头还是下头啊？"

米脑壳说："是，是下头。"

黄新民说："大家都赶紧穿好衣服，坐起来说话。"

黄新民盯着跳动的灯火出神，一会儿，他拿着纸和笔走到那个高个女子身边，说："姑娘，我给你找来了纸和笔，你有什么难处，就把它写出来，我们兴许还能帮上点什么。"

冯老幺说："对，有事说出来，千万别闷在心头！"

"呜——"那女子双手捂住脸，失声痛哭起来。

众人面面相觑。

那女子收住哭声，抬起泪眼，喃喃地说道："我叫李秀贞，她们叫刘淑华、梁红梅、冉兴华，是长池坝官放沟人。只因家境贫寒，兄妹众多，便约了村儿里这三个跟我一样处境的姐妹女扮男装，给长池坝大恶霸岳鹏举当了轿夫，后来被他识破，遭到强暴。我们一气之下点燃岳鹏举家后院，连夜逃进深山当了半年野人，靠野果野菜为生。后来又女扮男装装成哑巴混进你们这支背二哥队伍，与你们同吃同住一年多了，每天背上百多斤的货物在陡峭的山林中跋山涉水，这还能忍受，最不能忍受的是你们每天在路上不是唱那种山歌民歌，就是摆骚龙门阵。当然，你们也并不知道我们四个是女人，直到今天晚上才被你们发现。”

众人一片愕然，发出一阵唏嘘声。

四个姑娘双手掩面，一齐小声啼哭起来。

黄新民一拳砸在自己腿上，怒气冲冲地骂道：“岳鹏举这个畜生，老子早晚有一天要将他白刀子进红刀子出！”

米脑壳说：“你们怎么不去告他？”

冯老幺说：“唉，岳鹏举是长池镇镇长、民团团长，姐夫又是县衙警察局局长，你让这四个妹子往哪儿告？”

四个姑娘茫然地注视着灯火。

黄新民问道：“唉！那你们今后打算怎么办？”

李秀贞说：“我们也不知道。”

冯老幺说：“这还能怎么办，返回长池坝把货交了，跟谢老板把账算了便各回各的家呗！”

李秀贞说：“那就只有死路一条，岳鹏举还不把我们抓去活埋了。”

米脑壳说：“蔡家俊说通江有红军，而且还收女兵，要不然你们四人到通江去参加红军？”

四个姑娘眼睛一亮，异口同声地说：“好，我们愿意参加红军，但不知他们收不收我们这种人？”

冯老幺说：“这倒是个好主意，估计红军也会收留你们，他们打起灯笼火把也找不到像你们这样能干的姑娘，既能抬担架又能送军粮。只不过从上两河到通江山高路远，路途凶险，四个女人家岂敢去冒那个险？再说蔡家俊的话是真是假也还很难说，万一那娃儿是在吹壳子呢？四个妹子还是先在家待待，等我们以后有机会往通江背货时，过去探个虚实再说。若是真的，再把你们送过去。”

黄新民也表示赞成，说：“你狗日的这话还算是人话，四个小妹儿那就按冯老幺说的这样办。”

姑娘们哭着说："我们在长池坝只要一露面，就会被岳鹏举手下的人抓住，哪还有活路啊！"

冯老幺说："那依你们说该咋办？"

姑娘们齐声说："我们愿意留下来，与各位大哥在一起，继续当背老二。"

黄新民思忖着，说："那就这样决定吧，下次跟我们一起去通江，若真是蔡家俊说的那样，就把你们送去参加红军。"

四个姑娘感激地点点头。

冯老幺想要阻止，欲言又止："哥老倌，这——"

黄新民说："她们举目无亲，若不这样，你让她们投靠谁去？"

冯老幺说出了自己的担心："我担心岳鹏举知道了……"

黄新民说："你别怕，祸事来了我顶着！"

四个姑娘赶紧下地一起跪在黄新民面前，齐声说道："黄大哥，你是我们的再生父母！"

黄新民转身对众人严厉地说："各位老弟，我把话说在前头，你们中间要是有人泄密，老子便白刀子进，红刀子出，到时就别怪我不客气哈！"

众人齐声说："我们不是那种人！"

黄新民又盯住冯老幺和米脑壳，说："从此以后她们就是大家的亲姐妹，谁他妈再胆敢对她们做出什么肮脏的事来，小心老子扒了他的皮。大家都听到没有？"

众人齐声说："听到了！"

黄新民说："从今天晚上起，咱们这支背二哥队伍重新立下规矩：一、不许在四个姑娘面前再唱下流的山歌和民歌；二、不许在四个姑娘面前再说脏话；三、不许再当着四个姑娘的面屙尿，谁胆敢这样做，老子就把你那玩意儿用刀割下来喂狗……"

众人哄堂大笑起来。

黄新民正色说："不许笑，我这里还有呢！四、从今以后不许再当着四个姑娘的面赤身裸体；五、从今以后再也不许与四个姑娘混睡在一起，哪怕只有一间客房也要让四个姑娘睡，我们宁愿蹲街沿边边。以上各条，大家做不做得到？"

众人齐声吆喝："做得到！"

十一

孬娃子家的堂屋里堆满了天麻、木耳、板栗、核桃，以及各种药材，堂屋左边角落是一个火塘，火塘上方吊着不少已熏得烘黄烘黄的腊肉和狗肉。一个火搭钩上挂着一只铁罐，里面咕咕直叫，不停地冒出滚滚的热气，满屋香气扑面而来。这铁罐炖的是狗肉。炖狗肉有一个特点，吃起香闻起更香，只要哪家在炖狗肉，整个村里的人都闻得到香味儿。

孬娃子一家三口坐在火塘边上，借助火塘里的火光，把各种土特产和药材一一分类，分别装进布袋里，明天孬娃子和他爹一起背到街上去卖。长池坝赶集分三六九，也就是三天赶一集。

孬娃子娘说："村儿里的王媒婆给你介绍了一个对象。"

孬娃子埋着头瓮声瓮气地回道："我才不要呢！"

孬娃子爹训斥道："狗日的，难道你想当和尚？"

孬娃子说："我还小，还不到二十岁呢！"

孬娃子爹教训道："二十岁还小？我像你这样大，都有你大哥了。"

孬娃子娘也数落道："村儿里跟你同岁的猪娃子，人家的娃儿都能放牛了，哪像你还光棍儿一个。说好了，哪天在街上找家面馆见个面。"

孬娃子说："怪得很，为啥要到面馆见面呢？"

孬娃子娘说："这是老规矩，不管看得上还是看不上，男方都要招待女方吃碗面。"

孬娃子说："一碗面钱是小事，关键是那女娃子长得啥样子啊？"

孬娃子娘说："听说是龙池郭家寨的，漂亮得很。听王媒婆说，那女娃子不但人好看，而且还能干得很！"

孬娃子说："有没有赵小莲好看哟？要跟她长得一模一样我才要。"

孬娃子娘说："王媒婆说那女子长得比赵小莲还好看。"

孬娃子嘲笑道："王媒婆的话也敢信？哄死人不填命。"

孬娃子娘忍不住又数落起来："你娃一个大活人，见了面好坏都看不出来？”

孬娃子说：“万一又是找人打样子呢？王媒婆尽干这缺德事！”

孬娃子娘说：“王媒婆对我们家不敢来这一套。她还催你尽快与那女子见面呢！”

孬娃子说：“娘，我不喜欢那一个。我自己看中了一个好女子，她不但人长得漂亮，而且还有一副金嗓子，经常跟我对山歌。”

孬娃子娘训道：“哼，这哪是正经人家的女子？！”

孬娃子爹说：“真有你说的那样漂亮？”

孬娃子点点头，说：“漂亮得就像天上的七仙女。而且聪明伶俐，温柔贤惠，精通针线，善理家务。这样的好女子，打起灯笼火也找不到呢！”

孬娃子娘惊喜道：“啊，这是谁家的女子？”

孬娃子故意打埋伏：“就是咱们青杠梁的。”

孬娃子娘说：“啊，是哪个屋里的姑娘？既然那样好，就赶紧让王媒婆去提亲。”

孬娃子爹也催促道：“你倒是快说呀，那女子是哪个屋里的，我咋就没听说过，青杠梁还有你说的这样一个神仙女子？”

孬娃子把头埋得很低，喃喃地说：“她，她——就是……”

孬娃子爹骂道：“狗日的，说话吞吞吐吐，你在搞什么鬼名堂？”

孬娃子娘也着急道:“有话就说，有屁就放，那女娃子到底是人还是妖？”

孬娃子吹了一口气，毛起胆子说：“她就是蒋婶儿家的儿媳赵小莲。”

孬娃子爹和娘同时尖叫起来：“啊——”

孬娃子爹半晌反应过来，抓起火塘边上的吹火筒，朝孬娃子屁股上就是几下，边打边骂道：“你个孬狗日的，人家是有夫之妻，你还敢打人家的歪主意？”

孬娃子说：“就她那丈夫狗娃子也算是个男人，还没三泡牛屎高，要等到圆房，还要等十几年，小莲都人老珠黄了呢！”

孬娃子爹训道：“狗娃子再小也是赵小莲的男人，你这样去勾引人家的女人，就是伤天害理。”

“你这是伤风败俗，丢尽祖宗八代的脸，这要传出去，我们哪还有脸见人？再说你那蒋婶儿是一个连神仙都惹不起的泼妇，你要是把她儿媳给夺了，那还不一把火把咱们家的房子给烧了。”孬娃子娘恨铁不成钢，急火攻心。

孬娃子爹说：“再说赵小莲公爹你也惹不起，难道就不怕他打断你的脚杆？”

孬娃子蛮横地说：“不怕，这辈子我非赵小莲不娶！”

孬娃子爹怒吼道：“你狗日的胆敢这样做，老子便和你断绝父子关系。”

孬娃子说：“反正你有五个儿子，也不在乎我这一个。”

孬娃子爹暴跳如雷地抓起吹火筒又要打，村里突然响起一阵“铛、铛、铛”的锣声，随后便传来村联防队长那破嗓门儿的叫喊声：“鸣锣通知，各家各户，注意听到：最近从通江蹿过来一个杀人放火、共产共妻的红匪婆。岳鹏举岳乡长岳团长有令，谁要是发现了这个女人不报，罚大洋五十元。要是举报了线索，奖大洋五十元。谁要是窝藏这个女人，岳团长便杀他全家！”

孬娃子大惊失色，自言自语道：“难道她就是——”

孬娃子爹没听清，问道：“你在说啥子？”

孬娃子急忙掩饰道：“哦，今天在附近村里收山货，听那些人在一起议论，说民团新来了一位李副官，原是川北大土匪王三春的手下，不知为何跑到岳鹏举的民团当了副官。”

孬娃子爹说：“自古官匪一家亲，王三春想拉拢岳鹏举，岳鹏举也想利用王三春的势力稳坐长池坝。村民还议论些什么？”

孬娃子说：“他们有人看见李副官带领十几个团丁在高石坎追赶一位年轻女子，还发生了一场混战，那女子武功高强，十几个团丁都不是她的对手，而且还刀枪不入，团丁们的子弹硬是不往她的肉里钻，结果还是让她给跑脱了。刚才谢联防鸣锣通知说通江来了一个女共匪，我便想起是不是村民们议论的那个女人，要是被我发现了，向联防队举报，便可获得五十块现大洋，收一年山货也得不到这个数呢！”

孬娃子爹训道：“小心羊肉没吃到，给老子惹出一身臊来。”

联防队长的铜锣声和叫喊声又转了回来：“鸣锣通知，各家各户，注意听到：最近从通江蹿过来一个杀人放火、共产共妻的红匪婆。岳鹏举岳乡长岳团长有令，谁要是发现了这个女人不报，罚大洋五十元。要是举报了线索，奖大洋五十元。谁要是窝藏这个女人，岳团长便杀他全家！”

孬娃子爹叹道："看来长池坝又要不太平了，在外收山货一定要小心。"

孬娃子心不在焉，一边挑选木耳，一边想着王桂兰的事。下午，孬娃子去送饭，王桂兰靠在山洞墙壁上，刚吃完孬娃子给她送来的晚饭，看上去精神好多了。她上身盖着孬娃子给她带来的一件旧棉衣，下面垫着一床梭衣，旁边点着一束松光。

孬娃子说："大姐，你能不能跟我说实话，你到底是不是他们说的那个红匪婆，你到我们长池坝来干什么？"

王桂兰笑着说："小兄弟，我都给你说了好多遍了，我是从通江来的，但我却不是什么红匪婆，我是到长池坝来找亲戚的。"

孬娃子说："但你对我们说的那些话，一般人哪说得出来，总觉得你不像一个普通人。"

王桂兰打着哈哈说："红军在通江闹红了半边天，天天对老百姓做宣传，随便找个小孩子也能说出那些话呢！"

孬娃子说："哦，原来是这样。"

王桂兰说："等我能走了，便去找亲戚，不再麻烦你和小莲姑娘了。"

孬娃子站起身说："这个洞只有我一个人晓得，你就放心大胆地睡吧。明天早饭你就放到铁罐里热一下，我一早要跟爹到长池街上去赶集，午饭小莲给你送。"

孬娃子回过神来，神情复杂。他娘从铁罐里盛出来一碗狗肉递到他手里，说："快吃吧，吃了早点去睡觉，明天一早好跟你爹去赶集。"

十二

赵小莲一家四口也围在火塘边上，火塘上方也挂了许多被烟火熏得黑不溜秋的腊肉，火塘里的柴火在熊熊燃烧，火搭钩上的大铁罐在"咕咕咕"地叫着，不停地往上喷着热气。这里面炖的可不是人吃的猪肉和狗肉，而是喂猪的猪食子，老远便闻到一股猪食味儿。

赵小莲公公和婆婆靠在火塘边上的翻板凉椅上闭目抽大烟，赵小莲往火塘里加了几块柴，拿起勺子在铁罐里翻搅了几下，然后借着火光又纳起鞋底来。

狗娃子搭只小板凳坐在火塘边上烧红苕，用火钳不停地翻动着。小莲笑着对他说："不能老翻呀，这样烧出来的红苕是打屁红苕，吃了光放屁。"

狗娃子咯咯地笑了起来，从火塘里翻出一根已烧糊了的红苕，拿在手里又吹又拍，被烫得不停地唏嘘。

赵小莲看他那个样子又乐得哈哈大笑起来，赶紧放下鞋底，从狗娃子手中接过红苕又吹又拍了一气之后，便把皮剥了递给狗娃子，狗娃子却不伸手接，说道："姐姐你先吃，夜饭娘没有让你吃饱。"

赵小莲说："我不饿，还是你吃吧。"

狗娃子说："火塘里还多的是，等一会儿我再吃。"

小莲婆婆睁开眼睛，剜了小莲一眼。她便赶紧双手把红苕递给婆婆，婆婆接过去大口吃了起来。赵小莲拿起鞋底，埋头继续纳起鞋底来。狗娃子恨了他娘一眼，抓起火钳继续翻起他的红苕来。

"铛、铛、铛"，门外突然一阵锣响，立即引起小莲家院子里的狗狂吠起来，随即，村里大大小小的狗都狂吠起来，锣声和狗叫声连成一片。

小莲公公翻身坐起，一家四口都紧张地把视线投向门外，屏气凝神地听着外面的动静。

一阵锣响之后，便传来村联防队长那破嗓门儿的叫喊声："鸣锣通知，各家各户，注意听到：最近从通江蹿过来一个杀人放火、共产共妻的红匪婆。岳乡长岳团长有令，谁要是发现了这个女人不报，罚大洋五十元；要是举报了线索，奖大洋五十元。谁要是窝藏这个女人，岳团长便杀他全家！"

赵小莲心头一紧，身子一阵哆嗦。

赵小莲婆婆数落道："你紧张个啥？你又不是那红匪婆！"

赵小莲公公叹道："嗨，看来这世道又不得太平了！"

赵小莲婆婆紧张地说："啥叫红匪婆啊？"

赵小莲公公答道："就是女红军。"

赵小莲婆婆又说："啥叫女红军哟？"

赵小莲公公说："我听村里联防队的人说，从好远好远的地方跑过来了一支叫红军的队伍，经汉中进入通江。红军部队里有男有女，有一万多人马，打起仗来凶得很，连田颂尧都搞不过他们，五万大军被一万多红军打得落花流水。红军打垮了田颂尧之后，便在通江称霸一方，建立了什么苏维埃政权，把有钱人的田地和钱财分给了那些穷人，很快就要打过来了。谢保长还说这红军杀人放火，共产共妻……”

赵小莲婆婆有些惊讶，说：“共产共妻啥子意思啊？”

赵小莲公公望了一眼小莲，说：“就是把人家的女人拿来大家共用，谁都可以睡觉。”

赵小莲婆婆瞟了一眼赵小莲，讥讽道：“妈呀，这不成了猪狗一样，随便可以交配了吗？！”

赵小莲听到婆婆这话儿含沙射影，把头埋得更低了。

“铛、铛、铛”，“鸣锣通知……”

联防队长的声音渐渐远去，小莲婆婆打着哈欠，说：“啊——困了！”

赵小莲赶紧放下手中鞋底，连忙起身端来洗脚盆，从火塘里的另一只铁罐里舀了几瓢热水，端到公公、婆婆面前，脱去二人的鞋袜，动手给老两口洗起脚来，洗完后又用干布擦干。伺候两人走进歇房睡下之后，又重新换了洗脚水跟狗娃子两个一起洗起脚来。洗着洗着，狗娃子居然睡着了。小莲赶忙擦干自己和狗娃子的脚，背着他走向自己的歇房。她把已睡着了的狗娃子脱光衣服放到床上，盖好被子，再返回火塘倒掉洗脚水，将火塘里燃烧的柴火熄灭，用燃灰将火盖住，回到自己的歇房，坐在床沿上，望着房顶发了一会儿呆；然后从怀里摸出孬娃子送给她的那面小镜子，双手按在胸口上，闭上眼睛出了一口长气，对着桐油灯光翻来覆去地照了一番，脸上露出难得的微笑，良久才将小镜子收藏好，赶紧脱了衣服吹灯上了床，紧靠着狗娃子睡下。狗娃子睡梦中翻身躺在赵小莲的手弯里，紧紧搂着赵小莲的脖子。

赵小莲在狗娃子的脸蛋上亲了一口，小声说：“你要是我的亲弟弟，那该有多好哇！”

赵小莲搂着狗娃子很快进入梦乡，她梦见在村口那条小溪边的沙滩上与狗娃子一起玩耍。她打扮得特别漂亮，用一块红布条将两根又黑又粗的长辫拴在一起搭在背后，一双水汪汪的大眼睛会说话……溪水从大山里静静地流淌出来，清冽甘美。在阳光的照耀下，那水中五颜六色的鹅卵石、波光粼粼的水面下游动的小鱼，充满无尽的诱惑。赵小莲与狗娃子在小溪中捉鱼摸蟹，做“过家家”的游戏。找几块石头垒起一个小灶，上面放一个破沙罐，沙罐里面再放些小鱼，用火煮熟，“过家家”的游戏就开始了。狗娃子做父亲，赵小莲做母亲，孩子是用草扎的小人。狗娃子一下子长得高大起来，完全是一个身材魁伟的高大男人。小莲大惊，仔细一看，狗娃子变成了孬娃子。赵小莲大喜过望，上前一下扑到孬娃子怀里，闭上眼睛忘情地把一张香嘴递给他。孬娃子紧紧抱住赵小莲，疯狂地与她亲起嘴来，那响声几里路也听得见。

二人就这样拥抱在一起，不停地亲着嘴，从太阳当顶一直亲到太阳落坡。半晌，赵小莲气喘吁吁地说 ：“孬哥哥，就这样抱着我，咱们一辈子也不要分开。”

孬娃子说 ：“小莲妹妹放心，我们一辈子也不会分开的。”

小莲闭着眼睛喃喃地说 ：“孬哥哥，太阳不下山才好呢！”

孬娃子喘着粗气说 ：“小莲妹妹放心，太阳一辈子也不会下山的。”

“孬哥哥，天不黑了才好呢！”

“小莲妹妹放心，这天永远也不会黑了。”

二人就这样抱着亲着，一直到太阳下了山，一直到月亮升了起来。

夜晚的月亮真圆，溪岸上绿树成荫，如银似玉的月光从绿树枝叶的空隙中斑斑驳驳地洒在溪边沙滩上。

蛙鼓们像在进行歌咏比赛似的，这边没了，那边马上又响起，此起彼伏。远处，不时传来三两声阳雀的啭鸣。

溪边情侣紧紧地拥抱在一起，尽情地享受着大自然赋予的美好夜晚。

孬娃子说 ：“咱们只能这样偷偷摸摸，什么时候才能真正过上夫妻生活呢？”

赵小莲说 ：“要是像王大姐说的那样，等通江的红军打过来了，红军便会给我们做主，等与狗娃子解除了婚约，咱俩就结婚，再也不分离！夜深了，咱们回去吧！”

孬娃子说 ：“不！我现在就要和你真做一回夫妻。”

赵小莲说：“不行！让人闯见了，羞死先人。要是被我公公婆婆擒住了，我也就活不成了。”

孬娃子和赵小莲紧紧地拥抱在一起，疯狂地亲着嘴，那响声大得简直吓人。

二人亲了半晌，孬娃子突然动手要解赵小莲的裤子。

赵小莲紧紧地按住裤带，急促地责备孬娃子道："孬娃子，你不能这样。"

突然，从草丛中钻出一个人，那人猛喝一声："畜生，还不住手？"

赵小莲和孬娃子赶紧松开手，二人都吓得发抖。

小莲婆婆上去给小莲就是两耳光，骂道："小娼妇，深更半夜跑到这里来偷情，让老娘抓个正着，现在还有啥子话说？"她猛地一脚将小莲踢到水里。

小莲大叫一声从梦中惊醒，一束月光射在床上，她发出一声惊呼："天啦，狗娃子，你把尿屙到床上了。"

隔壁立即传来小莲婆婆的训斥声："死婆娘，你为啥不早点给他提尿呢？"

赵小莲回道："我累了一天，困了，睡着了。"

小莲婆婆骂道："小娼妇，你还敢顶嘴，只管在梦中跟孬娃子偷情，不给狗娃子提尿，看老娘明天怎么收拾你！"

赵小莲再也不敢吭声，狗娃子居然还没有醒，她赶紧把他从尿湿了的地方抱到干燥处，扯起铺盖一角给他盖上，她自己却无干处可睡了，便靠在床头上，伤心的泪水止不住地往下流。

天亮之后，她便下床把狗娃子尿湿了的被子和床上用品一一抱到院坝里去晾起来，几根草绳全挂满了。

小莲婆婆气势汹汹地举着吹火筒跑到院坝里，追着赵小莲满院坝打，边打边骂："只顾想着跟孬娃子偷情，不管给狗娃子提尿，把一铺打湿完，几天都不得干，看你个死婆娘今晚盖啥子？打死你这个小娼妇。"

小莲婆婆追上赵小莲朝她屁股又是两吹火筒。赵小莲跑不动了，眼泪汪汪地站在那里一动也不动，由着婆婆打。

十三

巍巍大巴山，峰峦奇峭，石笋成林，植被丰茂，林木秀丽，鸟语花香，秀水纵横，处处充满诗情画意。每到春夏时节，漫山遍野百花盛开，万紫千红，望一眼都叫人心醉！

朦胧的山野，逐渐清晰，现出了弯弯曲曲的山间小路。太阳刚从青杠梁山顶露出红脸，天空瓦蓝瓦蓝。朗朗晨风，吹得漫山遍野的枫树和青杠树波澜起伏，红叶满天飞。

赵小莲背着背篼，在山间小道上忽快忽慢地行走着。一群放牛娃远远地跟在她的后面，有节奏地唱着：

童养媳妇十七八，
嫁个丈夫地上爬。
白天背起当弟弟，
晚上抱着弟弟耍。
弟弟要是尿了床，
婆婆隔天还要打。
……

赵小莲在放牛娃的儿歌声中钻进山洞里，流着眼泪给王桂兰讲述她的不幸遭遇。

王桂兰拉着赵小莲的手，安慰她说：“小妹妹，再忍耐几天，长池坝的天快亮了！”

赵小莲莫名其妙地盯着王桂兰说：“大姐，我听不懂你说的这些话。”

王桂兰笑着说：“要不了多久你就懂了。我想请你帮我找一个人。”

赵小莲说：“找谁？”

王桂兰说：“就是我要找的那个亲戚，叫杨天成。”

赵小莲说：“我们村儿里有个木匠叫杨天成，但不知是不是你要找的那个人。”

“太巧了，我那亲戚也是个木匠，八成就是他。你想办法帮我找到他，并把他给我带到这洞里来，但一定要保密，不能告诉任何人。”

赵小莲说：“好，我马上就去帮你找。”

赵小莲起身走出山洞，在半道上碰见孬娃子背着背篼从山间小路上迎面走过来，一边走一边吆喝："收板栗核桃，天麻木耳……"

赵小莲本来想跟他打招呼，突然想起昨天晚上做的那个怪梦，好像昨天晚上真的跟孬娃子发生了那种见不得人的事情似的，竟羞得满脸通红，不好意思地低下头，招呼都不跟孬娃子打，便急冲冲地往前走，孬娃子连喊了好几声她也不回头，一溜小跑消失在小路拐弯处。

孬娃子莫名其妙地望着她的背影，怎么也想不起什么地方得罪了她，发了一会儿呆，便一步三回头地离去，"收板栗核桃，天麻木耳"的吆喝声在山野里久久地回荡……

赵小莲一气跑到杨天成的家，只见杨天成正在修理农具，女儿杨玉香蹲在阶沿上砍猪草，陈碧英坐在院坝里掰苞谷。

赵小莲气喘吁吁地跑过去，叫道："杨大哥，你有一个远方来的亲戚想见你。"

杨天成一家人都停下手中的活儿，惊讶地望着赵小莲。

杨天成说："我远方哪来的什么亲戚，是男还是女，这人现在哪里？"

赵小莲说："她叫王桂兰，说你是她的表叔。"

"哦，我突然想起来了，还真有这样一个侄女儿，她是我一个老表的女儿，从小抱养给通江一个远房亲戚，好多年都没见过面了。"

陈碧英说："哦，原来是这么回事。那还不跟小莲去把她接到家里来。"

杨天成说："你说得对，赶紧给她收拾一个房间，我现在就跟小莲去把侄女接回来。小莲，我们走。"

杨天成跟在小莲身后一路紧走，赵小莲这才把事情的经过说了一遍，大约半个时辰便进了山洞。

赵小莲问王桂兰："大姐，你看是不是你要找的人？"

王桂兰打量了几眼，激动地说："就是他，他是我表叔。小莲，麻烦你到洞外去帮我望一会儿哨，我跟这位表叔说会儿话。"

赵小莲快步走出洞去。

杨天成上前拉住王桂兰的手，高兴地说："王桂兰同志，原来是你！是赵科长派你来的吗？"

王桂兰紧紧地握着杨天成的手，激动之情难以言表，半晌才开口说道："赵科长在你离开不久便调任绥定道委秘书长兼宣传部长，我也于当年调到红江县委，在张琴秋同志身边担任宣传干事……”

原来二人当年都是川东地下党的联络员，三年前组织上把杨天成派回南江县长池坝潜伏。杨天成说的赵科长叫赵明恩，是川东地下党的宣传科长，当年王桂兰和杨天成都在宣传科当干事。说起赵明恩，那可是一个响当当的人物，能文能武，能说会道，会一手漂亮的粉笔字，沿途写宣传标语，走到哪写到哪，人们都称他为“粉笔大队长”。王桂兰与赵明恩是一个村里长大的，都出生在达县蒲家场普通农民家庭，靠种几亩薄地谋生，日子过得十分清苦。她住在村头，赵明恩住在村尾。赵明恩比王桂兰大一岁，王桂兰便管他叫恩哥，赵明恩也叫她兰妹。二人从小便在一起扯猪草、打柴、挖野菜。上学时，二人又是同学，成绩都名列前茅。后来二人又一起考入达县中学，受进步思想的影响，开始接触马列主义，与同学共同创办《半月刊》进行革命宣传。一九二六年两人双双加入共青团，次年又加入中国共产党。一九二九年秋，赵明恩受党组织派遣，到四川宣汉县王家场英灵小学，以教书为掩护，开展党的工作。一九三〇年春，他任中共达县蒲家场党支部书记，创办农民夜校，组织农会，开展农民运动。一九三一年“九一八”事变后，积极领导群众进行抗日宣传活动，因叛徒告密被捕入狱。一九三三年十月，红四方面军解放达县，被解救出狱，任蒲家乡苏维埃主席。一九三三年十一月任中共绥定道委秘书长，后调到红三十三军做宣传工作。红三十三军即原川东游击军，是一九三一年夏由中共四川省委派王维舟去宣达地区组织起来的。那里是王维舟的家乡，又是他长期从事地下工作的地方，以前发动过两次游击战争，有广泛的群众基础。游击军成立后，在中共川东军委和梁（山）达（县）中心县委的领导下，不断给刘存厚部以打击，在梁山万里槽、宣汉南坝场、达县蒲家场等地创建了数块游击根据地。红四方面军入川后，王维舟曾派人去通（江）南（江）巴（中）联系，因沿途敌人警戒森严，派出的人有去无回，未能如愿。红军发起宣（汉）达（县）战役，王维舟得到信息后，召集紧急会议，连夜部署，发动附近的数万农民拿着鸟枪、大刀、梭镖、扁担参战。许世友率九军一部抵南坝场与川东游击军会师后，依靠广大群众的有力配合，将敌八个团全部击溃；并在宣汉召开群众大会，川东游击军改编为红三十三军。王维舟任军长，杨克明任政治委员，罗南辉任副军长。

王桂兰记得川东游击军与红军会师时，在宣汉城西门外广场上召开了数万人的群众大会。大会上群情激动，几十里外的群众都赶来庆祝。大会之后，宣汉全城如同过年一般，到处红旗飘扬，家家张灯结彩，鞭炮声不绝，群众自发的欢迎活动延续了三天三夜。

王桂兰与赵明恩虽然同在川东游击队做地下党工作，但一年之中却难得有两天见面的时间。红四方面军入川创建了川陕革命根据地，把川东游击军改编为红三十三军，王桂兰和赵明恩又一同分配在宣传部工作。

这天，王桂兰拉住赵明恩的手说："太好了，我俩又在一起了。"

赵明恩抽回手，严肃地对王桂兰说："部队不比地方，不允许谈恋爱，游击队更是处在特殊的环境中，从个人感情上讲，我非常爱你，但是，我们都是共产党员，要以党的利益为重。"

王桂兰委屈地扑在桌子上哭泣。赵明恩从抽屉里取出一个小本，递给王桂兰，转身走出办公室。

王桂兰打开本子，看见赵明恩在扉页上题写了一首诗：

生命诚可贵
爱情价更高
若为自由故
二者皆可抛
——裴多菲

王桂兰抬起头来，透过窗户，泪流满面地望着赵明恩远去的背影……

不久，赵明恩调任绥定道委秘书长、宣传部长。王桂兰被派到红江县委任宣传干事，后又派到长池坝找杨天成做联络工作，为成立长赤县苏维埃政府提前做准备。

杨天成见到王桂兰如同见到久别的亲人，激动地说："分别三年了，快说说，组织上给我什么新的任务？"

王桂兰说："中国工农红军第四方面军从鄂豫皖实行战略大转移，西征三千里，翻秦岭、越巴山，相继解放了通江、南江、巴中等二十二个县市，创建了纵四百余里，横五百余里，总面积达四万二千余平方公里，人口约五百万的川陕革命根据地，成为中央第二大苏区。红四方面军进入川北在通江建立川陕革命根据地后，组织上又派我到通江做妇女工作，前不久派我到长池坝找你开展地下工作，发动群众。红军很快就要开过来了，这里将建立长赤县苏维埃政权。”

杨天成高兴地点点头，说："太好了！这一带的群众基础很好，我以木匠身份做掩护，摸准了家家户户男女老少的基本情况。青杠梁有一支背二哥队伍，领头的叫黄新民，是我们党支部发展的重点对象。”

王桂兰说："哦，以背老二身份作掩护从事地下党活动，这倒是一个好办法。人可靠吗？”

杨天成说:“十分可靠，为人诚实、忠厚、善良、乐于助人，好打抱不平，在青杠梁是一个很有凝聚力，威信很高的人。他带领背二哥队伍长期跑南江、汉中、通江、巴中、仪陇、阆中、南部、广元等地，从他谈话中听得出来，他已受到红军思想的影响，盼望红军尽快来到长池坝，也把那些地主老财的田地分给穷人耕种，也让人人有饭吃，人人有衣穿。他不知道我是地下党，倒反过来给我宣传红军思想，宣传共产主义，宣传打土豪分田地的革命思想。我用反话驳斥他，他还脸红脖子粗地训斥我不出门不知天下大事，是一个糊涂虫呢！”

王桂兰听了哈哈大笑起来。

杨天成接着说道："我们支部已找他谈过话了，准备近期正式吸收他加入地下党组织，利用背老二身份作掩护，为我们打听消息，刺探情报，发挥更大的作用。”

王桂兰说："好，哪天我们俩一起再找他谈次话。你在长池坝一共发展了多少地下党员？”

杨天成答道:“一共有十六人，成立了一个党支部，由我担任支部书记。”

“那太好了，能不能在最近召开一次党支部大会，我与大家一起见个面？”

杨天成突然警觉起来，说："王桂兰同志，不是我不信任你，因为长池坝还是敌占区，为了对党负责，我不得不对你的情况进行了解。三年前你我同在川东地下党宣传科工作，后来赵明恩赵科长派我到长池坝潜伏，分手三年多时间，咱俩再也没有见过面，也不了解彼此的情况。只听你一面之词，这叫我如何信任你？”

王桂兰哈哈大笑起来，说：“咱俩只管激动，还真忘了地下工作者的原则，要我真是一个投敌变节分子，你就麻烦了。那我就先把我的情况介绍一下吧！”

原来杨天成与王桂兰离开不久，组织上又把她派到通江县做地下党工作，主要任务是发动群众，组织群众欢迎中国工农红军第四方面军入川。一九三二年十二月十八日，中国工农红军第四方面军先头部队越过巴山天险，占领四川北部重镇通江县两河口；二十日，红十师为左翼从泥溪横渡宕水，东出向洪口、万源方向进军；红七十三师为右翼越过火天岗，西出向平溪、南江方向推进；二十五日，红十二师先头部队攻占通江县城，红四方面军总部及西北革命军事委员会随即进驻通江县城；二十九日，中共川陕临时革命委员会在通江县城成立。一九三三年一月中旬，红十一师、十二师逼近巴中。

红四方面军以迅雷不及掩耳之势进占川北，极大地震惊了国民党政府。蒋介石连续电令四川各路军阀立即停战，共同对付红四方面军。一九三三年一月二十一日，刘湘、刘文辉、邓锡侯、田颂尧停止混战。一月二十七日，蒋介石委任田颂尧为“川陕边区剿匪督办”；一月二十八日，田颂尧在成都就职；二月十二日，田颂尧在蒋介石一百万发子弹、二十万元军费的奖励下，以三十八个团近六万的兵力，组成左、中、右三路纵队大举围攻红四方面军，妄图趁红军立足未稳一举消灭在川陕边境。北面有蒋介石正规军的追兵，东南有刘存厚的川陕边防军，西南有杨森的第二十军，西有田颂尧的三路大军，红四方面军处境十分险恶。在四五倍敌军的包围面前，红四方面军决定以少量兵力监视并对付北面、东南、西南之敌；以大量兵力“收紧阵地”积极防御，打破西边的三路围攻。经过近三个月时间的节节抗击和收缩，一九三三年五月十七日，红四方面军总部认为反攻条件已成熟，五月二十日，一场改变红四方面军和中国革命命运的关键性反击战在通江县的空山坝拉开了大幕。

空山坝是一座海拔两千五百多米的险峻高山，四周群峰林立，怪石嶙峋。顺着峭岩绝壁，只有两条弯弯曲曲的小路，一条通向西南的余家湾，另一条通向河口，红军指挥部设在大小不过二三十米的半山坡上破旧的茅屋内。总指挥徐向前和其他几位首长住在一间狭小低矮的房屋里。房中的木床上放着一部电话机，电话员坐在旁边不停地工作着。小小的油灯发出微弱的光亮，墙上挂着一幅四川省十万分之一的军用地图，用红蓝颜色明显地标示出敌我阵势。几天来，总部首长就是在这简陋的茅屋内日夜不停地工作着。通江地下党的任务就是配合红四方面军总政治部主任张琴秋组织十多万人民群众踊跃支前，抬担架、送军粮、救护伤病员，为空山坝大捷起到了关键作用。空山坝大捷，是红四方面军入川以来第一次大胜利，共歼灭敌人十三个团，敌死伤五千多人，俘敌旅长二人，击伤一人，活捉敌团长二人，击伤五人，俘敌营以下官兵约两万人，缴获步枪一万四千支，迫击炮五十余门，轻重机枪两百余挺，弹药、马匹不计其数。空山坝反击战是红军史上以少胜多的经典之战，是一场决定红四方面军命运的生死之战，是决定红四方面军能否在川北站住脚，能否建立起川陕革命根据地的命运之战。没有空山坝反击战，就不会有川陕革命根据地的创建、巩固和发展。

听了王桂兰的介绍，杨天成兴奋地问道："啊，这么说来，你还见过徐向前总指挥？"

王桂兰自豪地说："我每天跟张琴秋大姐在一起，自然就有机会见到徐总指挥了。张琴秋，你知道吗，就连徐总见了她也还敬重三分呢！"

杨天成激动不已，说："张琴秋可是大名鼎鼎！"

王桂兰说："啊，你知道张大姐？"

"我是听黄新民介绍的。"

"他又怎么知道的？"

杨天成说："四个月前黄新民的背二哥队伍往南江县上两河背货，在客栈听老板的女婿讲的，老板女婿是从通江过来的，说张琴秋打双枪，骑白马，通五国语言，还能在马背上写文章。人又长得漂亮，比古代的花木兰、穆桂英还厉害呢！"

王桂兰呵呵笑道："张大姐在马背上写文章我没见到过，但她留过洋，在国外念过大学，文武双全，骑白马，打双枪，这倒是事实，人也确实漂亮得很，再加上她那高雅气质，花木兰、穆桂英自然比不过呀！"

"这个张大姐太令人激动了，你就把她的情况详细讲给我听听。"

王桂兰说："一九三二年十月十一日，红四方面军主力开始转移，向西挺进，转战了三千多里，最后建立了川陕革命根据地。转移途中，在小河口会议后，张琴秋被任命为红四方面军政治部主任，成为红四方面军的主要领导人之一。当红四方面军在川陕大巴山区立足稳固后，张国焘开始秋后算账，罢免了曾对自己独断专权提过意见的张琴秋的红四方面军政治部主任一职，贬为川陕革命根据地红江县（今通江县涪阳镇）县委书记。后又调任红四方面军总医院政治部主任，我一直在大姐身边工作。我向张大姐提到过你潜伏在长池坝发动群众的事，她便派我过来找你。张大姐说红十一师很快就要开过来，将在这里设立长赤县苏维埃政府，将'池'字改为'赤'字，也就是赤化长池坝的意思。张大姐还说红军妇女独立营也将开过来配合红十一师行动，让我先过来找到长池坝的地下党组织，立即行动起来，充分发动群众，组织群众，迎接红十一师和妇女独立营的到来。这是张大姐给你写的亲笔信，也就算是我的介绍信了。"王桂兰边说边从贴身衣袋里取出一封信来递给杨天成。

杨天成双手接过去，激动地看了起来。

王桂兰问道："你刚才说的这支背二哥队伍，一共有多少人？"

杨天成说："大约有十七八个吧，大多数是咱们青杠梁的穷苦农民。"

王桂兰说："那就以黄新民的背二哥为核心，成立长池坝赤卫队，由黄新民担任队长。"

杨天成说："他的队伍里除了冯老幺和何金刚两个人不可靠外，其他人都是重点发展对象。这支背老二队伍里还出了一件怪事。"

王桂兰问道："什么怪事？"

杨天成说："队伍里有四个女扮男装的姑娘，同吃同住了一年多，直到四个月前跑南江上两河口时才被发现。"

王桂兰惊讶道："怎么会出现这种事情？"

杨天成叹道："这四个女子因家中穷困所迫，先是女扮男装给长池乡乡长、民团团长岳鹏举当轿夫，两年后终被发现，四个姑娘惨遭岳鹏举强奸后，还被赏给他手下轮奸。四个姑娘一气之下放火烧了岳鹏举家的后院，逃进深山老林当了半年野人，后来又女扮男装混进了黄新民的背二哥队伍。"

王桂兰愤愤地说："等红军过来了，第一件事情就是要除掉这个罪大恶极的恶霸地主。"

杨天成说："既然上级组织有指示，我们便可立即行动起来。"

王桂兰说："好，我配合你们行动。"

杨天成说："这洞里条件太差，天黑时把你接到我家里，就说是我侄女。"

王桂兰说："行。这次遇险又脱险，还全靠赵小莲和孬娃子帮了忙。"

杨天成说："这两个孩子是咱们重点争取的对象。"

十四

一九三三年五月二十六日，红十一师经平溪坝、官路口抵长池坝附近。师长倪志亮和政委李先念率领红三十一、三十二团居中路，为扩大战果，马不停蹄，人不停步地追击敌人至木门以东地区，会合红三十三团继续向苍溪方向追击。六月十五日，红十一师收复长池、木门，继而攻占龙山场，逼近苍溪。右路红七十三师收复南江后直逼广元城下，左路红十二师收复通江、巴中后进逼仪陇城，东线红十师亦乘胜推进。至此，军阀田颂尧费时四个月所占之地，仅十余日即被红军全部克复。根据地面积扩大到约三万平方公里，人口达两百余万。六月底，方面军于木门召开军事会议，决定将原有四个师扩编为四个军，年仅二十四岁的李先念由师政委升任为红三十军军政委。

青杠村的男女老少围在村口大树下，相互打听着红军的消息，传递着红军的消息。人们的眼光里，有惊恐，也有惊喜。

孬娃子背着背篼在村子里收土特产，一边走一边吆喝："收板栗核桃，天麻木耳……"

杨天成背着木匠背篮子走过来。孬娃子远远地打招呼："杨木匠，又到哪家做木活啊？"

杨天成说："给谢尚志家修个猪圈。你的买卖也还好吧？"

孬娃子走过来说："嗨，混口饭吃。"

这时，一群人急促地走来，男女老少都有，带着大小包袱。

孬娃子问道：“嘿，你们跑啥子？”

谢老板说：“有一支红军队伍开过来了，到处杀人放火，共产共妻，整村整村的人都跑光了。大家也赶紧收拾细软盘缠，准备逃难吧！”

杨天成说：“我看这是坏人造谣，大家千万不要上当。”

谢老板说：“我是长池街上开店的，给我们透露消息的都是逃难的有钱人，他们亲眼所见红军杀人不眨眼，见人就杀，见东西就抢，见房子就烧，见女人就奸。”

一个穿长衫的中年男子慌里慌张地说：“据我亲眼所见，路上都是逃难人，一街人都跑光了。听说红军已到了马掌铺，转眼间就开过来。”

谢老板说：“你们爱信不信，我们快走吧！”一队拖儿带女的人们快步离去。

孬娃子有些紧张，问道：“杨木匠，我们怎么办？”

杨天成说：“怕红军躲红军说红军坏话的都是那些地主老财，你看那里面有几个是穷苦百姓？你我都穷得丁当响，家中都没有隔夜粮，除了几样破旧家具和农具，没有一样值钱的东西，如果红军也认为这是财产，就让他们拿去算了。”

孬娃子咧嘴笑了，说：“杨木匠言之有理！”

杨天成说：“我早就听人说过，有一支红军队伍从很远的地方来到川北，这是一支穷人的队伍，专门对付那些地主老财，打土豪、分田地，人人有饭吃，人人有衣穿，天下为公。”

孬娃子说：“这些都是你那侄女王桂兰说的吗？”

“是黄新民给我讲的。他们背二哥队伍跑了几趟通江，红军在那里闹红了半边天，根本就不是刚才那伙人所说的那样。红军部队是铁的纪律，对老百姓秋毫无犯，和蔼可亲。红军战士睡在老百姓房前屋后，还主动帮老百姓干农活做家务，比如耕田种地、碾米、扫地等等。听说红军要在咱们长池坝设立苏维埃政权。”

孬娃子说：“啊，长池坝又要设县了！啥叫苏维埃政权？”

杨天成说：“红军是咱们穷人的队伍，苏维埃是咱们穷人的政权，打土豪分田地，让穷人都能过上好日子。假若要你参加红军，你娃敢不敢？”

“这世道，土匪梳，县长篦，乡长剪，保长剃；百姓整光，只有一口气；军队要款，百姓造反。老子早就想杀那些地主老财了！”

孬娃子远远地发现了对面山湾里他最熟悉的身影，于是便悄悄地向对面山湾走去。

山湾里，狗娃子牵着一头大水牛，大水牛脖子上吊着一个牛响铃，一边不停地吃着路边的草，一边打着喷嚏，脖子上的牛响铃响个不停。

赵小莲背着背篼在路旁割草，她直起腰来，抬头望了一眼天上的太阳。太阳正好当顶，热得路旁树上的蝉子都懒得叫唤。她抬手擦着额头上的汗水，一眼发现附近有一个水潭，眼睛一亮，便对狗娃子说：“弟弟，前面有个水潭，姐姐快热死了，过去洗个澡，你在这儿放牛给姐姐望哨，有人来了喊一声，晚上我还抱着你睡哈！”

狗娃子说：“姐姐，你可别骗人！”

“骗你是小狗！”说完，赵小莲扔下镰刀和背篼，一溜烟地向水潭跑去。

赵小莲快步来到水潭旁，举目四望，山野静悄悄，远近都没有发现过往的人影，便放心大胆地先脱了上衣。她对着清如明镜的水面照看，水面上映出她那张美丽的瓜子脸，弯弯柳眉双眼皮，一对水汪汪的大眼睛忽闪忽闪会说话，高鼻梁、樱桃嘴，薄嘴皮右下角长着一颗十分显眼的黑痣，一根又黑又粗的长辫子拖到屁股尖。她再把视线放到水中人儿的胸前，一对美丽的奶子高高耸立，她幸福而又羞愧地用双手捂住眼睛。

狗娃子望着眼前那一幕，惊呆了，捂着嘴笑个不停。

就在同时，树丛里也有一双眼睛死死地盯着水潭边那触目惊心的一幕。

赵小莲光着上身在水潭边上照了半天，兴奋异常，出了一口粗气，再抬头举目四望，仍然没有发现人影子，便索性脱了裤子，全身赤条条地展示给大自然，也展示给了狗娃子和树丛里那双看傻了的眼睛。远处的狗娃子突然大叫一声：“姐姐，树丛里有人在偷看！”赵小莲尖叫一声，不顾一切地跳进水潭。

一会儿又传来狗娃子的叫喊：“人跑了！”

赵小莲惊慌失措地将头露出水面，左顾右看了好半天，才赤裸裸、水淋淋地爬上岸来，迅速穿好衣服，问道：“你看见那人是谁？”

狗娃子说："好像是孬娃子，从树丛里站起身就钻进树林跑了。"

赵小莲咬牙切齿地骂道："这个狗杂种！嘿，这件事可不准随便对人说哈！"

狗娃子点点头："我晓得。"

赵小莲又说："更不能给娘说哈！"

狗娃子说："要得。"

弯曲的山路上，赵小莲背着背篼牵着牛，狗娃子跟在牛屁股后面蹦蹦跳跳地玩耍。

孬娃子背着土特产远远走过来，表情十分不自然，想张口和赵小莲说话，赵小莲忙向他招手示意千万别过来。孬娃子表情复杂转身离去。

在回村的路上，王桂兰迎面走过来，两人亲热地打着招呼，边走边说话。

王桂兰说："通江的红军过来了，正在中魁山、侯家梁一带与国民党军队作战，很快就要打过来。村里打算成立农会和妇女委员会，目的是采取自救措施，保护青杠梁村老百姓生命和财产。"

赵小莲犹豫地说："这不也跟村联防队一样吗？"

王桂兰说："那可不一样，村联防队只保护那些地主老财，却不保护穷苦百姓。"

赵小莲点点头："哦，我知道了。那我就一定参加，也让孬娃子参加农会吧！"

二人边走边说，不知不觉地来到村头大树下，只见陈碧英、春女子、玉香子、桂花子等一群妇女坐在大树下面纳鞋底。

赵小莲说："红军快打过来了，村里成立了妇女会，我都参加了，大家也都参加吧，以后婆婆就不敢欺负我们了。"

苦妹子说："就是李副官说的那些杀人放火、共产共妻的红军吗？"

王桂兰说："那是国民党的反动宣传，红军可是咱们穷人的队伍，为我们穷人打天下，让我们穷人翻身得解放，不再受那些地主老财的剥削压迫，把他的钱财分给穷人，把他们的田地分给穷人耕种，男女平等，天下为公。"

苦妹子大着胆子问道："那我们还受婆婆的气吗？"

王桂兰说："红军领导川北人民开展土地革命斗争，就是要实现这一目标。轰轰烈烈的土地革命运动，让广大妇女看到自己翻身解放的日子已经到来，通江广大妇女在打土豪分田地斗争中得到了锻炼，提高了觉悟，纷纷报名参加红军。当时出现了父母送儿子、妻子送丈夫、夫妻双双报名参加红军的动人景象。红军来到我们长池坝，希望大家也要像通江妇女那样积极参加打土豪分田地的斗争。”

苦妹子又问道：“那我们也能参加红军吗？”

王桂兰说：“当然可以。通江红军部队有一支妇女武装，叫红军妇女独立营。几百个红军女战士大多来自通江的贫苦农民家庭。她们中许多人不满十岁就被当作商品一样贩卖，十二三岁的时候就要担负起养家糊口的担子，成为受尽剥削和欺凌的童养媳。红军到达通江后，男女平等的政策在苏区的实施，燃起了这些贫苦女孩子摆脱苦难的渴望，于是她们成为最向往革命的人之一，越是川军向苏区进攻得猛烈的时候，报名参加红军的贫苦女孩子就越多。在战斗最激烈的时候，她们组成战场运输队，或者背着四支枪和一箱子弹，或者背着上百斤的粮食和盐巴，在陡峭的山林中跋山涉水，从不停歇，或者穿梭于战火硝烟之中抢救伤员。她们还是出色的演员，不打仗的时候，她们的演出最受红军官兵的喜爱，她们演话剧，甚至还会跳苏联红军的《水兵舞》，这些都是红四方面军高级将领张琴秋大姐手把手教的。当需要她们冲上战场与敌人搏斗的时候，她们宁死不屈，奋勇杀敌，以致原来蔑视她们的川军只要在丛林中看见一片红色就胆战心惊，因为她们的枪上、刀柄上全都系着红布穗子。她们爱美，她们的军装大多是打土豪时缴获的地主富人的长衫，她们把长衫的中间剪断，上半截改成军装，下半截改成裤子，因此她们的军装五彩缤纷，什么颜色都有，只有像男战士一样的绑腿是统一的，那是她们把缴获来的白土布染成黄色制成的。她们最喜欢打扮自己的草鞋，无论是草编的还是布条编的，都要在鞋的前头缀上个红绒球。队伍集合的时候，头上的大斗笠上画着五颗鲜红耀眼的星星，脚下的红绒球娇艳夺目，无论是红军官兵还是穷苦百姓都直看得出神……”听王桂兰演讲的妇女越来越多，黑压压的一大片，个个都听得那样入神。

王桂兰演讲完，一个人走在山湾里一条田埂上，十几个团丁突然从天而降。李副官分开众人，走到王桂兰身旁，双手一抱拳道：“乖妹妹，你让我找得好苦哇！”他趁机在王桂兰胸前摸了一把。王桂兰大怒，猛地扇了李副官两个响亮的耳光。李副官恼羞成怒，骂道：“臭娘们儿，死到临头，还敢在老子面前动武！”随即他从团丁手中接过大刀，使出“封喉”剑术，欲砍王桂兰。

王桂兰腾空而起，举双拳向李副官头顶袭来，李副官横举大刀，用力一推，把王桂兰挡了回去，而后手腕一转，刀锋直向王桂兰小腹刺去。怎料王桂兰功夫了得，轻轻一跃，跳到李副官身后，稳稳落地，就势从团丁手中夺过一根青杠棒向李副官的小腿砍去。李副官一转身，持刀由下往上一挑，挑开王桂兰的青杠棒，刀锋忽地转而向王桂兰脖颈刺去。王桂兰不慌不忙，不断转动手腕，架开李副官又快又狠的大刀，并不断向后迈步。李副官察觉王桂兰功夫深厚，不由得大惊失色道：“娘们儿武功了得，弟兄们，跟我上！”

十几个如狼似虎的团丁手持各种武器，呐喊一声冲上前来将王桂兰团团围住，随即便是一场混战。王桂兰全然不惧，把手中一条棍子挥舞得旋风一般，指东打西，挥南向北，打得十几个团丁晕头转向，东倒西歪。突然，一张大网罩下来，王桂兰猝不及防，团丁们一拥而上，把她捆了个结结实实。

李副官得意忘形地狂笑道：“臭娘们儿，今天总算栽在老子手里。”随即大手一挥，说：“走，将这个红匪婆押到乡公所去领赏！”

当天晚上，青杠村联防队长敲着铜锣挨家挨户地叫喊：“鸣锣通知，乡公所有令，家家户户男女老少明天上午都要到禹王宫门口看杀妖精。谁要胆敢不去，便烧了他家的房子，杀了他的全家！”

“铛、铛、铛……”“鸣锣通知……”铜锣声和叫喊声搅得小村不得安宁。

十五

禹王宫是长池坝的标志性建筑，始建于清嘉庆二年（1797 年），为四合院砖木结构建筑。山门前壁系镂空青砖浮雕花卉、飞禽、走兽、喜字图案和张飞横矛当阳桥图、白鹤寿星图等。左右厢殿，悬空建有回廊、栏杆。大殿正中为禹王坐像，高四米，用整块樟木雕成，体态端庄。如今，禹王宫门前已经摆成了一个道场，各式各样的迷信符样悬挂在禹王宫门口的墙壁上。

一群手持长枪的团丁在驱赶着镇上的百姓到禹王宫门前集合，杨天成、黄新民、陈碧英、孬娃子、苦妹子、玉香子、春女子、桂花子等人也在其中。

孬娃子左顾右盼，显然是在找赵小莲。

李副官带着几个团丁一边敲锣，一边吆喝："圣母娘娘识妖作法！到禹王宫去，今天杀共党，是个女妖精。"禹王宫门前，越来越多的老百姓被团丁赶了过来。

杨天成向黄新民使了个眼色，黄新民又向他那伙背二哥的兄弟伙们使了个眼色。

孬娃子看到背着狗娃子的赵小莲从人群中挤过来。赵小莲也看见了孬娃子，她想给他招手，但因背着狗娃子，前面还有公公婆婆，只好无可奈何地看了一眼孬娃子，跟着公公和婆婆往前走去。

岳鹏举捋了捋双袖，转身对李副官说："告诉你们大头目王三春，我岳某手里有百十条枪，他的好意，岳某心领了。今天我得开开杀戒，共产党，哼！"

禹王宫门前，冯老幺敲着锣，吆喝道："安静了！岳乡长岳团长要给大家训话！"

杨天成对黄新民耳语道："这不是你们背二哥队伍里的冯老幺吗？怎么穿上了这身狗皮？"

黄新民说："他和米脑壳何金刚一起投靠了岳鹏举。"

杨天成吩咐说："你的背二哥队伍立即隐蔽起来，特别是那四个姑娘，小心受到冯老幺的伤害。"

"我已采取了紧急措施，解散了背二哥队伍，四个姑娘也分散到最可靠的人家中隐藏了起来。"

"你做得好，待红军一过来马上成立赤卫队，由你担任队长。告诉你的弟兄们一定要提防冯老幺和米脑壳这两条恶狗，王桂兰的被抓我也怀疑是这两个人告的密，只怪我大意了，忘了你曾提醒过我这两个人不大可靠，还让王桂兰同志接见了你们背二哥全体人员，并讲了那么多关于红军的话，再傻的人也听得出来她是一个什么样的人。”

黄新民恨恨地说：“我会尽快除掉这两条狗！”

杨天成叮嘱道：“千万别在红军大部队没有来之前去打草惊蛇，目前岳鹏举与王三春相勾结，势力强大，现在与他对抗无异于以卵击石。”

岳鹏举看了看底下的人群，打了个拱，大声说道：“各位乡亲父老，岳某主持本地二十年一向太平无事。穷富随缘，各有天命，有人听说东边来了红匪共党，有些不太安分了。”底下的百姓没有反应，岳鹏举顿了顿，继续说道，“今天，我要让你们见识见识共产党究竟是什么东西。”他一转身：“抬出来！”

几个团丁抬着五花大绑、披头散发的王桂兰走出来，放在祭桌前面。

人群有些骚动，有的好奇地向上看，有的充满愤怒。

杨天成轻声对黄新民说：“告诉他们几个，一听到枪声就动手！”

几个头戴红箍、裸露上身的“神兵”各手执一把大刀，从禹王宫里鱼贯而出，走至祭桌两边站定。

一个五十多岁的老巫婆身穿五色法衣，念念有词，风风火火地转出祠堂：“咿呀呀……”

百姓好奇地看着。

“圣母”绕盆转几圈，又举起盆急急地说了几句。“神兵”们围着场子一边奔走一边挥刀呐喊。

“这是天上的辨妖水啊！”

“这水可了不得，碰着妖精就成了血，你看！”

“圣母”将水猛地泼在王桂兰身上，水顿时变成血一样的颜色，流遍她一身。百姓们哗然，纷纷交头接耳。

岳鹏举从椅子上站起来，大声吆喝：“看见了没有，这个人就是共产党，他们杀人放火，到处共产共妻。今天，我岳某要为大家斩妖除害，给镇上冲冲邪气！谁要再和共党勾勾搭搭，这就是榜样。给我砍了！”

一个刽子手举起一把大砍刀朝王桂兰的脖子砍去。

“砰！”杨天成一枪放倒了那个刽子手。

枪声一响，禹王宫门前顿时乱了套。百姓们有的钻进禹王宫，有的四处乱跑。

岳鹏举朝天放了一枪，但还是控制不了混乱的局面，他朝团丁喝道：“你们给我上前面堵住！”话音未落，枪声四处响起，百姓更加不安，骚动起来。

冯老幺跑来报告：“团总，不好了，红军大部队往这边打过来了。”

冲锋号响起，红军先头部队已冲入镇上。

禹王宫门前一片混乱，岳鹏举朝天放了一枪，气急败坏地吼道：“你们给我上前面堵住！”团丁们乱作一团，哪还听他的指挥。

李副官持枪冲到岳鹏举跟前，大声说道：“举公，事不宜迟，赶快跟我上山吧！”

岳鹏举望着面前无法收拾的局面，咬咬牙，垂头丧气地命令道：“撤！”众团丁赶紧护着岳鹏举往外撤。

一妇女站在阶沿边上张望，一边用木梳梳头，一边对屋内吼道：“嗨！太阳都当顶了，还不起来。你狗日的就晓得睡，一天就只晓得抽鸦片烟，一点事情不做。”远处响起一阵阵枪声。

红军进入长池镇，只遭到岳鹏举反动民团的零星抵抗，枪声稀疏。团丁们斜挎着枪，有些人扛着箱子，仓皇逃出镇去。

那妇女赶紧进屋关上门，从门缝里朝外张望，对屋里男子说：“跑过去一股军队了，可能是这几天大家都在摆的红军……嗬，怎么全是女兵？”

男子穿个短裤，披个烂棉袄，到院内搭个梯子，爬上墙头看了一会儿：“是，肯定是红军，就是那个苏维埃。”

“啥子叫苏维埃哟？”

“你问我，我问谁？”

一队红军女战士持枪冲到禹王宫门前，摘掉长池镇民团团部和乡政府的两块牌子，随即又有几个女红军战士抬着两块新牌子挂了上去，一块是长赤县苏维埃政府，另一块是中国工农红军妇女独立营。

禹王宫门前，立即围过来许多看热闹的胆大的老百姓。

王桂兰、杨天成、黄新民和几个红军女战士在扯墙上的神怪画符。几名女红军又贴上些各色纸写的标语：“打倒国民党反动派”“打倒田颂尧”“参加红军”“拥护苏维埃”“欢迎红军！”“共产党万岁！”“苏维埃万岁！”“谁是世界上的创造者，只有我们劳苦工农”“铲除封建势力，实行土地革命”……

长池镇街道两边，由地下党组织起来的男女百姓敲锣打鼓，挥动小彩旗，喊着口号："打倒国民党反动派""打倒田颂尧""参加红军""拥护苏维埃""欢迎红军！""共产党万岁！""苏维埃万岁！"

红四方面军妇女独立营举行隆重的入城仪式，近千人的女红军队伍举着红旗，浩浩荡荡入城。女红军们的衣服有些破旧，但干净、整洁，精神饱满。她们肩扛步枪，也有轻重机枪，马背上驮着迫击炮。

随着红旗，几名号手吹着军号前进。走在队伍前面的有张琴秋、陶万荣、曾广澜、刘伯新等。一群小孩跟着红军队伍跑。

欢迎人群中，一些妇女好奇地看着队伍中的女红军，窃窃私语："苏维埃来了！"

"啥子是苏维埃嘛？"

"听乡公所那些人说，苏维埃共产共妻，反正是凶得很！"

"我们穷人，啥子苏维埃，啥子国民政府，管他哪个来了，都没得关系。"

"嘀！这些女的也共产了！"

"她们都敢共产，我们未必就不敢共产啦！"

游行队伍转了一圈又转到禹王宫门前，王桂兰和杨天成迎了上去。

王桂兰上前紧紧握住张琴秋的手，说："张大姐，终于把你们盼来了！"

她随即又向张琴秋介绍说："这位便是杨天成同志，原川东游击队联络员，派回长池从事地下党工作多年了。"

张琴秋握住杨天成的手，说："好同志，你吃苦了！"

王桂兰说："这位就是崇敬的张大姐张琴秋同志。"

杨天成向张琴秋敬了一个不太标准的军礼，大声说："首长好！"

张琴秋微微笑道："就叫我张大姐吧！"

杨天成改口道："张大姐！"

张琴秋看了一眼禹王宫门前刚贴的那些标语，满意地点点头，随后吩咐杨天成："安排几个手艺好的石匠，把'谁是世界上的创造者，只有我们劳苦工农''铲除封建势力，实行土地革命''田归生产者所有，那里容得寄生虫'这几幅标语，刻在禹王宫门前这三道石门框上，字要大点！"

杨天成说："张大姐放心，我马上安排石匠办。"

张琴秋说："走，我们去商量商量下一步的工作。"

一行人跟着张琴秋进了禹王宫，在岳鹏举的办公室里开了一个临时会议，先由杨天成向张琴秋汇报了长池坝地下党的情况，并详细介绍了黄新民以及他的背二哥队伍。张琴秋阐述了妇女独立营这次进驻长池坝的中心任务是配合红三十军作战，同时做好长赤县苏维埃政府各级地方政权的组织工作和机构建设，并马上成立长赤县苏维埃政府农会，由杨天成担任主席。成立长赤县苏维埃政府工会，由黄新民担任主席。成立长赤县苏维埃政府妇女委员会，由王桂兰担任主席。成立长赤县苏维埃政府赤卫队，由黄新民兼任队长。首先进行土地改革，要把长池坝的人民群众充分组织起来，打土豪、分田地，让老百姓尽快过上好日子。农会与工会的任务是做好扩充红军工作，宣传鼓舞广大青年踊跃报名参加红军。妇女委员会的任务是发动广大妇女为红军筹备军粮、打草鞋、抬担架、救护红军伤病员。川北种鸦片烟的问题很严重，通（江）、南（江）、巴（中），鸦片烟种植量惊人。境内男性，包括穷人、士兵，大多数染上了鸦片烟瘾，应当禁种、禁吸、禁贩，要发挥妇女在禁毒中的作用。

杨天成、王桂兰、黄新民等人表示坚决执行命令，在最短的时间内将工会、农会、妇女会、赤卫队各项工作开展起来。

第二天，张琴秋首先组织召开了一场禁烟群众大会。

土操场上聚集了数千名妇女，多数拖儿带仔。少数人坐在各种长、短板凳上，多数人站着。许多人在做针线活，纳鞋底。大家叽叽喳喳地议论着。

一个青年妇女说：“红军要是能把我家男人、公爹公婆的鸦片烟戒掉，我举双手拥护苏维埃、共产党。”

另一个中年妇女说：“那么多人都抽鸦片烟，苏维埃的本事再大，怕也禁止不了。”

王桂兰走进人群，一个小女孩对她说：“你们穿着这衣裳，好神气哦！”

王桂兰说：“当然，这就是红军军装。你今年多大了？叫啥名字？”

小女孩说：“我叫何春香，今年十五岁了。”

王桂兰说：“看上去像十一二岁。”

何春香说：“从小到大，都吃不饱嘛！我才几岁，父母亲就把我卖给秦家做童养媳。”

王桂兰对几个女红军说："这就是川北数十县许多童养媳的缩影。"又问何春香："家里还过得去吧？"

何春香说："穷得打鬼。我倒勉强有这套旧衣裤，村里有些十几岁的姑娘都没有裤子穿，不敢出门。"

一女战士问："家里人对你好吗？"

何春香说："好啥子，不是打就是骂，田头地头、锅台灶头，轻重活路、大小事情，都是我一个人做。"

女战士问："其他人为什么不来帮你做？"

何春香抱怨说："折磨小媳妇嘛！我们这些地方被丘八和官府逼迫，长期种鸦片烟。我公公、婆婆和男人也染上了鸦片烟瘾。啥子活路都是我做，还吃不饱饭。"

女战士说："跟我们闹革命，求解放，参加红军吧！当了红军，就不被欺压了。"

十六

数十个松油火把燃着熊熊火焰，将山寨照得如白昼。遍地明碉暗堡，明岗暗哨，长枪、短枪、机关枪横七竖八地放在地上。

岳鹏举和李副官恭候在山寨大门口，两眼盯着远方。只见月光下，五名彪形大汉，腰插双枪，光着膀子在山寨门口晃来晃去。寨顶之人忽然发出两声呼哨，哨声尖锐，钻云破雾。

片刻之后，寨外半空中飞来一顶轿子，四名黑衣壮汉凌空踏步，衣袂飘飘地抬着轿子，冉冉落地。后面紧接着又是一顶轿子，再后面紧紧跟着一队荷枪实弹的卫兵。

"三爷到了。"李副官说罢，快步走到轿前，岳鹏举也赶紧跟了过去。

李副官双手将轿帘掀开，点头哈腰道："有请三爷。"

王三春被五名保镖簇拥着进了山寨大厅，岳鹏举和李副官等人也尾随而进。

岳鹏举偷眼观瞧，发现人们传说中的王三爷竟是个瘦小枯干的小老头，瘦脸，尖下巴，六十左右，一撮山羊胡子微微抖动着翘起来。完全是一副烟鬼模样，但那双鹰眼却炯炯有神，甚至是咄咄逼人，令人毛骨悚然。再看那五个保镖，一个个横眉竖目，清一色黑衣黑裤，纳底云鞋，往那一站，顿觉杀气逼人。

进了大厅，有人忙用衣袖拂拭椅子，扶王三春坐下，随即有人献上茶来。五名保镖分列两旁，宛似煞星瘟神一般。

王三春用鹰眼扫视一周，面带愠色，说："哪位是被红军撵到我们山寨来的岳团长哟！"

岳鹏举赶紧站起身来，向王三春行了一个大礼，躬身道："禀报三爷，鄙人便是。"

王三春用鹰眼盯着岳鹏举，盯得他心里一阵阵发毛。良久，王三春突然哈哈大笑起来，说："岳团长无事不登三宝殿，要不是红军帮我这个忙，你哪瞧得起我王某的土匪队伍，这就叫逼上梁山呀！"

岳鹏举低声下气地说："鄙人深感惭愧，无地自容。"

王三春说："胜败为兵家之常事，自古道留得青山在，哪能没柴烧？这个小寨尚有五六百人枪，司令王龙蛟是我手下一员猛将，勇不可当。这山寨地势险要，能攻能守，权且给你用。待你恢复元气，羽翼丰满时再送你下山，王某绝不强留岳团长上山为寇。"

岳鹏举躬身说："多谢司令！多谢三爷！"

"王某在大巴山上有万把兄弟，武器精良，将多粮广，国共两党都把我视为一块肥肉，国民党刘湘封我为川陕边游击司令，共产党徐向前也有意封我为红军巴山游击总司令，加上本人巴山镇槐军司令，三个司令啦！老子威风得跺跺脚，整个大巴山都发抖呀！哈哈……"

王三春得意忘形地狂笑不止，众人也跟着一起狂笑起来。

王三春又问道："岳团长手下还有多少人枪呀？"

岳鹏举说："弟兄倒还有百把号人，只是武器形同破铜烂铁，只能拿到大街上去吓唬吓唬老百姓，要真是两军对起阵来，便就成了摆设，岳某这次兵败如山倒，也就是吃了武器太差的亏。"

王三春点点头说："兵不在多而在于精，将不在勇而在于谋。武器很重要，但绝不是唯一制胜的法宝。想当初王某初进山拉杆子时，也就十几个人来七八条破枪，混成今天的三个司令。”

岳鹏举唯唯诺诺，恭维道：“三爷神勇！”

王三春说：“再看看人家红军，刚入川时也就一万多人，一半以上还用的是长矛梭镖大刀，结果把装备精良的田颂尧五万人马打得一败涂地。这说明什么，战争的胜利在人而不在于武器。”

人在房檐下，不得不低头。岳鹏举夸赞道：“司令高见！”

“王团长！”王三春一声呼唤，王龙蛟赶忙起身。王三春说：“从明天起，你就帮助岳团长训练他的民团弟兄，一个月之后你便将部队拉到阆中安营扎寨，把这座山寨拱手让给岳团长，并把你的重型武器也全部留给岳团长。”

岳鹏举大喜过望，起身跪拜道：“多谢司令，敝人终身不忘三爷的大恩大德。”

王三春突然拉下脸来，说：“起来吧，岳团长不必行此大礼。但我丑话说在前头，你千万别给我重温农夫与蛇的故事，一旦发现你对王某有不轨行为，老子弄死你如同捏死一只蚂蚁。我既可一夜成全你，也可一夜毁了你。”

岳鹏举吓出一身冷汗，再次跪拜在地：“岳某如再对三爷三心二意，便天诛地灭，死于乱枪之下。”

王三春说：“共产党、红军是国民党和我等的共同敌人，我连夜去中魁山会见田颂尧田长官，就是与他签订攻守同盟，互为依托，一致对外。失陪了，我是路过顺便看望看望你和各位弟兄们。”

王三春说着站起身来往外走，五名彪形大汉紧紧尾随。众人赶紧起身将王三春恭送出大寨。

夜幕沉沉，四周静悄悄。起风了，山寨上方乌云弥漫，大片的乌云劈头盖脑地压来，让人喘不过气来。

寨门打开，王龙蛟、岳鹏举、李副官等人恭送威风凛凛的王三春走出山寨。王三春笑逐颜开，不时地拍打着岳鹏举的肩，道：“好样的，有头脑，王某喜欢。”

岳鹏举小心翼翼地将王三春扶上轿，躬身道：“三爷，咱就这么说定了。”

王三春摇头晃脑笑答道：“当然，王某吐口痰都像颗钉，岂能儿戏。”

帘子放下，四名轿夫脚下用力，轿子稳稳飞起翻过山寨院墙，五名人高马大的保镖先后纵起身形，衣袂飘飘，紧随而去。

岳鹏举擦着额头的冷汗道："人言三爷可畏，今日一见，果真如此。"

李副官笑道："举公，三爷的脾气你又不是不知道，弄不好真能掉了吃饭的家伙。"

王龙蛟说："三爷吩咐兄弟给举公摆桌酒压压惊，举公请！"

岳鹏举客套几句，便跟随着王龙蛟和李副官一行进了山寨大厅。

餐桌上菜肴丰盛得很，野猪、野鹿、狍子、獐子、野山羊、野兔、野鸡、锦鸡、野山菌、野木耳……天上飞的、地上跑的、水里游的，应有尽有。酒是土匪们自己生产的苞谷散装酒，茶是土匪们自己在山上采摘的野山茶。宾主依次入座，岳鹏举和王龙蛟坐了上位，李副官和一位浓妆艳抹的妖艳妇人，分别靠在王龙蛟和岳鹏举身边坐着。

王龙蛟说了几句客套话，端起酒碗一干而尽。岳鹏举二话不说，也一口而干，然后把碗底翻过来在王龙蛟、李副官和众人眼前晃了晃。

王龙蛟说："王三爷听说你来到我的山寨，特意从大巴山上带来这些美味山珍，请举公尝尝鲜。这是竹鼠，你们长池坝没有这个东西，你尝尝，肉细嫩得很。"

岳鹏举问："啥子叫竹鼠？"

王龙蛟答道："长得就像大老鼠，有人叫竹鼠，生活在竹林、马尾松林及山地阳坡草丛下。喜欢吃竹类的地下茎、竹笋。竹鼠的肉鲜嫩至极，竹鼠油还可做外敷药。"

岳鹏举说："俗话说，天上斑鸠，地下竹鼠，说的就是它？"

王龙蛟笑道："对，这是王三爷让弟兄们专门为你挖来的。"

岳鹏举夹了一筷子，仔细地品尝着，啧啧赞道："好，真鲜嫩呀！"

那妖艳女人给岳鹏举夹了一筷子菜，嗲声嗲气地说："这是三爷给岳团长带来的麂腿肉。"

美人在侧，岳鹏举不由多看了几眼，说："这位美人儿是——"

王龙蛟笑道："三爷听说举公喜欢这一口儿，专门给你从汉中请来的。"

岳鹏举听了哈哈大笑，众人也跟着一起大笑。

王龙蛟给岳鹏举夹了一筷子鱼，说："这是桃园河里的洋鱼，是巴山特产！”

美女佳肴，岳鹏举把败兴忘了一干二净，说：“我今天算是口福齐天啦！”

李副官说：“举公，今日受惊，来来来，再喝一杯，压压气。”

岳鹏举咬牙切齿地说：“他妈的，共产党，红军……”

王龙蛟说：“举公放心，明天我派一队兄弟下山为你老人家报仇！”

岳鹏举拱手谢道：“唉，我今日落到这般田地，三爷的大恩我岳某日后定报。”

李副官说：“举公，莫提，莫提，以前我们王三爷也多受举公关照，来，干杯！”

十七

禹王宫门口已挂上崭新的牌子，一赤卫队员和一红军女战士在门口站岗。大门口有不少过路百姓停步朝里面观望，红军男女战士和地方工作人员不时地进进出出。

张琴秋快步出门，转身对身后的王桂兰和杨天成说：“总部指示我们，立即开展土地革命，把土地分给穷人，对于中农要讲政策。”

杨天成说：“现在群众虽然动员起来了，但有的人受反动派的蒙骗较深，分了田还不敢插牌子，有的落后，还偷偷跟有钱人联络感情，态度摇摆不定。还有，岳鹏举那次搞的什么辨妖血，污蔑红军是妖魔鬼怪，王桂兰同志的妇女工作开展也比较困难。”

张琴秋思忖片刻，说：“这样，你们立即召集一次群众大会，一是消除国民党的反动宣传，二是深入群众，了解哪些群众受苦最深，对于那些过不下去的、生活困难的，要给予帮助。要让群众明白，红军是为穷苦人而来的。走吧，我们一起到街上转转。”

杨天成点头应着，跟随一同前往。

三人费了好大的劲才挤到区公所门口，这儿有两棵参天黄连树，树身五六人都围不住，是长池古镇的一道景观。近处街道两旁墙壁和大树上，贴满了五颜六色的标语，诸如“打倒刘湘、田颂尧！”“打倒土豪劣绅！”“土地归穷苦农民！”“苏维埃万岁！”“红军万岁！”

黄连树下，几个女红军战士和赤卫队员在贴宣传标语，已穿上红军服装的李秀贞和另外几个女红军在贴招收男女红军的标语，引来了不少百姓观看，议论纷纷。

赵小莲、苦妹子、春香子、桂花子、玉娃子一大批青杠梁的姑娘们也在其中观看，她们都不认字，只好听人家议论。

茂密的黄连树遮天蔽日，阳光从枝叶的缝隙之间，斑斑驳驳地洒落在地上。一队漂亮的红军女战士在黄连树下表演节目，报幕员面向观众道：“下面请孙桂英同志演唱《八月桂花遍地开》。”

孙桂英站上前来，在二胡、笛子的伴奏下动情地唱了起来：

八月桂花遍地开，
鲜艳旗帜竖啊竖起来，
张灯又结彩呀，
张灯又结彩呀，
光辉灿烂闪出新世界。

亲爱的工友们呀啊，
亲爱的民友们呀啊，
唱一曲国际歌，
庆祝苏维埃。
站在革命的前线，
不怕牺牲冲向前，
为的是政权呀啊，
为的是政权呀啊，
工农专政如今已实现。

亲爱的工友们呀啊，

亲爱的民友们呀啊，
今日里是我们，
解放的一天。
领导群众数千万，
跳出地狱鬼门关，
不再受摧残呀啊，
不再受摧残呀啊，
封建制度彻底要推翻。

亲爱的工友们呀啊，
亲爱的民友们呀啊，
封建制度，
一定要推翻。
完成民主革命，
反动势力要肃清。
团结向前进呀啊，
团结向前进呀啊，
政府就是我们的家庭。

亲爱的工友们呀啊，
亲爱的民友们呀啊，
把阶级消失净，
才能享太平。

嘹亮的歌声吸引着更多的赶集的人来围观。李秀贞、刘淑华、梁红梅、冉兴华等人被优美的歌声所打动，赶紧走过来，也跟着小声哼唱起来。

李秀贞突然发现唱歌的那位女战士好像是上次在上两河背二哥客栈唱歌的那个女孩，她可是店老板的女儿，还招了个通江的上门女婿叫蔡家俊，二人是结了婚的，她怎么又变成红军了呢？刘淑华、梁红梅、冉兴华也随即认出来了这女红军便是那新娘子孙桂英。

四人一齐走上前去，李秀贞问道："孙桂英同志，你本来就是红军，还是后来参加红军的？"

孙桂英愣了一下，说："对不起，我并不认识你们。"

李秀贞说："四个月前我们住在上两河背二哥客栈，正好赶上你的大喜日子，我们喝过你的喜酒，还听你唱过山歌呢！"

孙桂英惊讶道："你们是谁，怎么也当了红军？"

李秀贞说："你还记得起来吗，那天晚上一伙来自长池坝的背老二，到上两河银杏坝时已经很晚了，因逢第二天赶集，满街大大小小的客栈的门口都挂上了'本店人已满'的牌子。后来我们听到鞭炮声和锣鼓声找到背二哥客栈，原来第二天是你的大喜日子，头天晚上便开始热闹起来。我们还喝了你父亲孙老板自己酿的好酒呢！"

孙桂英呵呵大笑道："我想起来了，那天晚上确实有一支找不到客栈歇号的背二哥队伍，你们那位领头的汉子跟我父亲说了许多好话。我丈夫蔡家俊也就是当晚那位新郎官，听说你们是他的老乡，跑过来陪了你们大半夜，连我都不陪。"

众人听了，一齐哄笑起来。

孙桂英又笑着说："嘿，那晚背二哥队伍里全是男的，你们这又是怎么回事？"

李秀贞、刘淑华、梁红梅、冉兴华四人的脸色一下子阴沉下去，李秀贞想说什么，却泣不成声。众红军男女战士和百姓一片惊愕。

王桂兰立即走上去，大声说："乡亲们、妇女姐妹们，这位女红军战士叫李秀贞，是长池坝官放沟人。只因家境贫寒，兄妹众多，便约了村儿里刘淑华、梁红梅、冉兴华跟她一样处境的姐妹女扮男装，给长池坝大恶霸岳鹏举当了轿夫，后来被他识破，将我们四个姑娘凌辱，最后又让他手下人糟蹋。她们四人一气之下点燃岳鹏举家后院，连夜逃进深山当了大半年野人，晚上睡在岩洞，白天靠挖野菜、摘野果充饥。后来又女扮男装装成哑巴混进背二哥队伍，同吃同住一年多，每天背百多斤的货物在陡峭的山林中跋山涉水，吃尽了人间苦头。直到张琴秋同志率红军妇女独立营打过来，她们才还了女儿身，四人一起参加了红军妇女独立营，成为一名正式的红军女战士。”

张琴秋接过话头，说：“当然也是最合格的红军女战士，打起灯笼火把也找不到像她们这样能干的姑娘，往中魁山抬担架送军粮，救护红军伤病员，连那些身强体壮的男红军都比不过呢！李秀贞赛过了当年的穆桂英，四个姑娘不是花木兰，却胜过了花木兰。”

围观的百姓齐声叫起好来，不少妇女用手不停地抹眼泪。

张琴秋又说道：“这位孙桂英姑娘结婚不到二十天，夫妻便双双参加了红军。她在妇女独立营跳舞班当班长，丈夫蔡家俊在妇女独立营后勤班当班长，可以说是红色之家。”

王桂兰大声说道：“乡亲们，这位便是红四方面军高级将领，大名鼎鼎的张琴秋同志。”人群中爆发出阵阵叫好声和欢呼声。

陈碧英说：“张大姐，听说你通五国语言，能在马背上写文章，还会打双枪，百发百中，在我们这一带传得可神呢！”

张琴秋笑着说：“我跟你们都一样，也是一位普通的农家女子，哪像你们说的那样神啊！”

一群女子围上来，说：“张大姐，把我们长池坝的妇女组织起来，再成立一个妇女独立营，让我们都来当红军。我们这些女娃子都是吃苞谷、红苕长大的，劳力好得很，背二百斤都不用打杵子，爬坡上坎比兔子跑得还快，狗都撵不上呢！”

众人听了大笑起来，张琴秋也哈哈地笑，笑够了才认真地说：“姐妹们，我首先为你们想参加红军的热情表示感谢！长赤县苏维埃政府已成立了妇女委员会，由王桂兰同志担任主席，大家先报名参加妇女委员会吧！中心任务是发动群众、宣传群众、武装群众、组织群众，平时支持长赤县苏维埃政府工作，战时跟着红三十军一起上战场。待条件成熟时，肯定扩充妇女独立营，到时大家自然都是红军女战士了。”

众人欢呼雀跃起来，好像自己已经就是红军女战士了。

黄连树右侧是一家吕记茶馆，里面也热闹非凡。掌柜的是一个四十多岁的汉子，正热情地招呼着各位茶客。几个茶客聚在一起，在小声地议论着。

一个瘦高个茶客说：“红三十军在中魁山八面威风，田颂尧这回惨了！”

一个胖墩墩的茶客说："听说刘湘急了，正往这边调兵呢！"

掌柜走过来，笑眯眯地劝道："莫谈国事，莫谈国事！"

几个茶客赶忙缩头应诺："唉——哎！"

掌柜走出门口，向街头望去。只见孬娃子背着背篼，左顾右盼地走了过来。行商打扮的李副官迎上前去，对孬娃子恶狠狠地说："狗杂种，有什么动静赶快报告，要是……小心你全家的脑袋！"说完，他转身走了。

孬娃子呆呆地望着李副官的背影，痛苦地摇摇头，无可奈何地低头进了茶馆。

十八

清晨，一轮红日喷薄而出。张琴秋在王桂兰和杨天成的陪同下，站在园山寨顶上四处眺望，长池坝方圆数十里的景致尽收眼底。长池坝东北十二公里处有一座寺庙叫鼓楼寨，掩映在树木葱郁的林阴之中，与乐台寺遥相呼应，形成"鼓楼晓钟、梵歌晚唱"两大景观。乐台寺百米之外有座名叫松尖子的孤峰，上面有一棵千年巨松，粗壮茂密的树枝遮天蔽日，数十里外都能看见。每当风起，便响起如雷贯耳的呼啸之声，令人胆寒，数十里外都能听得见，"松间风涛"因而得名。与乐台寺相呼应的南侧，有平地拔起的园山寨，古木郁郁葱葱，引来候鸟群栖，傍晚如祥云降临，清晨如白雾升腾，鸣叫不绝，而有因"园山瑞鹤"之景。

向北行四五里处，有一山梁，峰峦起伏，松柏茂密，山脚至山顶，层层叠叠，远远望去，犹如莲花绽放，直插云端，有"莲花松云"之称。

张琴秋感叹道："真没想到，长池坝却是这般美好！"

杨天成说："长池坝神奇的东西可多呢！清朝咸丰年间，这园山寨脚下居住着众多何姓人家，山脚下有一小山梁，名一炷香，传说风水特别好，于是何姓众房都想据为己有，或为坟场，或建房屋，形成了两股势力，长期争夺，械斗不止，状诉不停。当时南江张县令大为光火，亲乘轿舆，带上衙役，来此断案。在开堂审理时，双方各执一词，互不相让，惹恼了这位明断公事的张县令，于是惊堂木一拍，宣布没收这块土地充公，由争夺双方各出银两，修建学馆，建成为止，并各征学田数亩，以供学馆开馆之后的各项资费。这就是当时有名的龙池书院，首任院长便是当朝进士何昌龄。园山寨西南方向两公里处有一座远近闻名的大坟陵，唤作石马坟，也就是何昌龄家的祖坟。何昌龄的祖先应是庐江郡潜山县何尚之的后人。何尚之南朝宋文帝时任尚书令，孝武帝时官至左光初、开府议同三司，一门四代五尚书、三皇后、两驸马、十二太守，延续了何氏家族二百多年的辉煌历史。何昌龄的祖先后因故从潜山举家出走湖北孝感，明朝末年又被张献忠撵到四川，这也就是历史上有名的湖广填四川。在那场大动乱中，何氏家族生离死别前将一口大铁锅砸成八块，让兄弟八人每人保存一块，嘱咐众人若干年后子孙们若要认祖归宗，可凭此为证。然而八弟兄在兵荒马乱中天各一方，从此再也没能将打烂分开的铁锅拼凑起来，这就是有名的八家何。”

张琴秋前往石马坟，对何氏望族赞叹不已，说：“趁着心情好，再带我到你的家乡青杠梁看看，顺便走访几家老百姓。”

杨天成高兴地说：“那太好了，中午我让妻子用柴火饭、老腊肉招待张大姐！”

青杠梁在长池街西南十多公里处，三人走了一个多时辰来到青杠梁那条千年古道。杨天成告诉张琴秋说，这里是巴山背二哥们的必经之路，一年四季都会传来节奏鲜明的打杵声。

张琴秋一路观察地形，上了青杠梁又观察了一会儿，对王桂兰和杨天成说：“这青杠梁进可攻，退可守，是一块天然的屯兵之地呀！”

至此便为后来把妇女独立营和长赤县苏维埃政府转移到青杠梁奠定了基础。

张琴秋提出走访几家农户，杨天成安排第一个便是苦妹子家。

此时苦妹子和婆婆刚吃过早饭不久，她趁着婆婆躺在床上抽大烟，便拿起砍刀和绳子走到门外，背起背架子准备上山打柴。前几天下过雨，她踩着泥泞的村路来到村口，刚走到枯井旁，听见背后传来个瓮声瓮气的声音：“站住，你这个害人精，害得老子好苦！”

苦妹子浑身剧颤，脸色惨白。吼声过后，随即传来一阵嘻嘻哈哈的淫笑声。苦妹子战战兢兢转回头，看见李副官朝他淫笑。

苦妹子拭了把冷汗，厌恶地瞪了他一眼，心里骂了几回，转回头继续走路。

李副官上前一把扯住她，拔出手枪顶在她头上，低声吼道："小娼妇，乖乖儿地给我滚回去，否则老子一枪崩了你。"

苦妹子吓得六神无主，只好乖乖地被李副官用枪押着往家走。到了家门看看大门紧闭，里面静悄悄的，全无动静。李副官抬腿迈上石阶，挥舞拳头砸门。

院门被砸得砰砰作响，过了一会儿，里面传来一阵脚步声，苦妹子婆婆懒声懒气地说："谁呀，青天白日的砸老娘的门？"

门缓缓打开，苦妹子婆婆瞪着黄眼珠子刚要发火，瞧见是李副官，立马换了脸色，眉开眼笑，招呼着："哎呀，原来是李副官，快进来，我说这眼皮总跳，原来是贵客到了。"

李副官拉着脸迈进门槛，苦妹子婆婆扯着破锣嗓子朝苦妹子吼道："你不上山去砍柴，给老娘死回来干啥子？"她用眼神示意苦妹子赶紧走。

苦妹子领会了婆婆的意思，转身就跑。李副官几个大步冲上去，像老鹰捉小鸡一样将她捉进屋里，并反手关上大门。

苦妹子急得大叫："婆婆，救救我！"

苦妹子婆婆惊慌失措地喊着："长官，长官，你这是——"

李副官狞笑着，掏出一块烟膏扔了出来，说："拿到，出去看着点，不然老子宰了你！"

苦妹子一把拉住婆婆，央求道："婆婆，救救我！"

婆婆挣开苦妹子的手，骂道："贱种！"她拎起烟枪就往外跑。

苦妹子惊恐万分。李副官淫笑着扑了上来："嘿嘿，乖妹妹，想死哥哥了！"他将苦妹子抱起扔到床上，搂着她的脖子又亲又咬，苦妹子发出一声声尖叫。李副官却在她的尖叫声中扒光了她的衣服，顿时怔住，一团白肉耀得人眼花缭乱。李副官顿时觉得一股邪火在体内乱窜，压制不住，也飞快地扒光自己的衣裤，一头扎到床上，顺手放下帐子，淫笑道："小娘们儿，苦苦等了这么多年，没想到今天跟老子两个圆了房！"

苦妹子绝望地紧闭双眼，怯怯地蜷紧身体，脸色惨白。

李副官急不可耐，声音变得沙哑："从今天起，你便是我的老婆，要是再敢让别的男人上你的床，我他妈的剥你的皮，抽你的筋。"

山道上，杨天成带着张琴秋和王桂兰往苦妹子家走过来。

杨天成向张琴秋介绍说："那边大院里住着婆媳两人，婆婆叫饶淑珍，五十岁左右，长得一脸凶相，大嗓门儿，说起话来几里路以外都听得见。三十多岁时丈夫被国民党抓了壮丁，千辛万苦把儿子带大，八岁那年娶了个十五岁的媳妇，还没等到圆房儿子便死了，从此婆媳二人便相依为命。儿媳就是赵小莲说的苦妹子，十年前一户下方人逃难到了长池坝，便以二十块大洋卖了当童养媳。大名叫柳红妹，人们都习惯叫她苦妹子，遭遇跟赵小莲大同小异。"

张琴秋说："走，过去看看。"

李副官正抱着苦妹子在床上翻滚。苦妹子婆婆看到张琴秋一行三人，急急地喊道："红军来了！"

李副官大惊，赶忙跳下床穿上衣服，出了里屋掏出一块大洋递给苦妹子婆婆，说："死老太婆，这块大洋赏给你。"他从后窗跳了出去。

杨天成带着张琴秋和王桂兰来到院子里，喊着："屋子里有人吗？"

苦妹子婆婆慌忙开门迎了出来，连声说："有，有！长官。"

屋内，苦妹子急忙穿好衣服，整理好散乱的头发，蜷缩在床头，嘤嘤地哭着。

婆婆骂道："贱种，还不来给长官见礼。"

张琴秋进了屋，走到床前，惊讶地问道："大妹子，怎么啦？"

苦妹子婆婆一边朝苦妹子使眼色，一边假笑着说："没啥，没啥！"

杨天成对张琴秋说："她叫苦妹子，这是她婆婆。她男人还没圆房就死了。"

婆婆瞪了苦妹子一眼，狠狠地说："都是她的命凶，克死的！"

张琴秋看着苦妹子婆婆，皱了皱眉头，说："别怕，现在穷人翻了身，红军替你做主，我也是女人，有什么苦到长赤县苏维埃政府去找我。"说完，她和杨天成、王桂兰出了门。苦妹子抬起头，像是看到救星。

苦妹子婆婆低声狠狠地骂道："贱种！"

苦妹子从胸口拿出一个小雕像，双手合住，喃喃祈祷着。

十九

清平寨坐落在四山环绕的半山腰上，四周都是悬崖峭壁，只是下山才有一条弯曲狭窄的羊肠小道，小道两旁是一排排木桶粗的柏树，棵棵挺拔。其中有一棵巨大的古柏，已有千年之久，树粗达十余人合围，树冠大如华盖，主干直指蓝天白云。更令人叫绝的是山岩顶端有一道碗口粗的瀑布飞流直下，流进了一个深不见底的水潭里，大大地方便了用水，这真是一块天然宿营地。

这清平寨地形险绝，进可攻，退可守，与十里之外的莲花寺成犄角之势，如遇兵犯莲花寺，清平寨可以出兵相救；如敌来侵清平寨，打得赢就打，打不赢则可撤进山更高、林更密的原始森林。平时只需要一个排镇守进山要道即可高枕无忧。

清平寨后山有一块方圆数里的平地，是一个天然的练兵场。王龙蛟正指挥他的土匪队伍扮成红军与岳鹏举的民团士兵在此对阵，反复演练各种阵势，以及冲锋、反冲锋、对刺、拼杀、打斗……

王龙蛟大声命令道："李副官出列！"

手拿步枪的李副官应声向前跨出一步。

王龙蛟喊道："卧倒！起立！卧倒！起立！"

李副官咬紧牙关，费力地做着俯卧撑。岳鹏举站在远处观看着，脸露喜色。李副官艰难地完成动作，站立起来。

王龙蛟说："兄弟们，现在我与参谋长韩少工给大家表演一套格斗术，大家说好不好？"

红黑两队一起振臂高呼："好哇，好哇！"

王龙蛟和韩少工都是河南人，年少时都到嵩山少林寺习过武，所以他们的表演特别吸人眼球。

王龙蛟的红队阵势森严，人人摩拳擦掌，个个杀气腾腾。看那阵势，他们随时都要扑上去，将黑队的人撕得粉碎！

韩少工的黑队一字摆开，很有阵势，也人人摩拳擦掌，个个杀气腾腾。

王龙蛟挺棍奔到韩少工面前，叫道："来来来，咱俩大战三百回合，让兄弟伙们开开眼界！"

韩少功圆睁双目，亦举棍直取王龙蛟。两人转花灯般地在阵前厮杀，棍来棍往，舞得旋风一般，已分不清哪是棍，哪是人。

两人大战了三百回合仍不分胜负，各自回阵稍息。再上阵时，两人索性脱去棉袄，又举棍交起手来。

棍棒相碰，铿锵有声。那边王龙蛟犹如蛟龙出海，一条大棍舞得八面生风；这边韩少工好比猛虎下山，一根长棍如雨点般地向王龙蛟浑身上下砸去。

二人又斗了百余回合，韩少工的棍法开始出现混乱，而王龙蛟却愈战愈勇，上一棍、下一棍，左一棍、右一棍，棍棍都朝着韩少工的致命处打去，韩少工渐渐地只有招架之功，没有还手之力。

突然，王龙蛟双棍朝韩少工迎面砸来，他想躲也来不及了，哎呀一声猛退一步，倒在地上。

王龙蛟双棍抡空，由于用力过猛，身子失去平衡，便顺势扑在韩少工的身上，二人滚作一团，赤手空拳地格斗起来。

二人都是学的少林功夫，韩少工擅长用腿，王龙蛟则擅长用拳，加上他又练就一身轻功，面对韩少工，他左劈右挡，纵跳腾跃，稍占上风，但一时也没有取胜的办法。

两人久战分不出胜负，岳鹏举走上前去，说："二位英雄让我大开眼界，今天就点到为止，练兵就当这样练！"

王龙蛟、韩少工停下拳脚，齐声说："举公所言极是！"

岳鹏举说："希望二位仁兄能把你们的武功毫无保留传授给我的弟兄们，让他们人人身怀绝技，以一当十，甚至当百地去对付红军。"随即，他转身对黑队团丁们说："王团长和韩参谋长武功高强，希望大家认真向他们学习，苦练杀敌本领。平时多流汗，战时少流血，大家尽快成长为一位勇士，杀红军，报咱们一箭之仇。大家有信心没有？"

众团丁齐声答道："有！"

训完话，岳鹏举示意李副官到僻静处去。

二人离开训练场，边走边谈。

李副官说："红军正在长池坝分田分地，要开什么群众大会。"

岳鹏举恨恨地骂道："他娘的！这些穷鬼，我饶不了他们！领头的是什么人？"

李副官说："是个女的，听说是个大官。"

岳鹏举一听，气呼呼地说："什么！"

李副官说："这个女人可了不得，曾留学苏俄，通五国语言，骑白马，打双枪，能在马背上写文章。二十七岁便担任红四方面军总政治部主任，后来不知何故被贬到红军总医院担任政治部主任，现带领红军妇女独立营随红三十军到了长池坝。"

岳鹏举说："照此说来，我们堂堂大老爷们儿，竟败在一群婆娘手里？"

"话虽如此，但也确事出有因。这个女人凶得很。听说在通江仅用了不到一个连的女兵，便生俘了国军一个正规团。"

岳鹏举听到这里不禁打了一个寒战。

李副官接着说："这女人成立了长赤县苏维埃政府，将'池'字改为'赤'字，也就是赤化的意思。还搞什么土地革命，把有钱人的钱财和土地分给那些穷鬼，还成立了什么农会、工会、妇女会组织，带领一帮穷鬼把长池坝折腾得乌烟瘴气，天翻地覆。"

岳鹏举骂道："他娘的，臭婆娘都骑在我头上来了。"

李副官说："团总放心，李某早晚把这婆娘捉上山来，给你当压寨夫人。"

岳鹏举呵呵笑道："李老弟拿我穷开心哈！红军不是田颂尧的川兵，硬干不得。不过，也不能让他们安生了。"

李副官说："我看这样，红三十军主力被刘存厚和田颂尧几万人马围困在中魁山，把他们所谓的各级苏维埃政权交给一帮婆娘看守。领头的那个张婆娘虽有些本事，但她毕竟是外省人，初来乍到，人生地不熟，我们将人马分成几小股，打她们的埋伏。大队伍不去惹，小的零散的，运粮运给养的，驻在偏僻乡村的，一个一个都给她挑了。"

岳鹏举喜形于色，说："有理！对，还有那些带头闹事的穷鬼也给我……”他做了一个砍头的手式。

二十

大巴山的天真是孙猴子的脸，说变就变。刚才还是太阳当头照，瞬时又聚起了乌云，太阳在漫天的乌云中艰难地穿行着。在这群山林海之中，却见硝烟蔽日，杀声震天。

原来是红四方面军三十军与国民党的三个军在此血战，英勇的红军指战员与数倍于己的国民党反动派进行殊死搏斗，战斗打得异常残酷，敌人成片成片地倒下，红军伤亡也很惨重。妇女独立营的主要作战任务是救护红军伤病员，现在也直接拿枪上了战场。

此时敌军正向妇女独立营阵地发起猛攻，不停地响起爆炸声，硝烟四起，火光冲天。张琴秋指挥着女战士借着硝烟的掩护，由两侧冲向土道。

突然，从小山冈背后蹿出大批国民党士兵来，在机枪的掩护下，数百人从正面向妇女独立营发起冲锋，军号凄厉，敌人端着刺刀哇哇吼叫，山包被枪弹扫得一溜溜冒烟。

张琴秋见情况突变，急忙喊道：“快，快往敌人堆里投手榴弹！打呀！”

几十颗手榴弹飞过去，在土包前腾起一道爆炸的土雾，硝烟过后，敌人吼叫着冲过来。

女红军战士不断有人中弹倒下。张琴秋双目血红，手枪连挥，喊道：“同志们，冲过去，跟他们拼刺刀！”

山野中人影晃动，刀枪碰击，鲜血四溅，吼骂惨呼声不绝于耳。妇女独立营三连长抡着大刀片，双臂淌血，杀红了眼。她一个人对付六个敌人，一连砍翻三个，敌人指挥官老远看见，端起一挺机枪，一梭子弹击中三连长胸口，鲜血乱蹿，轰然倒地。

张琴秋看见三连长牺牲，悲愤难当，端着雪亮的刺刀，刺进一个粗壮的敌人胸口，斜眼见一名矮个子在厮杀中被死尸绊倒，她迅疾扑上，将他捅死在地。她拔出血淋淋的刺刀，悲怆地高喊道：“同志们，三连长牺牲了，杀敌人，为她报仇啊！”

一时间，妇女独立营群情激愤，女战士们奋勇争先，越战越勇。

敌军官挥舞军刀砍倒了一名红军女战士，看见张琴秋正与部下厮杀，知道她是头领，便悄悄绕到她身后，猛地举起刀欲剁，突然一颗子弹从侧面土堆旁飞来打中他的右臂，军刀在半空落地。

这一枪是王桂兰打的，也就是说是她这颗子弹救了张琴秋的命。

正在危急关头，王桂兰和黄新民率领着几十名赤卫队员冲过来加入战斗。

敌人已处下风，再加上王桂兰和黄新民两员虎将的增援，战场形势立即扭转。敌人凄厉的惨叫声不时地在野地里回荡，不到一个时辰，敌人全部被歼灭在阵地上。

正在这时，只见一匹快马奔来，军部传令兵翻身下马，跑到张琴秋面前，行礼报告："报告张主任，李政委命令你们妇女独立营和长赤县赤卫队立即撤出阵地，火速返回保卫长赤县苏维埃政权。岳鹏举、侯文彪等反动民团趁妇女独立营和赤卫队上了前线，对根据地人民进行反攻倒算，血腥镇压苏维埃干部和红军家属。"

张琴秋闻言大惊，迅速带队撤出阵地，急行军返回长赤根据地。沿途但见苏维埃政府工作人员以及救护红军伤病员的担架队必经之路都成了要塞，山峰陡峭，树木遮天，阴森森。反动民团在各个路口筑起碉堡和炮楼，三步一岗，五步一哨。端着刺刀的团丁在路口严厉盘查过往行人，稍有可疑，便扑上去抓了起来。

前线炮声隆隆，后方也浓烟滚滚，火光冲天。如狼似虎的反动民团趁机向长池坝苏维埃政权以及人民群众反攻倒算，他们像一群没有人性的野兽，挨家挨户地砸门，有的抱来了柴草，堆于门前点燃，人们惊恐地嚎叫着，四处奔逃。

此时侯家梁还乡团头子侯文彪正借助国民党反动派的力量，疯狂地对侯家梁村民们进行反攻倒算。

一百多个村干部和红军家属，被反绑着手站在晒坝里，敌人在四周架上机枪，杀气腾腾。

侯文彪一眼认出人群中的谭大爷，一把将他拖出来，骂道："你这个老不死的，你儿子杀了我爹，我杀他老婆给爹报仇。听说你最近又不安分起来，按理我要杀了你，但你孙女长得还不错，让她给我当小老婆，我就饶了你这老不死的。"

"呸！"谭大爷气得脸色发青，骂道，"你个狗屎不如的龟孙子，癞蛤蟆想吃天鹅肉，等着我儿子带红军回来给你一顿手榴弹吧！"

恼羞成怒的侯文彪拔出手枪对准谭大爷的头就要开火，突然四周枪声大作，原来是张琴秋率领的妇女独立营和赤卫队旋风般地杀奔过来，雨点般的子弹和手榴弹在敌群中四处开花，转眼工夫便消灭了大半，没被打死的迅速跪地举手投降，竟没有一人逃脱。

妇女独立营的及时赶到，让一百多村干部和红军家属幸免于难。

随后晒场变成了公审公判的会场，恶霸地主、反动还乡团头子侯文彪五花大绑跪在台子上。

张琴秋走到侯文彪面前，厉声喝道："侯文彪，你知道我们红四方面军川陕革命根据地吗？"

侯文彪连连点头："知道，知道！"

张琴秋说："你知道红三十军在长池坝打得国民党反动军阀人仰马翻，溃不成军吗？"

侯文彪颤颤地说："知道知道。"

张琴秋猛一拍桌子，喝道："你好大的胆子，知道还敢杀害苏维埃政权工作人员和红军家属？"

侯文彪面如死灰，连声说："我知罪，我请求政府宽大处理！"

张琴秋随即站起身，大声说道："乡亲们，跪在台上的这个恶霸地主，长期欺压百姓，鱼肉乡邻，作威作福。特别是明明知道已成立了川陕革命根据地，明明知道红军已到了长池坝的情况下，还敢公然与红军作对，与反动民团岳鹏举相勾结，疯狂镇压和屠杀支持红军的男女百姓，血债累累、罪恶滔天，大家说我们该怎样处理这些反动派？"

台下顿时响起惊天动地般的怒吼："千刀万剐，剐了他，剐了他！"

张琴秋说："那好，我代表长赤县苏维埃政府，宣判罪大恶极的地主恶霸侯文彪死刑，立即执行！"

台下一片欢呼声，有人高呼起“共产党万岁，红军万岁”的口号来。

李秀贞、刘淑华、梁红梅、冉兴华四个女红军把侯文彪拖到一棵黄连树下正要开枪，谭大爷和他的小孙女谭晓岚疯了似的扑上来，抢夺她们手上的枪：“等一等！等一等！我要亲手杀了他！我要亲手杀了他呀！”

执法队长王桂兰赶紧跑过来扶着谭老大爷，说：“大爷，你别急，什么事你老慢慢说。”

有人走过来对王桂兰说：“这是侯家梁的谭大爷，他儿子参加了红军，侯文彪杀了他的儿媳妇。”

王桂兰拉着谭大爷的手，说：“谭大爷，有话慢慢说，我们苏维埃政府一定为你做主。”

谭大爷泣不成声。原来侯家梁的民团头子侯文彪到处抓红军家属和积极分子，不到两个月杀了五十多人。谭大爷的儿子谭少俊为民除害，原本想杀了侯文彪，却误杀了他老爹，一把火烧了侯文彪家的房子，连夜参加了李先念的红军部队。谭大爷带着儿媳妇和孙女谭晓岚连夜逃进深山躲藏。几天前，儿媳妇下山去弄点吃的，就被侯文彪的民团给抓住了。

两个团丁把谭晓岚娘拖到侯文彪临时给他爹设的灵堂里，侯文彪瞪着血红的眼睛立在堂前，香烛火把，烟雾腾腾，团丁肃立，阴森可怖。团丁强按她跪下，谭晓岚娘倔强地站起来。侯文彪缓缓走到她跟前，拔出手枪朝着她双膝“砰砰”两枪。顿时血染双膝，谭晓岚娘倒在地上。

侯文彪恶狠狠地说：“把她绑在凳子上！”团丁把谭晓岚娘牢牢地跪绑在凳子上。

侯文彪跪在他爹的灵位前，手捧烧香哭道：“爹，儿子为你老人家报仇了！就是这婆娘的男人杀了你，儿子今天要用她来活祭你老人家的在天之灵！”

拜罢，侯文彪伸出双手撕开谭晓岚娘的上衣，露出双肩，拔出手枪狠狠地往谭晓岚娘头顶砸去！一股殷红的血，浸出她的头发，流过脸庞。

侯文彪用手枪抵住谭晓岚娘的双肩，开了两枪，肩膀顿时血肉模糊。谭晓岚娘一声惨叫，昏死了过去。侯文彪点燃大蜡烛，分别插在她的头顶和双肩的伤口处……

谭大爷哭着说：“我儿媳死得好惨呀！断子绝孙的侯文彪呀……”

谭晓岚失声痛哭："娘——"

侯文彪骇人听闻的兽行把现场几千人都震惊了，发出一片怒吼声："掐死他，掐死他……"

谭大爷泣不成声："三天三夜呀！我儿媳她，就这么活活地给折磨死了！"

张琴秋怒不可遏地骂道："禽兽！禽兽不如的东西！"

人群中有人怒骂："侯文彪，我日你八辈祖宗！"

众人齐声怒吼："狼心狗肺呀！千刀万剐也不能抵偿的作孽呀！"

张琴秋说："大爷，我们一定为你报仇！一定！李秀贞，把枪给这位大爷。"李秀贞把枪交给谭大爷。

谭大爷拿着枪，浑身颤抖："狗日的，你也有今天呀！晓岚她妈！我给你报仇了！"

可他激动过度，手脚发软，怎么也举不起枪来！

谭晓岚哭着帮爷爷举起枪，说："爷爷，开枪呀！开枪呀！"

百姓怒吼道："捅死他！捅死他！"

祖孙俩合力举枪向侯文彪捅去！群众蜂拥而上，石头如雨点般向侯文彪砸去！

二十一

禹王宫门前张贴了许多新的宣传标语，大门口也多加了几个持枪站岗的女红军战士，里里外外都是人，群众大会正在这里举行。

主席台设在禹王宫的戏台上，陶万荣、曾广澜、王桂兰、杨天成、黄新民等人坐在主席台上，张琴秋站在台上讲话："乡亲们，咱们红军、穷苦人都是一家人，红军是穿上军装拿起枪杆子的穷人，是大伙自己的队伍。恶霸岳鹏举造谣说红军是妖兵，共产党是妖精，这是他们骗人的把戏。"

张琴秋指着台上一角那几个被绑着的土豪劣绅，说："他们骑在穷人头上作威作福，还说什么富命穷命，搞什么辨妖天水。你们看——"张琴秋回身拿过一盆水，往里放了点药面，然后泼在他们身上，水立即变成红的了。

台下的百姓看了，纷纷议论。

王桂兰振臂高呼：“打倒土豪劣绅，打倒封建迷信，打倒恶霸地主！”

台下的群众也跟着呼喊，口号声震天动地，吓得台上的几个地主老财瑟瑟发抖。

张琴秋接下去向群众作了长时间的演讲，从辛亥革命讲到孙中山的三民主义，从苏俄革命讲到中国共产党的成立，再讲到了三大革命苏区的成立，中国工农红军第一、二、四方面军。当然重点讲了红四方面军在鄂豫皖从无到有、从小到大、从弱到强的成长过程，讲了红四方面军未能打破国民党三十万大军的第三次围剿，被迫实行战略大转移，主动撤出鄂豫皖革命根据地，西进三千里，冲破敌人的围追阻截，翻越大巴山，在通江创建了新的革命根据地，即川陕革命根据地。继而解放了通南巴以及整个川北地区，纵横三百多公里，人口达五百多万，成为继中央苏区之后的第二大苏区。

随后禹王宫群众大会又变成了公审公判大会，几个五花大绑跪在台子上的恶霸地主浑身筛糠一样颤抖，额头冷汗密密麻麻，眼神也像死鱼一样。

张琴秋说：“我代表长赤县苏维埃政府，宣判吴龙、韩文贵、朱天论、黄文元、李天成等人死刑，执法队将这五名罪犯押赴刑场，立即执行！”

十几个女红军和赤卫队员立即冲上台去，将五个罪大恶极的恶霸地主押到禹王宫右侧的猪市梁上执行枪决，四面八方的老百姓像潮水般地涌了过去，石头如雨点般向这几个恶人砸去。

“砰砰……”猪市梁上同时五声枪响，几个罪大恶极的家伙同时结束了他们那罪恶的生命。

二十二

长池镇街上人来人往，送军粮的、抬担架的……一派繁忙的景象。

一队儿童团举着红旗，唱着歌从大街上走过：

太阳出来满山红，
红军来了大不同。
打倒土豪和劣绅，
人民永远不受穷。
……

一群儿童手拉手做转圈游戏，唱道 ：“铧口铧口尖尖，簸箕簸箕圆圆……”

转圈游戏结束，一个大些的男孩说 ：“我们来‘躲猫猫’吧！”

众儿童拍手说 ：“好！躲猫猫！躲猫猫！”

儿童们划掌，某孩子留下，其余的四散开去，说:“躲猫猫！躲猫猫！”

一个妇女叮嘱说 ：“别碰伤了哈！”

一些老人在旁边或站或坐着聊天，妇女们在做针线活。远处炮声隆隆，硝烟弥漫。

几个女红军也在旁边与百姓摆龙门阵。

“长池苏区内，好一派祥和气氛。可惜，敌军就要打来了。”

“山雨欲来风满楼，风没有，雨是要来了。一场恶战在即。过几天，能撤退的就撤退 ；不能撤退的，又要吃敌人的苦头了。”

一间大屋子里，地铺上躺着几十名新入伍的戒烟战士。有六七人鸦片烟瘾发了，痛苦难受，眼泪、鼻涕、口水齐下。有的在打滚，有的用拳头捶打地面。

一个瘦高个央求着 ：“医生，行行好，让我再抽一回鸦片烟，只抽这最后一回了，明天起坚决戒掉。”

穿白大褂的女红军严肃地说 ：“不行！红军纪律严格，必须戒毒。像你们这个样子，如何上前线？你们已经戒毒七天了，这一两天最关键。忍耐过去，就戒掉了。来，嚼几颗花椒，吃一粒戒烟丸。”众人吃花椒、戒烟丸。

李秀贞、刘淑华、梁红梅、冉兴华四人进屋，提着黑铁水壶和叶子烟。李秀贞说:“我们来慰问大家。你们喝点开水，抽点叶子烟。戒掉鸦片烟了，全家高兴。”

刘淑华说："抽鸦片烟的人，找不到婆娘的哈！"

瘦高个说："那给我们唱个歌吧！"

刘淑华说："我们来就是为这个来的，先给你们唱《八月桂花遍地开》吧！"

四个姑娘一起合唱："八月桂花遍地开，鲜红的旗帜竖起来。张灯又结彩啦啊，张灯又结彩啦啊，光辉灿烂闪出新时代……"众人也跟着唱了起来。

大街上，十几个妇女围着王桂兰要求参加女红军，并向她打听张琴秋的情况。

一个妇女问道："听说张琴秋大姐是什么洋留学生，晚上不用灯就能写字。"

王桂兰笑道："张大姐可真不简单，她原是总部的大干部呢！"

另一个妇女说："我就爱听她讲话，往那里一站，多威风呀！回家我男人都没得脾气了。"

这时，张琴秋从禹王宫走过来，朝王桂兰招呼着。王桂兰和一群妇女们簇拥过来，紧紧地围在她周围。

张琴秋一边热情地和众人打招呼，一边对王桂兰说："刘湘的增援部队很快就要到达长池镇，长赤县苏维埃政府各级政权和红三十军医院要马上转移到青杠梁，需要征用一些民房做彩号病房，还需要些棉被，你做做工作，让地方妇女队的同志们多做一些。"

"没问题，当地妇女同志们可乐意了。"王桂兰回头望着妇女们，大家都笑了。

张琴秋又说道："妇女独立营也要马上转移到青杠梁。"

王桂兰说："好，我抓紧布置工作。"

长池坝一带，空气中已抖动着凛冽的寒气。青杠树如同长池坝的汉子一样，长得棵棵挺拔。绵绵的秋雨，万木凋零，一片萧瑟。几场秋雨，温度剧降。细雨虽小，却容易湿身，人们全身上下没有一处是干的。

红军妇女独立营配合长赤县农会、工会、妇女会、红军医院的大转移工作正在紧张地进行中。在长池街通往青杠梁的大路上，人来人往，有背军需物资的，有抬担架转移红军伤病员的，气氛十分紧张，却有条不紊。

孙桂英和几个红军女战士站在路边打着快板，说着唱着给众人鼓劲加油。李秀贞、刘淑华、梁红梅、冉兴华、苦妹子、谭晓岚在抬着担架。

青杠梁村口、路口，到处都是红军女战士们三三两两的身影。下午天气明显转暖，乌云退去了。熬煎了十多天的绵绵秋雨，总算从青杠树林梢上透出一丝亮光。秋天的青杠树叶有了几分深红的醉意。

赵小莲背着牛草站在村口，神情复杂地望着这支既熟悉又陌生的队伍。

收山货归来的孬娃子远远走过来，兴奋地对赵小莲说："我已参加了青杠梁农会，你也赶紧参加妇女队吧！"

赵小莲说："还用你说，王大姐早就叫我参加了！"

"哦，没想到，你比我还积极！走，我们到妇女独立营去看看，听说那里正在招红军，男女都要。"

赵小莲问道："怎么，你想参加红军？"

孬娃子说："先看看再说，到时咱俩一起报名参军。"

赵小莲摇摇头，喃喃地说："像我这种已经结婚了的人，人家还会要吗？"

孬娃子揶揄道："你那也算结婚，简直都笑死人了！走吧，先去看看再说。"

赵小莲沉默片刻，说："那你先走吧，哪敢跟你同路，要被婆婆看到，今晚又要挨打。"

孬娃子说："说的也是，你先把牛草背回去，我在柳家大院门口等你。"

赵小莲也没回话，背着牛草快步回了家。孬娃子望着她的背影，无可名状地摇摇头，也大步朝柳家大院走去。

妇女独立营营部设在青杠梁柳家大院里，墙壁上用石灰水书写了好几幅宣传标语，两个英姿飒爽的红军女战士手握钢枪，神情专注地在门口站岗，不少男男女女兴奋地走进走出。柳家大院院坝左右各摆一张桌子，各有两名妇女独立营干部坐在桌子旁，正为排起长队的男女青年做登记。院坝边上还围了几十个青年妇女，不时地探身往前观望。不一会儿，孬娃子和赵小莲也走了进来。

这时队列中发生了小小的骚乱，原来是几个小伙子怕报不上名，便不守规矩往前插队，遭到了排在前面的人的阻拦，双方起了口角。

张琴秋恰从屋里走出来，见此情景，大声说道："乡亲们，大家不要急，按秩序排好队，一个一个地来，人人都有份。"

大伙儿吃了定心丸，队伍也恢复了秩序。

张琴秋刚走出大门口，不料便被两名女子拦住。两名女子跪在地上央求道："长官，求求你，就让我俩参加红军吧！"

张琴秋停下脚步，赶紧扶起她俩，打量着，转身问站岗的女战士："她俩怎么回事？"

女战士回答说："她俩要求参加红军，但被拒绝了，所以就在这里软磨硬泡。"

张琴秋打量那两个女孩子，问道："你俩叫什么名字？"

高一点的女孩说："我叫蒋菊花，她叫岳桂芳。"

一个招兵干部闻讯走出来，对张琴秋说："她俩成分不好，是大恶霸侯文彪家的人。"

张琴秋听了有些惊讶，又仔细打量了蒋菊花和岳桂芳一番，问道："你们在侯文彪家是干什么的？"

蒋菊花说："抬轿子的。"

"女人也抬轿子？"张琴秋更是吃惊不已。

蒋菊花说："侯家老太太是原南江县太爷的小姐，规矩大得很，不能见男人。叫什么受不清……"

张琴秋说："男女授受不亲，你说！"

蒋菊花说："不能坐男人抬的轿子，我们二人就专门给她抬轿。"

征兵干部说："哪有这样的怪事，明明是编的瞎话。"

蒋菊花急得眼泪都要流下来了，争辩道："不！这是真的！长官，你收下我们吧！"

张琴秋思忖着，说："对，这是真的。给地主抬轿子成分怎么不好？抬担架正需要这样的人。长池坝山高路陡，我们的人还要向她们学习呢！留下吧！"

二十三

红三十军指挥部门口，政治部主任拉着特务连连长郭威的手，语重心长地说：“我们三十军的主力部队全部聚集在中魁山，刘湘的增援部队很快就要到达长池镇，长赤县苏维埃政府各级政权和红三十军医院将马上转移，大土匪王三春勾结长池恶霸岳鹏举将趁机反攻倒算，仅靠张琴秋同志从通江带过来的几百名红军女战士和地方赤卫队与土匪周旋，形势将更加残酷和严峻。你带特务连去配合妇女独立营工作，主要保护红军医院的安全，听从张琴秋同志的统一指挥。”

郭威坚定地点点头：“是！”

“你到那里必须保证张琴秋同志的安全。”

“保证完成任务！”郭威向政治部主任敬礼，转身离去。

米脑壳带着两个土匪正在捆绑苦妹子，她婆婆吓得跪在一旁直央求：“老总，别，别，我还靠她养活我呢？”

苦妹子的嘴里被塞了块破布，来回挣扎着，但还是被塞进了麻袋。

米脑壳说：“我这是奉李副团长，也就是之前的李副官之令，专门接她上山去当压寨夫人，高兴都来不及呢。扛走！”

婆婆爬起来，拉住米脑壳的腿，说：“长官，留下她吧！我求你了！”

“哼！你这个死婆子，我送你上西天！”米脑壳回手就是一枪，苦妹子婆婆应声倒地。两个土匪抬着苦妹子飞快地消失在树林里。

山峰陡峭，树林密不透风，只有一条小路，似一条冰凉的蛇一样蜿蜒着向山林中爬行。这是青杠梁通往外界的唯一通道。

冯老幺带着十几个土匪藏在树林里，注视着路边的动静。不一会儿，杨天成背着背篼快步向这边走过来。

冯老幺下令道：“准备动手！”

几个土匪同时从树林里跳出来，把枪口对准杨天成。

郭威带着队伍拐过了一道弯，快步走过来，前方突然传来两声枪响。郭威一挥手，说：“不好，前面有情况，跑步前进！”

一阵急行军，他们到了事发地点，见路边躺着一个人，血淋淋，胸口中了两枪，盖着一张纸条“这就是共匪的下场！”

“不好，这个人肯定是长赤县苏维埃的同志，不幸被敌人杀害了。”

郭威带领红军战士跑步向前追去，只见米脑壳和几个土匪扛着麻袋就要钻进林子，他举手一枪，一个土匪中弹倒地，其他土匪见势不妙，扔下麻袋，迅速钻进林子逃走了。

郭威跑到麻袋前停下，解开麻袋。苦妹子面无人色，挣扎着。郭威扯下她嘴里的破布，问道："小妹妹，你没事吧？"

苦妹子睁大眼睛，呆呆地说不出话来。

郭威吩咐战士抬着杨天成的尸体，带着苦妹子快步往柳家大院走去。

张琴秋和肖干事刚走到营部门口，王桂兰便哭喊着追赶过来："张大姐——"

张琴秋大吃一惊，忙回头问道："发生了什么事？"

王桂兰哭着说："农会主席杨天成被土匪杀害了！"

张琴秋惊讶道："他是我亲自安排出去执行一项特殊任务的，当时没任何人在场，土匪怎么知道了这个情报？"

肖干事紧蹙眉头，说："这件事是有点儿蹊跷！"

"好好查查，千万不能让敌人的奸细混入咱们内部。"

肖干事点点头。

张琴秋又交代道："你们二人赶紧布置，给杨天成同志召开一个追悼会！"

这时，郭威大步走过来，立正敬礼，递过一封介绍信，大声说："报告张主任，红三十军特务连连长郭威前来报到。"

张琴秋仔细看过介绍信，说："你们李政委已经打电话告诉我了。你来得正好，长池坝的民团和土匪现在很猖獗，你要把医院的安全工作负责起来，防止反动民团和土匪的袭扰！"

两人正说话间，苦妹子冲了过来，一头跪倒在张琴秋脚下。

张琴秋急忙拉起她，问道："苦妹子，怎么是你，发生了什么事情？"

郭威说："土匪抓了她，半道上正好被我撞见。"

苦妹子说："土匪杀了我婆婆，我已经没有家了。长官，你就收下我当个丫头吧！"

张大姐抚摸着她的肩膀，说："好！好！我答应你，你不是丫头，是红军战士，是和大伙一样的革命战士！"

二十四

山坡上，挺立着一棵棵粗壮的青杠树。杨天成的墓就躺在那里，坟墓前摆放着各种祭品。

十四岁的杨玉香跪在父亲坟墓前，撕心裂肺般地放声恸哭。

陈碧英早就哭干了眼泪，靠在坟墓上两眼发呆。

坟墓前的空地上站满了红军女战士，赵小莲、苦妹子、桂香子、春女子等青杠梁的妇女们也都站在那里伤心落泪。

张琴秋和王桂兰早已哭红了双眼，双手捧着一大捆白色的野菊花缓步走过来，摆放在杨天成坟墓前，两人俯下身去深深地三鞠躬。

张琴秋走上前，双手扶着哭成泪人的杨玉香，说："同志们、姐妹们，杨天成同志是为了人民的解放事业而牺牲的，他的死比泰山还重。"

陈碧英突然站起来，拉着女儿杨玉香，斩钉截铁地对张琴秋说："张主任，我和女儿要求参加红军，给女儿他爹报仇！"

"报仇，报仇！"愤怒的声浪直冲云霄。

张琴秋拉着陈碧英母女俩的手，大声宣布："从现在起，你们母女二人便是妇女独立营的红军女战士了！"

坟墓周围响起一片高呼声。

张琴秋说："长赤县苏维埃政府各级政府的同志们，红军战士们，青杠梁的父老乡亲们，共产党人是杀不绝的。别看反动派的气焰暂时嚣张，但迟早是要灭亡的。我们的革命一定会成功，一个没有压迫、没有剥削、人人平等的新世界一定会到来。咱们红四方面军川陕革命根据地在不到两年的时间里，迅猛扩展到三十多个县，面积达到三百多平方公里，让一千多万穷苦农民翻身做了主人。红军队伍也由刚入川时的四个师一万多人扩充为五个军，加上妇女独立营，总兵力达到八万人之众。兵强马壮的红四方面军打得川军闻风丧胆，草木皆兵，重创了国民党反动政府。成千上万的红军战士倒在了大巴山这块神奇的土地上，烈士们的鲜血染红了这块土地，换来了人民的翻身解放，换来了人民的幸福生活。今后，我们军民一家，保卫长赤县苏维埃政权！”

二十五

军营宿舍里，其他姐妹都出去了，苦妹子一个人坐在床沿上摸着军帽上的红五星出神。她已经穿上了红军军服，是红军的人了。不一会儿，她转过身，从床上拿起个小雕像，又合在手里念叨了几句，突然传来一阵脚步声，她赶忙将雕像藏了起来。

张琴秋走了进来，问道："怎么，还在哭呢？"

苦妹子赶紧掩饰着："没……没有……"

张琴秋说："苦妹子，你姓什么？"

苦妹子低下头，轻轻摇了一下，说："我从小没爹没娘，是婆婆把我从路边买了回家的，只听婆婆说叫柳红妹。"

张琴秋说："那我给你改个名吧！就叫柳红川，行吗？"

苦妹子高兴地说："行！大家都叫我苦妹子，庙里的神仙婆婆也说我命凶，克男人，让我天天求天上神兵保佑，要不是那位大哥救我，我……"

"不是你的命苦，这是富人们剥削穷人们而编的鬼话。"张琴秋说，"革命，就是革掉剥削阶级送给我们的苦命！"

苦妹子似乎有些明白，点点头。两人谈了一会儿，张琴秋就走了。

"苦妹子——"不久，苦妹子听见门外有人叫她，忙跑出去一看，原来是孙桂英、李秀贞、梁红梅、冉兴华、李桂花、杨玉香，她们每人端着一大盆子，里面放着红军伤病员的绷带、衣服、床单，站在院坝边上等着她。

孙桂英说："苦妹子，走啊，跟我们去给伤病员洗衣服。"

苦妹子听了，高兴地跑了出来，赶紧加入行列，一路说说笑笑地到了河边，和大家一起在水里洗起衣服来。

孙桂英说：“苦妹子，张大姐找你说啥子？”

苦妹子兴奋地说：“张大姐给我取了个新名儿。”

李秀贞问道：“啊，叫啥子？”

苦妹子说：“柳红川。”

李秀贞说：“张大姐是希望你红遍全川。”

孙桂英说：“就是赤化全川的意思吧！”

苦妹子说：“反正就是这个意思。”

这时，赵小莲从远处走过来，羡慕地对苦妹子说：“苦妹子当上红军，真神气！”

苦妹子说：“张大姐说，只要是穷苦人都能加入红军。”

“真的吗？我也想，可是我婆婆和公公……”赵小莲叹了口气。

苦妹子同情地看着赵小莲愁容满面的样子，想了想，说：“要不我跟张大姐说说？”

赵小莲刚要说什么，狗娃子跑过来拉着她大辫子，说：“姐姐，娘让你回去喂猪。”

“滚！”赵小莲气恼地打开狗娃子的手，干脆走到苦妹子身边蹲下身子一起洗起衣服来。

两串眼泪从狗娃子的眼眶里滚出来，大家看着狗娃子委屈的样子都笑了。狗娃子见大家在笑他，不好意思地用两只小手擦干泪水，也破啼笑了起来。只是赵小莲感到无地自容，恨不得找个地缝儿钻进去。

李秀贞说：“桂英姐，把那天晚上在上两河唱的那首歌给我们再唱一遍吧。姐妹们，这首歌儿可好听呢！”

众姐妹也一起叫道：“好啊，快唱给我们听听吧！”

孙桂英笑着说：“那首歌儿不健康，我们现在是红军战士了，不能再唱那样的歌了。”

李秀贞说：“那就给我们唱一首革命歌曲吧！”

孙桂英说：“那好吧，那我就把张琴秋大姐刚教会我唱的一首苏联革命歌曲唱给大家听吧。这首歌的名字叫《小路》。”

众姐妹们拍手欢呼，孙桂英便放开嗓子唱了起来：

一条小路曲曲弯弯细又长
一直通向迷雾的远方
我要沿着这条细长的小路
跟着我的爱人上战场
我要沿着这条细长的小路
跟着我的爱人上战场
纷纷雪花掩盖了他的足迹
没有脚步也听不到歌声

在那一片宽广银色的原野上
只有一条小路孤零零
在那一片宽广银色的原野上
只有一条小路孤零零
他在冒着枪林弹雨的危险
实在叫我心中挂牵
我要变成一只伶俐的小鸟
立刻飞到爱人的身边
我要变成一只伶俐的小鸟
立刻飞到爱人的身边

在这大雪纷纷飞舞的早晨
战斗还在残酷地进行
我要勇敢地为他包扎伤口
从那炮火中把他救出来
我要勇敢地为他包扎伤口
从那炮火中把他救出来

一条小路曲曲弯弯细又长
我的小路伸向远方
……

众姐妹被孙桂英优美的歌声所打动，也跟着小声哼唱起来。赵小莲也跟着哼唱起来。蔡家俊远远走过来，并向孙桂英微微招手。

李秀贞说："桂英姐，你男人来了！"

蔡家俊朝孙桂英叫道："桂英，你过来一下。"

孙桂英走过去，瞪了蔡家俊一眼，抱怨道："你来干啥？我正在给红军伤病员洗衣服呢！"

蔡家俊说："我有重要事情。走，咱们到那边树林里去说。"

他不由分说，拉起孙桂英的手就往小河边的青杠林里钻，招惹起河边姑娘们一片哄笑。二人在哄笑声中钻进了青杠林。

太阳虽然掉进了深山里，但余晖仍然挂在天边，将青杠林映得通红通红。归巢的鸟儿正忙着呼朋唤友，偶尔有一只野兔或野山羊闪电般地蹿了出来，吓得孙桂英一下扑到蔡家俊怀里，他却趁机将她紧紧地搂住。

孙桂英挣脱蔡家俊的手，责备道："张大姐刚刚宣布了纪律，红军不许谈恋爱搞对象，你这样光天化日之下来纠缠我，也不怕姐妹们笑话我，这叫我以后还怎样工作？"

蔡家俊说："我们已经是结了婚的两口子，张大姐是晓得的，妇女营的姐妹们也都是知道的。"

孙桂英说："这也不行，谁让咱们是红军。要想过夫妻生活，当初就该留在上两河口巴山背二哥客栈，你当老板我当老板娘，每天热茶热饭热炕头，那就不该来当红军，不该来受这种夫妻分离的痛苦哇！"

蔡家俊说："咱俩结婚还不到二十天便双双参加了红军，半年来咱俩几乎天天相见，并没做出什么出格的事来呀。"

孙桂英不耐烦地说："有话快说，要没正经事，我就回去洗衣服了。"

蔡家俊说："我是来告诉你一声，今天晚上我将与黄新民带上几个赤卫队员到天池乡执行一项特殊任务。"

孙桂英关切地问道："啊，什么任务？"

蔡家俊说："长池坝各地反动地主借刘湘增援部队到达长池之机，迅速成立了还乡团，对根据地人民群众进行反攻倒算，残酷杀害苏维埃干部和红军家属，反动气焰十分嚣张，像疯狗一样到处抓人杀人，把人头挂在村口示众。天池乡恶霸地主康耀武，竟敢在我们妇女独立营眼皮底下作恶。”

孙桂英说：“刘淑华失踪十多天了，活不见人，死不见尸，也不知落在什么人手里。”

蔡家俊说：“八成落在这些反动派手里。张琴秋大姐决定派我们几个人首先打掉康耀武的嚣张气焰，敲山震虎，杀鸡给猴看。”

孙桂英说：“哦，就你们这几个人，行吗？”

蔡家俊说：“张大姐也考虑过出动妇女独立营，后来又担心岳鹏举乘虚而入，便决定由我们扮着送喜礼的人，深入虎穴。康耀武的团防大队共有一个连的兵力，不能强攻，只能智取。”

孙桂英问：“送喜礼是啥子意思啊？”

蔡家俊说：“侦察员获悉，康耀武那老畜生要娶第五房姨太太。行动前特地来跟你打声招呼告个别。”

孙桂英拉着蔡家俊的手，动情地说：“对不起，不知道你要去执行特殊任务，让我伤了你的心。要不然，我跟你一起去参加行动。”

蔡家俊说：“开什么玩笑，你就给我好好地待着，只让我好好亲几口就行了！”

蔡家俊不由分说，把孙桂英紧紧抱在怀里，疯狂地亲着嘴，那响声大得简直吓人。二人亲了半晌，蔡家俊突然动手要解孙桂英的裤子。

孙桂英紧紧地按住裤带，急促地责备道：“家俊，你不能这样，叫别人看见了，我这脸往哪儿放？”

蔡家俊说：“我现在就想跟你再做一回夫妻。”

孙桂英说：“这可不行！让那些姑娘过来看见了，羞死先人。”

蔡家俊说：“桂英，我马上就要跟死神打交道了，这一别也不知还能不能见面，枪子儿可不长眼睛……”

孙桂英急忙用手堵住他的嘴，责备道：“可不许胡说，你绝对不会有事的，我等着你胜利归来。那时根据你杀敌立功的表现，也许还可以考虑给你颁一次奖！”

蔡家俊一声叹息：“唉——”

孙桂英安慰道："咱们再熬一熬吧！再过一年半载，估计这仗也就打完了。到时咱俩再回到背二哥客栈，永远在一起，再也不分离。"

这一幕恰好被路过的赵小莲看得清清楚楚，听得明明白白。当她知道这是一对红军夫妻时，引起极大的震动。回到家时，天就快黑了，赵小莲少不了又挨了婆婆两吹火筒，还惩罚不准吃夜饭。赵小莲挨着骂忍着饿，伺候完公公婆婆上了床，又将小丈夫狗娃子哄睡着抱上床，才到堂屋门后苕堆里摸了几根生红苕拿到歇房里，用镰刀刮了皮，一气吃了五六根，然后呆呆地坐了一阵，用力地叹了口气，起身悄悄背上放着几件衣服的行李包，又害怕，又紧张，蹑手蹑脚地打开房门，又摸索着出了大门。赵小莲站在家门口，抬头望了一眼夜空，月明如昼，不由得对着月亮长出一口气，毅然向小河边跑去。

赵小莲来到小河边，孬娃子早已等候在那里。月光下，赵小莲快步走向孬娃子。

孬娃子说："我好害怕！"

赵小莲走近孬娃子，说："我都不害怕，你还怕！"

孬娃子把赵小莲搂在怀里，不安地说："我们——怎么办？"

赵小莲说："只有一条路，我们都去当红军，公爹公婆就不敢对我们怎么样了。"

孬娃子点点头，说："走吧，咱俩到那个山洞里去躲一夜，明天一早就去报名参军。"

赵小莲默默地点了点头，便跟着孬娃子消失在夜幕里。

远处的山林里传来一声声夜莺的啭鸣。

二十六

一条通往天池康家坪的石板路，时隐时现地在山林中穿行。路两旁全是高大的松柏树林，林木高大，掩盖得古道不见天日。

两旁树丛里，黄新民和蔡家俊带领十几个赤卫队员埋伏着。山路上走来几个送彩礼的背老二和押送彩礼的团丁。

黄新民、蔡家俊和十几个赤卫队员突然跳出树丛，大喝一声："不许动！举起手来！"送礼的队伍毫无反抗，被缴了械。

黄新民和蔡家俊将这一行人马审讯完结，只留下管家，扒下其他人员服装穿上，并将这些人员全部五花大绑捆得结结实实，嘴里塞上布条，关进附近一个岩洞里，让一个赤卫队员严加看守，待任务完成之后再作出处理。

黄新民和蔡家俊办妥这件事，押着管家朝天池康家坪进发。

康家大院坐落在四山环绕之中，清一色红木雕刻的木板屋，掩映在一片柿子树中，房屋气派非凡，院落熠熠生辉。

康府四处披红挂绿，张灯结彩，男女宾客不断地进进出出。大门口蹲着两只护院的大石狮子，除了两个荷枪实弹的哨兵外，还另加了几个游动哨兵来回巡逻。

康耀武的民团司令部里，灯笼高挂，唢呐声喧。康耀武披红挂彩，正迎接客人。

团丁走来通报道："报告团长，傅家乡团防大队长傅兴龙的堂兄傅兴彪驾到！"康耀武迎至阶下。

黄新民大摇大摆地带着赤卫队员抬着彩礼走来，迎上前去，恭贺道："康团长，恭喜恭喜呀！"他递上信及礼单，"我堂弟公务在身，不能亲自来恭贺，还清海涵！"

康耀武说："哦，是兴龙老弟！老夫只不过娶第四房小妾，怎敢有劳你家大队长的大驾。兴龙老弟送来如此厚礼，实在不敢当！"

黄新民笑着说："陈团长五个婆娘，忙得过来吗？哈……"他昂首入内。

团丁又通报说："玉堂乡王乡长的周管家驾到！"

蔡家俊扶着管家走了进来，后面跟着乔装的赤卫队员。

康耀武迎上去，大声叫道："哎呀呀，是周老兄呀！快请进，快请进！"

周管家声音颤抖地说："王乡长略感不适，派老朽前来贺喜……"

康耀武发觉周管家神色不对，惊诧地问道："周兄，你好像……"

蔡家俊说："周管家路上劳累，好像是受凉了。这是礼单。"

"哎呀，不敢当，不敢当！快请后房休息。"他转身吩咐一个胖团丁道，"老三，快去请先生给周管家看病。"

胖团丁领蔡家俊和周管家进屋。

胖团丁说："管家请先歇一会，郎中马上就来。"

蔡家俊待团丁走后，用手枪抵着周管家的后腰，低声喝道："你他妈的说话抖什么？"

周管家抖得更厉害，说："我没抖……"

蔡家俊说："你少开腔。我告诉你，你别害怕，只要你不乱说，我绝不动你一根汗毛！"

周管家说："是是……"

厅堂里宾客满屋，热闹非凡。

司仪大声吆喝道："东方一朵祥云开，西方一朵彩云来，月下老人云台坐，红线牵出新人来！新郎官、新娘子就位！奏乐！"

鼓乐高奏。康耀武身披红绸牵出由两个团丁驾着的新娘子。新娘子头顶鲜红盖帕，身披缎袍，步履蹒跚。

司仪大声吆喝："一拜天地！二拜祖宗！夫妻对拜！"

新娘子由团丁硬按着跪拜完毕。

宾客大呼道："康团长，把新娘子盖头揭开，让我们见识见识四姨太！"

康耀武咧着大嘴，笑着说："乡下姑娘，丑八怪，上不了台面！"

黄新民挤上前去一把扯下盖头，他惊得差点叫出声来，原来五花大绑嘴里塞着布巾的新娘子竟是妇女独立营失踪的女战士刘淑华。

堂上宾客一片哗然，新娘子倒美如天仙，但如此接亲，却闻所未闻！

康耀武尴尬地说："粗野村姑，生性野蛮，见笑见笑！"

刘淑华双眉倒竖，眼中喷火，她发现黄新民，顿时悲喜交集，两行屈辱的泪夺眶而出。

赤卫队员们一个个怒火中烧，手不由自主地伸向腰间。团丁们赶紧把她往里屋拖去。黄新民好不容易才克制住自己，同时用眼神制止住战友们。

康耀武尴尬地向众人招呼道："请诸位入席！"众人跟着康耀武步入宴会厅。

再说后房这边，蔡家俊连吓带哄已将周管家修理得服服帖帖，并作好了最坏的打算。

这时，团丁带着中医先生推门进了屋。

胖团丁说："周管家，中医先生来了。"

中医先生问道："管家哪里欠安？"

周管家说："路上偶遇风寒。"

中医先生给周管家切脉。周管家的手在不停地抖。蔡家俊说："周管家是不是有点发冷，你抖什么？"

周管家点头道："唔……"

中医先生摸摸周管家额头，蔡家俊紧张地注视着他们。中医先生似乎感觉到什么。蔡家俊警惕地按着手枪。

胖团丁似乎也觉得有些异样，问："先生，先生，他生的什么病？"

中医先生镇静地说："没什么，我开付单子你马上去抓药。"他走至案边开方。

蔡家俊接过处方看看，随后递给胖团丁说："有劳哥子快一点。"团丁拿着药方出了门。

中医先生收拾药箱，起身说："好好休息，吃了药就会好的。"

蔡家俊拦住说："先生请留步。"中医先生有些惊恐地站住了。蔡家俊说："先生的方子开得不错，只是希望你出去不要乱说。"

中医先生赶紧答道："知道知道，小医平生用药谨慎，你但请放心。"他随即提着药箱，从后门一路快步离去。

宴会厅里觥筹交错，笑语喧天。黄新民持杯走到康耀武跟前说："康大爷，你这么大年纪还不熄火，小弟敬你一杯！"

康耀武哈哈大笑道："不行了，比不上你们年轻人啦！"

黄新民猛将酒杯向他劈面砸去，左手迅疾抓住他的领口，抽出手枪，一声猛喝："不许动！"

几个赤卫队员冲上来，叫道："把手举起来！"

众男女宾客一片惊叫。几个赤卫队员以迅雷不及掩耳之势将民团武装人员全部解决干净。

那边西厢房里的团丁们正在吆五喝六，猜拳行令。蔡家俊率队破门而入，高举手榴弹，喝道："不准动！"

团丁们顿时吓傻了眼，乱成一团，乖乖地举起了双手，不到两分钟便结束了战斗。

黄新民直扑新房，两个团丁守在门外，他抬手叭叭两枪，团丁应声倒地。黄新民用枪托砸开铁锁，众人冲进房内，刘淑华被五花大绑捆在椅子上！

黄新民说：“刘淑华，这是怎么回事？”

“黄大哥！”刘淑华两行热泪夺眶而出。

黄新民说：“你失踪后，张琴秋大姐派人找了你几天几夜不见踪影，怎么被康耀武抢了亲呢？”

刘淑华说：“那天我奉令扮作村姑前往长池街上地下联络站取情报，在返回的路上遭遇十几个土匪追杀，我子弹打光跳崖后，被一颗大树挂住。第二天被一个采药的老人发现了，把我救了下来。他帮我治好了伤，听我说是妇女独立营的女红军，便送我回青杠梁。在路上碰到天池反动民团头子康耀武，老人被他们打死了，我被抢来……”

黄新民说：“你受苦了！”

外面传来一阵激烈的枪弹声。片刻，蔡家俊便跑进来报告说：“大队长，康耀武的反动民团已被我们一锅端了，康耀武也成了瓮中之鳖！”

黄新民说：“把这个反动民团头子押回青杠梁审判，咱们马上撤退。”

一轮红日跃出山巅，风景秀丽的青杠梁沐浴在朝晖里。一阵锣声打破了青杠梁清晨的宁静。一个赤卫队员站在晨光里敲着锣，大声宣布：“红军游击队打掉了天池乡团防大队，活捉了民团头子康耀武！男女老少都到河坝开公判大会，看康耀武敲砂罐！”

河坝里用木头临时搭起了高高的台子，台下挤满黑压压的人群，台上坐着妇女独立营的干部和长赤县苏维埃政府负责人。

张琴秋威严地大手一挥，说：“把反动还乡团头子康耀武押上来！”康耀武在怒骂声中被押上台。

台下响起一片复仇的口号声。张琴秋威严地说：“现在，我代表党和人民宣布，判处罪大恶极的反动分子，手上沾满人民鲜血的刽子手康耀武死刑，立即执行！”

两个赤卫队员像拖死狗一般将康耀武拖了下去。

“砰砰！”河滩上响起两声清脆的枪声！

二十七

当太阳升起一竿高的时候，柳家大院便开始沸腾起来，院坝里里外外都是前来报名参军的男男女女，分别排起了两列长队。院坝左右各摆着一张桌子，各有两名红军干部在那里登记，两张桌上各摆了两块木牌，一块木牌上写着个“男”字，另一块木牌上写着个“女”字。

张琴秋从这里经过，猛然看见迎面而来的孬娃子和赵小莲，便停了下来，问道：“你们是来报名参军的？”

孬娃子不敢回答，倒是赵小莲比较大方，答道：“是！”

“谁参军呢？你吗？”张琴秋指了指孬娃子。

赵小莲说：“我们都参军！”

张琴秋说：“你们，这么好的一对儿，舍得放弃这美好的青春，投身革命？”

赵小莲没听得太懂，但懂得“一对”的意思，羞涩着小声说：“我们不是一对儿。”

张琴秋说：“呵，对不起，是兄妹？”

赵小莲连忙又说：“也不是。”

张琴秋有些疑惑，笑了笑：“那是什么？”

“我们是……”赵小莲羞得低下头去了。

张琴秋又问道：“那么……是背着父母出来的？”

赵小莲说：“我没有父母，是背着公婆出来的。”

张琴秋惊讶地说：“啊，你都结婚了？”

赵小莲点了点头。

张琴秋又问道：“你的丈夫对你好不好？”

赵小莲说：“好是好，不过他太小了，今年下半年才六岁。”

张琴秋叹了口气：“川北这样的事，怎么这么多？去报名吧！男的在那边，女的在这边。”

孬娃子立即挤到队伍中去了。赵小莲跑了几步，又跑回来，说："大姐，你是好人，我什么都说。我和他好，我公公婆婆要杀我，我们只有这一条路了，你们会不会说我伤风败俗，不收我？"

"这叫什么伤风败俗？你们这里有些'伤风败俗'就是该伤，就是该败！你去，他们不会不要你。"张琴秋见赵小莲似乎仍不放心，便叫道，"王桂兰，你过来！你认识她吗？"

王桂兰抬起头来，发现是赵小莲，便说道："赵小莲啊，我知道，她是这一带最漂亮的姑娘，歌也唱得好。怎么？想参军？到孙桂英的演出队去吧？"

赵小莲摇摇头，说："不不，出头露面的，我婆婆更饶不过我了。"

张琴秋说："去吧，就说张大姐答应你了！"

"哎！"赵小莲高兴地应着，跑了过去。

张琴秋看赵小莲跑远了，问道："她婆婆是什么人？"

王桂兰说："也是普通农民，靠勤劳致富，可就是封建霸道，她公公在家里没地位，怕老婆是全村出了名的，童养媳妇就更不用提了。"

张琴秋叹了口气说："真有这样的事呢？"

王桂兰说："这样的人不少，我正为难，像她婆婆这样的人，不知道是该依靠还是打倒？"

张琴秋坚决地说："教育！"

苦妹子带赵小莲走进女兵宿舍，向大家介绍说："这是刚参军的赵小莲，分到咱们班，以后大家多帮助她。"

赵小莲一边整理着军装，一边甜甜地笑着。

苦妹子见了，说："来，来，到窗口看看军装怎么样。"

赵小莲整理好军装，戴正帽子，做了个立正，笑问道："怎么样？"

苦妹子上前帮她纠正姿势，赞赏道："很威风！"

赵小莲脸上露出了满足的神情，忽然她想起什么，赶忙从随身带的布兜中翻出一面小镜子，来回照着，看着。

众姐妹立即围上去哄抢着，嚷叫道："莲娃子，借给我看看！"

何春香开玩笑地说："莲娃子，你跑来当红军，小丈夫狗娃子咋舍得哟！"众人哄堂大笑起来。

赵小莲被人戳到伤心处，表情一下暗淡起来。苦妹子责备道："春娃子，莫打胡乱说。"

众人突然发现张琴秋站在门边，也不知她来了多久，便一齐立正叫道："张大姐！"

张琴秋说："我们是军队，以后不准喊小名，只能称呼正式姓名。听见没有？"

众人齐声道："听见了！"

张琴秋说："同志们，在红军队伍里，谁最亲呀？不是父母，不是兄弟姐妹！将来在战场上打敌人，你的父母和兄弟姐妹谁都帮不上你的忙。只有战友，才能帮助你，救你。战友，战友，战友最亲！记住没有？"

众女红军道："记住了！"

张琴秋说："还有，姐妹们以前的伤心处，也都不要再提起。我们一定要团结友爱，重视战友友谊。李秀贞，通知妇女独立营的干部马上到营部开会。"

"是！"李秀贞快步走了出去。

张琴秋也起身回到营部办公室，待各级干部陆续到齐之后，首先听取王桂兰近日招收女兵的情况汇报。

王桂兰说："要求参加红军的妇女越来越多，也越来越坚决，好多人到妇女生活改善委员会找我，坐在那里不走，我的门已经给堵了三天了。张大姐，你看能不能再扩大编制。"

陶万荣说："不能再扩了，过去只有医院、机关才有女同志，现在连抬担架的都用妇女了，总不能十个人抬一副担架吧！"

曾广澜说："歌咏队、跳舞班起了很大作用，能不能再多搞一些。"

肖干事说："那是要有点才能的，川北的贫苦劳动妇女识字的很少，能挑得出多少来？这不解决问题。"

张琴秋思索着，说："我看，干脆建立一个妇女团，从干部到战士全是妇女，古代不是有娘子军吗？还有花木兰、秦良玉，对了，秦良玉就是四川人。"

郭威说："妇女做后勤，我没有意见；打仗，我有意见。我们现在装备不够，不能都有枪，战斗班里一半还是大刀、梭镖，就是有枪的也没有几发子弹。战斗大多是肉搏战，女同志和敌人滚打在一起，不行，不行！”

“我相信妇女能打仗，至于装备武器么，目前就用梭镖、长矛、大刀也没有什么不可以，花木兰就没有用过步枪、机关枪么。”张琴秋说得大家都笑了。

二十八

傍晚时分，孙桂英、李秀贞、赵小莲、苦妹子、刘淑华、何春香、李桂花、杨玉香等一群姑娘们抓起洗漱工具喊叫着，打闹着，野鸭子般地扑向河里。

晚霞映在河面上，一阵凉爽的河风吹来，把姐妹们一身的疲劳刮得无影无踪。大家脱去鞋袜，高高地挽着裤腿跳进水里尽情地戏水打闹。

突然，赵小莲亮开嗓门唱起了当地最流行的民歌：

太阳出来啰儿喜洋洋哦朗啰
挑起扁担朗朗扯光扯上山冈吆
手里拿把啰儿开山斧啰朗啰
不怕虎豹朗朗扯光扯和豺狼吆
悬岩陡坎啰儿不稀罕啰朗啰
唱起歌儿朗朗扯光扯忙砍柴吆
走了一山啰儿又一山啰朗啰
这山去了朗朗扯光扯那山来吆
只要我们啰儿多勤快啰朗啰
不愁吃来朗朗扯光扯不愁穿

张琴秋恰好来到了小河边，被赵小莲的歌声所打动，兴奋地说：“我刚到通江时也经常听到当地老百姓唱，听他们讲川北地区每年到了十冬腊月，都是云雾缭绕，细雨绵绵，一二十天甚至一两个月不见天日是常事。

人们盼太阳的心情可想而知，每当太阳出来，人们就像过年一样欢喜，所以有人便创作了这首民歌《太阳出来喜洋洋》。还有一首著名的民歌《十把扇儿》也十分流行，后来红军到了通江，当地老百姓又加进了红军内容。这首歌孙桂英唱得最好听，桂英，唱给大家听听。”

一把扇子连连，多多齐哟溜溜；
这把扇子哎嗨哟，郎买的呀干哥噻。
二把扇子连连，二面花哟溜溜；
他爱我来哎嗨哟，我爱他呀干哥噻。
三把扇子连连，扇凉风哟溜溜；
这把扇子哎嗨哟，好心痛呀干哥噻。
四把扇子连连，手中拿哟溜溜；
摇扇打扇哎嗨哟，好潇洒呀干哥噻。
五把扇子连连，给你打哟溜溜；
又怕别人哎嗨哟，说闲话呀干哥噻。
六把扇子连连，圆又圆哟溜溜；
这把扇子哎嗨哟，好姻缘呀干哥噻
七把扇子连连，有姻缘哟溜溜；
隔山隔水哎嗨哟，来牵线呀干哥噻。
八把扇子连连，天气热哟溜溜；
这把扇子哎嗨哟，借不得呀干哥噻。
九把扇子连连，买一把哟溜溜；
无钱哥哥哎嗨哟，紧他势呀干哥噻。
十把扇子连连，功白扇哟溜溜；
哥子给我哎嗨哟，打两扇呀干哥噻。

一曲下来，直把众人听得如醉如痴。张琴秋鼓着掌说：“唱得好！四川民歌别有风味，继续唱新改编的呀！”

孙桂英说：“那得请张大姐领唱才好！”

张琴秋说：“要得！”

一把扇儿[嘛连—连]，正月正[啰溜—溜]，
夫妻二人[嘛哎嗨哟]，好高兴[啰干哥儿舍]。
妻子参加[嘛连—连]，慰劳队[啰溜—溜]，
郎在外面[嘛哎嗨哟]，当红军[啰干哥儿舍]。
二把扇儿[嘛连—连]，龙抬头[啰溜—溜]，
我郎参军[嘛哎嗨哟]，往外走[啰干哥儿舍]。
身背钢枪[嘛连—连]，多威武[啰溜—溜]，
手拿大刀[嘛哎嗨哟]，杀匪头[啰干哥儿舍]。
三把扇儿[嘛连—连]，三月三[啰溜—溜]，
妻在家中[嘛哎嗨哟]，多想念[啰干哥儿舍]。
望郎打仗[嘛连—连]，多勇敢[啰溜—溜]，
日夜盼望[嘛哎嗨哟]，捷报传[啰干哥儿舍]。
四把扇儿[嘛连—连]，四月八[啰溜—溜]，
我郎在外[嘛哎嗨哟]，打军阀[啰干哥儿舍]。
到处建立[嘛连—连]，苏维埃[啰溜—溜]，
全川都把[嘛哎嗨哟]，红旗插[啰干哥儿舍]。
五把扇儿[嘛连—连]，是端阳[啰溜—溜]，
红军胜利[嘛哎嗨哟]，喜洋洋[啰干哥儿舍]。
五龙台打垮[嘛连—连]，吴旅长[啰溜—溜]，
叫他龟儿[嘛哎嗨哟]，泪汪汪[啰干哥儿舍]。
六把扇儿[嘛连—连]，六月六[啰溜—溜]，
打倒豪绅[嘛哎嗨哟]，和地主[啰干哥儿舍]。
穷人翻身[嘛连—连]，笑哈哈[啰溜—溜]，
豪绅地主[嘛哎嗨哟]，抱头哭[啰干哥儿舍]。
七把扇儿[嘛连—连]，七月七[啰溜—溜]，
妻在家中[嘛哎嗨哟]，绣红旗[啰干哥儿舍]。
绣好红旗[嘛连—连]，寄我郎[啰溜—溜]，
扛起红旗[嘛哎嗨哟]，好杀敌[啰干哥儿舍]。
八把扇儿[嘛连—连]，八月八[啰溜—溜]，

红军队伍[嘛哎嗨哟]，要扩大[啰干哥儿舍]。
穷人踊跃[嘛连—连]，当红军[啰溜—溜]，
要使全国[嘛哎嗨哟]，都赤化[啰干哥儿舍]。
九把扇儿[嘛连—连]，是重阳[啰溜—溜]，
家里事儿[嘛哎嗨哟]，我承当[啰干哥儿舍]。
郎在前方[嘛连—连]，莫牵挂[啰溜—溜]，
苏维埃自有[嘛哎嗨哟]，好主张[啰干哥儿舍]。
十把扇儿[嘛连—连]，天气凉[啰溜—溜]，
做好棉衣[嘛哎嗨哟]，送我郎[啰干哥儿舍]。
穿上棉衣[嘛连—连]，好打仗[啰溜—溜]，
全国赤化[嘛哎嗨哟]，才回乡[啰干哥儿舍]。

张琴秋在前面领唱，姑娘们都跟着孙桂英一起唱了起来。一天的疲乏在这歌声中消失了。

赵小莲一边洗着头，一边问孙桂英："桂英姐，好久不见你那位了。"

孙桂英明知故问："哪位呀？"

赵小莲说："你老公蔡家俊呗！上次他在天池康家坪打了胜仗，你给他颁奖了没有啊！"

孙桂英一时反应不过来，望着赵小莲发呆。

赵小莲说："我问你呐，蔡家俊又派去执行什么特殊任务去了吗？"

孙桂英说："哦，上前线了！"

赵小莲说："又到河边那块小树林里告别没有啊？"

孙桂英愣住了，突然反应过来，像遭蛇咬了一口，尖叫一声："啊，那天傍晚的事，都叫你看见啦？"

赵小莲笑着说："那是当然！"

孙桂英扑上去给赵小莲两巴掌，嗔怪道："短命的，可不许再对别人乱说哈！"

赵小莲说："那就看你好不好生教我唱歌了！"

孙桂英说："那没问题，只要你愿意学。张大姐派蔡家俊送一批新兵上前线，结果把他也给留下来了，在红三十军二六三团侦察连当副连长，

这一别可真不知要猴年马月才能见上面。”

赵小莲说：“那分别时，你要他那个了没有啊？”

孙桂英说：“死女娃子，那你跟孬娃子那个了没有啊！”

二人嘻嘻哈哈地扭打在一起。

张琴秋走过来，问道：“你们二人，啥子事这样高兴呢？”

孙桂英和赵小莲赶忙停住手，不好意思地回到原处洗起衣服来。

赵小莲问道：“张大姐，苏联也有女兵吗？”

张琴秋说：“有，在莫斯科，妇女们比男同志还棒，不仅参加政治学习、军事训练，还常常搞体育比赛。”

苦妹子好奇地问道：“什么是体育比赛啊？”

张琴秋说：“就是跳高、跑步、打球，还有游泳。”

苦妹子说：“婆娘下水，水里闹鬼。”

李秀贞说：“什么呀！都是红军，讲什么封建迷信，破烂规矩。”

赵小莲兴冲冲地说：“张大姐，咱们能不能也游泳？”

“李秀贞说得对，现在是苏维埃，男人能干的，女人也能，这游泳一是能锻炼身体，二呢，也能干净身子。”张琴秋转身对河边的谭晓岚喊道，“谭晓岚，你到那边放哨，别让男人过来。”

“是！”谭晓岚领命而去。

女兵们脱了军装，脚探在水里，不敢游。

张琴秋活动了一下手脚，号召着：“姐妹们，别扭扭捏捏的，以前在苏联我比男同志游得还快呢！”她猛地站在一块石头上，带头脱光了衣服：“姐妹们，跟我来！”她一个猛子，漂亮地扎进水里。

孙桂英、苦妹子、李秀贞、刘淑华、梁红梅、冉兴华、杨玉香、李桂花、岳桂芳等女兵们也飞快地脱光衣服，“扑通”、“扑通”地跳进水里。

赵小莲也想学，不料没站稳，“扑通”掉在了水里，女兵们哈哈哈大笑起来。

郭威骑着马向这边走过来，谭晓岚见状，急忙上前挡住他：“停下，快停下！”

郭威说：“干什么，你给我让开，我找张主任。”一纵马硬闯了过去。

河畔浅滩处，苦妹子轻快地用腿拍打着水，她穿着贴身小衬衣，嘴里还哼着民歌小调。

这时马蹄声传来，郭威骑马而至，看见光着臂膀露着腿的苦妹子，他一下子愣住了，将马立住。

苦妹子见着郭威这个大男人，惊得尖叫一声，钻进水里。郭威窘得调转马头，策马而去。

苦妹子从水里伸出头，看见郭威已经远去。

“告诉张主任，总部已同意我们成立妇女独立团，归总部直接指挥。”远处传来郭威的声音。

苦妹子望着郭威远去的身影，甜甜地笑了。

二十九

青杠梁村东有一块宽敞的空坝子，现在成了女红军们的练兵场和集体活动的好地方。两千多名女红军穿着军装，整整齐齐地站列在坝子上，好不威风。

坝子东南角临时搭设了一个简易的主席台，台上坐着总部特派员和红三十军李政委，以及妇女独立团的主要领导。

张琴秋起身站在主席台上庄严地宣布：“中国工农红军第四方面军妇女独立团成立大会现在开始！”

红四方面军总部特派员走上台，大声宣告：“现在我宣布，中国工农红军第四方面军妇女独立团正式成立了！总部任命张琴秋同志兼任妇女独立团团长，曾广澜同志担任政委，陶万荣、刘伯新担任副团长。”

台下响起雷鸣般的掌声和欢呼声。

特派员将一杆绣着“中国工农红军第四方面军妇女独立团”的军旗授予张琴秋。

张琴秋双手接过军旗，大声命令：“李秀贞，出列！”

“到！”李秀贞应声站到台前。

张琴秋递过旗帜，大声宣告："从今天起，你就是妇女独立团的旗兵。这面光荣的军旗，交你执掌，旗在人在，旗倒人亡！"

李秀贞犹豫了一下，接过旗帜："是！"

"现在请总部特派员继续讲话。"张琴秋说。

全场掌声再次响起。

特派员扫视英姿飒爽的女战士们，大声说："妇女独立团的中心任务是保卫长赤县苏维埃政权和人民群众生命财产之安全，配合红三十军在长池地区的各种军事行动。妇女姐妹们，妇女独立团是四方面军的骄傲，是中国工农红军的光荣，是全中华妇女解放、平等的代表，总部希望你们这支队伍在人类历史上创造奇迹。"

特派员话音未落，全场的掌声便爆响起来。

张琴秋说："下面请红三十军李政委讲话！"

李政委站起身，大声说："妇女独立团是战斗队，也是工作队、宣传队、运输队、服务队。仗是要打，其他工作也不能放弃，任务是艰巨的。目前反动武装猖獗，前方战事吃紧，前线部队抽不出兵来，当地的土匪黑帮、散兵游勇，这就全靠你们了。"

掌声过后，张琴秋给女战士们训话："从今天起，我们就是一名光荣的妇女独立团战士，我们不能辜负总部的希望，要认真刻苦学习军事、学习文化，自觉提高革命觉悟，不管是打仗，还是在后方工作，都要无愧于这面光荣的旗帜！"

张琴秋正步走到检阅台下向总部特派员敬礼："特派员同志，中国工农红军第四方面军妇女独立团列队完毕，请您检阅！"

特派员宣布："中国工农红军第四方面军妇女独立团阅兵式现在开始！"

全场掌声雷动，鼓号齐鸣，四周围观群众掌声雷动。

张琴秋跑步归队，李秀贞举着红旗，两名护旗手紧随其后，三人走在最前面。接着是陶万荣、曾广澜、刘伯新等妇女独立团领导。

独立团设三个营，成三个方阵，各由两名女干部率领，迈着正步，举着上了刺刀的步枪或红缨枪，健步走过主席台，接受检阅。

妇女独立团的阅兵式活动惊动了附近乡村的老百姓，男女老少从四面八方赶来，观看这闻所未闻、古今罕见的奇事。坝子四周凡是能站人的地方全部站满了人，就连树上、竹子上也都爬满了人。

围观群众议论纷纷：

“古有穆桂英，今有娘子军！”

“杨门女将也就那么几个人，像这样成建制的女兵队伍，古今中外，闻所未闻！”

“这些婆娘在这里摆花架子行，上战场行吗？”

“可别小瞧这些女人，去年她们在通江五百女兵俘敌一个团，田颂尧的川军见了她们的影子，脚肚子都抽筋。”

……

各方阵行至检阅台，齐声高喊：“智勇坚定，排难创新；团结奋斗，不胜不休！”

庄严肃穆、气壮山河的阅兵式活动一直进行了两个多小时才结束。

张琴秋又登台宣布：“下面由红四方面军妇女独立团文艺宣传队给大家表演文艺节目……”

在一片掌声中，孙桂英、赵小莲、苦妹子、李秀贞、谭晓岚、陈碧英等人陆续登台演唱了《八月桂花遍地开》《盼红军》《诉苦谣》《巴山来了徐向前》《军民友谊歌》《送红军》等红色革命歌曲。

报幕员接着宣布：“下面由鄂豫皖过来的几位老大姐表演苏联红军的《水兵舞》，请大家欣赏。”

在热烈的掌声中，张琴秋、曾广澜、陶万荣、刘伯新等人登上台去，她们展腰舒臂，旋转腾跃，全场寂然，跳至精彩处，全场观众击掌和之。

舞蹈结束，报幕员又宣布：最后一个节目，由孙桂英演唱苏联革命歌曲《小路》，请大家欣赏。

孙桂英再次登上台去，亮开歌喉：

一条小路曲曲弯弯细又长
一直通向迷雾的远方
我要沿着这条细长的小路
跟着我的爱人上战场

我要沿着这条细长的小路
跟着我的爱人上战场
……

张琴秋对坐在身边的王桂兰说："听到这首歌，仿佛一下子又回到了在莫斯科的那些日子。《小路》是苏联人民艺术家弗拉吉米尔·格列戈列维奇·查哈罗夫的代表作，我一到莫斯科便学会了这首歌曲。那优美的旋律、多彩的歌词、深邃的意境都让人们陶醉其中。在二十年代，我国的一大批青年在苏联这些歌曲声中走向革命、走向新的生活。

"张主任，我好羡慕你！"

"好好干吧，以后推荐你到红军大学去学习。待条件成熟时，也可到苏联去学习。"张琴秋顿了顿，又说，"团部决定由你担任政治部副主任兼任一营一连连长，让原独立营的老同志担任班排长，把赵小莲、柳红川、李秀贞、刘淑华、梁红梅、冉兴华、谭晓岚、陈碧英、杨玉香、李桂花、何春香、岳桂芳这批青杠梁的新生力量全部分在一营一连，要让她们尽快成长起来，成为全连的骨干力量。希望你能在短时间内，让一连成为全团最具战斗力的尖刀连。"

王桂兰坚定地说："请张大姐放心，我保证完成任务！"

三十

妇女独立团一营一连驻地训练场上，全连女红军集合在院坝里，正在进行军事训练。

王桂兰对列队整齐的女红军训话："不要弯腰驼背，站直，挺胸。"

女红军们照着做，立正，挺胸。

王桂兰说："对敌人，要狠。对群众，要和蔼。对领导，要尊敬。见了领导，要敬礼，要会喊'报告'。听清楚没有？"

众女红军答道："听清楚了！"

王桂兰说："妇女团成立大会检阅时，大家还是走得不错。但很多人至今连'便步'、'齐步'、'正步'都分不清。军事训练今天就练到这里。"

王桂兰话音还没落，便有好几个女兵跑出了队列。

王桂兰大吼一声："回来！还没喊解散，就跑开了，这叫啥子队伍？"

那几个女兵不好意思地站回队伍里。

王桂兰说："同志们，作为军人，必须遵守纪律才能打胜仗。作为军人，一切行动听指挥，军人以服从命令为天职，大家听清楚没有？"

众女红军齐声答道："听清楚了！"

王桂兰说："昨天晚上咱们一连一排三班发生打架行为，在全团影响很坏。张团长经常提醒我们，什么人最亲？"

众女红军齐声回答："战友最亲！"

王桂兰说："说得对！张团长经常给我们讲，在部队里，在战场上，大家的父母兄弟姐妹，谁也帮不了你。只有战友，战友才能帮你，救你。战友最亲！"

众女红军回答："战友最亲！"

王桂兰说："我们要珍惜战友情谊，爱护战友，帮助战友。"

众女红军回答："是！"

王桂兰说："敌人随时可能打来，随时可能有战斗。每晚值班站岗的那个排，必须穿着衣服睡，四个排轮流。"

四个排长一起答道："是！"

"农村妇女落后的生活习惯，要逐渐改变，要卫生，要文明。早晨起床要迅速，洗脸，漱口。另外，我们这一百多个女人，每个月下面都会流一次那个东西出来，当地叫身上来了，也叫闹着，北方人叫大姨妈，正确叫法是月经。得痛几天，也有不痛的，这叫妇女生理现象。"

几个年小的女红军笑着低下头。

王桂兰说："有啥子不好意思嘛！女人，都是正常的。咱们连一百多号人，没来过的恐怕没有了。张团长在苏联待过，听她说人家俄罗斯女人可讲究了，月经来时，有专门的带子，叫月经带，舒服得很。"

一女红军举手，说："王连长，那也给我们发月经带吗？"

王桂兰笑着说："发月经带，恐怕要等革命完全胜利了才行。团部拨钱到商店里买了一批草纸，发给大家。"

恰好几名女红军抬着几捆草纸走过来。王桂兰说："大家每人去领两卷草纸，月经来了用。"

众女红军嘻嘻哈哈，一边领草纸，一边议论。

王桂兰说："以前在家里，用过没有啊？"

李秀贞说："恐怕基本上没用过。往常家境好点的，用干净的旧布擦擦。"

王桂兰说："清平寨岳鹏举最近有可能出来骚扰，张团长要我们时刻保持警惕。解散！"

是夜，妇女独立团一营一连驻地，枪声突然响起，继而密集，夹杂着爆炸声。

王桂兰提着手枪冲出，对指导员说："我带一、二排去守东南两个方向，你带三、四排去守西北两个方向。"

各房内，和衣而卧的女红军鱼跃而起，手握步枪、长矛、大刀冲向各处。

李秀贞庆幸地对众人说："幸好王连长不准大家脱衣服睡觉。"

王桂兰带领女红军边射击边向敌冲去。李秀贞端着上了刺刀的步枪，连续刺倒几名敌人。

王桂兰命令道："吹军号，停止追击，回镇守卫阵地。"

军号响起，女红军逐渐停止追击，回到阵地。

不一会，枪声复起，敌军又进攻了。王桂兰边射击边对女通讯员道："我们枪支弹药少，不能只是守。敌人的进攻在我们这边，你去告诉营长，带二连过来，反击出去。"通讯员领命而去。

不一会儿，二连长率兵快奔过来。王桂兰一挥枪，下令道："冲啊！"

李秀贞、赵小莲、苦妹子、刘淑华等女红军握着步枪、红缨枪、大刀，奋勇冲向敌军，左劈右刺。敌溃退。

黑暗中，敌头目督战，吼道："顶住！拿下青杠梁！"

敌军后面突然响起红军军号和密集的枪声、喊杀声，郭威率领特务连向敌人发起猛烈冲锋。敌人哪抵挡得住郭威这股生力军，瞬即溃败，或降或逃。

天色渐明，张琴秋、陶万荣、曾广澜握住郭威的手，说："多亏你们特务连及时赶到。"

郭威说："听到枪声，我估计有敌情，就急忙赶来了。女红军们很勇敢。"

陶万荣说："现已查明，这不是岳鹏举的民团，而是从中魁山来的敌人，有两个正规营的兵力，想趁红军后方空虚，一口吃掉我们妇女独立团和红军医院。幸好岳鹏举没有参加行动，否则我们就危险了。"

张琴秋说："敌人已给我们敲响了警钟，咱们应重点加强医院和苏维埃各级政府的保卫工作。郭威同志速带特务连返回医院，谨防敌人声东击西，调虎离山。"

"是！特务连，跑步返回医院。"郭威带领特务连的战士一阵风似的刮了过去。

三十一

村头，岔路口，女红军和少年儿童，手持步枪或刀、矛，在站岗放哨，不时询问过往的行人。

余晖抹红了柳家大院，两位干练的女战士在大门口持枪站岗，三三两两的女红军兴高采烈地进进出出。

几个女红军在跟一位老篾匠编斗笠，其他人有的在用锯子锯竹子，有的在用刀划竹子，有的在编蓑衣。

张琴秋和一位女红军用毛笔蘸着红油漆，在一堆已编好的斗笠上涂红五角星，并自右至左写上"中國工農紅軍"。

一位妇女扛着一捆竹子走进院坝，几个女红军立即上前接住。

锯竹子的女红军协助扛竹妇女将竹子放在一侧，对王桂兰说："王连长，这位大嫂把家里的竹子基本都砍来了。"

王桂兰说："休息一下，等会儿就跟我到团部去领钱。"

扛竹的妇女说："支援红军，支援革命，还要啥子钱哦！"

王桂兰说："这些斗笠都是支援前线作战红军部队的，我就代表前线红军感谢这位大嫂的支持，让前线红军战士多杀敌人。"

"每次看到你们女红军，我都羡慕得很。要不是两个娃儿小得很，我也就参加你们女红军了。"

一女红军笑着说："大嫂，等你两个娃儿长大了，革命怕也早就胜利了！"

院坝边上十几个女红军战士在舂米，累得大汗淋漓。陈碧英双手握着木桩，用脚踩动长木石杵，捣着稻谷。李秀贞、刘淑华各用木杵在另两个小一些的里捣稻谷。其他女战士用筛子筛，用簸箕簸。

屋角，有两个妇女在推着小石磨磨面粉。梁红梅对一女战士说："你这个碓窝里的谷子，舂得差不多了吧？"

握杵的女战士仍使劲捣："再多舂几下。饭里的谷子少点，前线的红军才好吃。"

岳桂芳走到踩杵捣碓的陈碧英面前："陈大嫂，你累了，来，换我来踩一会。"

竹林那块平地上，那个古老的石碾还在不停地转，不停地碾谷、碾面。它像青杠梁的名字一样古老，古老得叫人记不清。那棕青的碾子、石盘油光闪亮，这是青杠梁的上等石材。赵小莲、苦妹子等十几个女红军战士，有的在推磨推碾，有的在筛米箩面，青杠树做的推杆发出吱呀吱呀的叫声，伴着嘻嘻哈哈的笑声，传得好远好远。

赵小莲抬头看了一眼天色，对苦妹子小声耳语了几句，便离开了磨坊，一溜小跑地奔向河边。

三十二

弯弯曲曲、曲曲弯弯的羊肠蛇行般的山路梦绕魂牵，美丽的山村和连绵的青山在夕阳的点缀下更加妩媚动人。

一路上泉水丁冬响，乘着纯净的山野清风，唱响青杠梁人甜美婉转的歌谣。清冽的流泉，带着清新，带着渴望，带着梦想，奔向远方。

当赵小莲来到河边时，残阳已快下山，她要见的人却并没有出现。她站在河边，看着晚霞染红了的河水，远处有轰轰隆隆的爆炸声传来，那声响，沉闷、慑魂，似深谷里杀来的雷声，尾音拖得尤其长，在山崖间回荡，许久不肯散去。她心中十分明白，这是红三十军在中魁山与数十倍于己的国民党军队在激战。

身穿军装的赵小莲站在河水旁，对着河水翻来覆去地照着，随后从怀里掏出孬娃子送给她的那面小镜子，又照了起来，笑逐颜开。

同样穿着崭新军装的孬娃子悄悄地走到她身后，用双手一下蒙住她的双眼。赵小莲没有回头，幸福地笑着，说："从现在起咱俩都是红军战士，以后不能再干这些偷偷摸摸的事了。"

"为什么？"

赵小莲拉开孬娃子的手说："王连长今天下午宣布了纪律，女战士绝对不许谈恋爱搞对象。王连长就是王桂兰大姐，她现在是妇女独立团政治部副主任兼一营一连连长。"

孬娃子说："哦。那我们怎么办？"

赵小莲说："以后再说呗。嘿，你在妇女团干什么？"

"让我还干老本行。"孬娃子洋洋得意地说，"张大姐让我名义上担任妇女团采购员，暗地里利用采购作掩护打探敌人的情报，要我平时少出头露面。这可是一项十分保密的工作，张团长吩咐我不准对任何人说，但我还是要告诉你。"

赵小莲说："你约我出来就说这事？"

孬娃子说："当然还有，我想你了。"随即他将赵小莲搂在怀里就要强行亲嘴，却遭到赵小莲的坚决阻止。

赵小莲严肃地说："咱们既然是军人了，就得像个军人的样子，就得好好向孙桂英大姐学习。人家结婚不到二十天，便双双参加了红军，又同在一个部队当兵，丈夫平常根本就不去打扰她，见了面跟普通同志一样，就打个招呼说句话。就连蔡家俊上前线那天傍晚在河边树林里跟孙桂英告别，也就站着说了几句话，两口子分别时也就拉拉手。哪像你这个鬼样子，好像八辈子都没有见过女人似的。"

孬娃子嘟着嘴，一脸不高兴地说："你要我学蔡家俊，那我可做不到。"

赵小莲说："做不到就脱下身上的军装，还回家去收你的土特产，以后咱俩井水不犯河水，你再也不要来打扰我了。"

孬娃子急了，一把抓住赵小莲的手，央求道："小莲，你可千万不能抛弃我，我改了还不行吗？"

"那就看你的表现了。好了，我还得回去帮苦妹子她们收拾磨坊呢！"说完赵小莲一溜烟地跑了。

孬娃子久久地望着赵小莲的背影，怅然若失。

残阳已完全落进山中，天色暗了下来。归宿的夜鸟在孬娃子头顶惊飞，他躺在大青石上，无聊地数着天上的飞鸟，然后又把目光盯在那条弯弯的山路。层层山岩、步步石梯、块块石板，记录下巴山人祖祖辈辈的苦辣酸甜。曲曲折折的山路啊，铺满山里人年年岁岁的跋涉奋斗，岁岁年年的生活期盼。

此情此景勾起他痛苦的回忆——

还记得那天，对面山脚下，有一个石岩，石岩下有一个浅浅的石洞，孬娃子和赵小莲正搂抱在一起亲热。

赵小莲说："孬娃子，我好害怕！"

孬娃子说："莫害怕，咱俩在这里没有人知道的。"

赵小莲紧紧抱着孬娃子，颤声说："咱们总不能老是这个样子，我们，怎么办？你总得想出个长久之计呀！"

孬娃子说："王桂兰王大姐说通江有红军，要不然咱俩跑去参加红军，这样你公爹公婆就不敢把我们怎么了。"

赵小莲叹了口气，说："也只有这一条路了。"

"好哇，你们两个在这里偷情，伤风败俗不说，而且还通红匪，还要参加红军。走，跟我们到村联防大队走一趟。"忽然，三个人影三条枪出现在洞口。原来是冯老幺、米脑壳和村联防队员谢麻子。

孬娃子和赵小莲吓得瑟瑟发抖。

冯老幺大声叫嚷："怎么说？官了还是私了？"

孬娃子吓得直哆嗦。赵小莲说："你们想要什么？"

冯老幺色迷迷一笑："那么说你还是要私了，孬娃子你出来，我们这边谈，你们两个看住她。"

孬娃子哆哆嗦嗦地被冯老幺拉到外面，走到一个明亮的地方。

冯老幺说："说吧，那女共匪藏在哪里了？说了马上便能得到五十元白花花的现大洋，你娃儿收一辈子山货也挣不了这么多。是在这里说还是跟我到联防大队去说？"

孬娃子低着头不吭声。

冯老幺说："不干？那好！我那两个弟兄正好憋不住了，俗话说当兵三年，老母猪都要当貂蝉，何况你的小情人赵小莲如花似玉，只要我发一句话，他们立刻就会把小莲剥光了，当着你的面强暴她，想不想看啊？"

"呵，不！不！千万不要，冯大哥，求求你！求求你！"孬娃子一听慌了，跪下去，"你叫我干什么都行，千万别——别碰她，求求你了！"

冯老幺说："你倒还有情有义，那么说你是答应了？"

孬娃子说："一定！一定！"

冯老幺抽出一把刀来，在孬娃子脸上磨来磨去："你要骗了老子，我总有一天截住你，那时在你这光生生的脸上，划上一个大十字，叫赵小莲这辈子看见你就恶心！"

赵小莲坐在一角，米脑壳和谢麻子站在洞口，也不进来。

忽然传来一声呼哨，米脑壳和谢麻子闻声而去。片刻，孬娃子走来。他已经被扒得精光，只穿一条内裤。

孬娃子朝洞里喊道："小莲！小莲！小莲！他们没把你怎么样吧？"

赵小莲说："没有，他们呢？"

孬娃子说："走了。"

赵小莲说："他们怎么了你？"

孬娃子说："我穷人一个，除了身上的破衣服，他们还能拿走什么？"

赵小莲说："哎哟！你要冻坏的，咱们快回家！"

一声凄婉的鸟叫打断了孬娃子的回忆，他无奈地长叹一声，站起身来，快步走回营房，躺在床上，睁着眼睛想着明天该要为冯老幺办的事，几乎一夜无眠。

三十三

长池坝是一座风景如画的千年古镇，东至黄连丫，西至桥梁赵家桥，全是清一色的两层小木楼，临街两侧是齐整的木板店铺，街面是用石板铺成的，阶沿是用石条砌成的。每三天赶一集，也就是赶三六九。每逢赶集天，与长池坝接壤的四县数十个乡镇百姓，以及四面八方、南来北往的小商小贩便云集于此。

长池古镇的美食那可是天下闻名，诸如老腊肉、猪脚杆、案板肉、腿脖子、坨子肉、粉蒸肉等等，还有从大山深处贩过来的各种野味，鹿腿、野鸡、野兔、野猪……

当然最好吃的还是“十大碗”。逢年过节、红白喜事，主人家都要让八方客人和乡邻品尝一桌地道的“十大碗”，当地人管这个叫“坐席”。“十大碗”包括品碗、芋儿鸡、醋鱼、扣肉、酥肉、虾米汤、海带、凉菜、籴肉、坨子肉、腊肉。

乡里人办事场地有限，小院子顶多摆上二十来桌，遇到“冒席”(客人超出预期)，往往要上几轮菜，桌上的人坐着吃，背后的人站着等，吃的人不尴尬，等的人不焦躁，各摆各的“龙门阵”，只等桌上的人一放碗筷立刻迈腿进去，稍慢一点只好等第三轮，这是“跷脚席”。

长池镇自从被红四方面军设为长赤县苏维埃政府所在地之后，对镇上集贸市场重新做了一番布置，街道两旁的药材铺、杂货铺、茶叶铺、小摊贩、饭店、小吃店显得更加整齐规范。男女老少或背着背篼、或挎着篮子，从四面八方云集到此，人山人海，热闹非凡。讨价声、还价声，还有那些小吃店的吆喝声不绝于耳……

长赤县苏维埃政府为了增加根据地的财政收入，便在镇上设立“厘金局”。从长池到马掌铺、到木门场、到正直坝、到恩阳河等地，在方圆几百里地的范围内设卡征税，保护商旅安全。对于借经商为名贩运黄金、鸦片者，则一律没收、罚款；对于贩运大批货物的客商，征收10%的关卡税后，就由长赤县苏维埃政府派武装护送，有了损失照价赔偿。对于自产自销和小本贩运者，则一律免征关卡税。对于一贯的小商小贩，因各种原因而蚀本者，苏维埃政府则予以救济、扶持。长赤县苏维埃政府还在恩阳河、马掌铺、木门场、沙河坝等道路上开设幺店子，一方面给来往客商提供食宿方便，另一方面通过这些幺店子的“眼线”张贴标语，散发传单，开展广泛持久的宣传活动。

长赤县苏维埃政府号召各地群众把蔬菜食品、日用百货、生产用具背到这里来买卖。苏维埃政府还规定，除酒以外，凡是卖不完的食品蔬菜之类的商品，由苏维埃政府一律买下。据此，每逢当集的下半天，市上卖不完的菜，统统由苏维埃买起来，价格同上半天的一样。苏维埃和妇女独立团吃不完的菜，就送给附近的穷人吃。同时，为了便于广大群众算账和记秤，促进土特产品和外地产品的交易，在集市上统一改十六两一斤的老秤为十两一斤的新秤。如此，竟还招来了较远的巴中、广元、汉中等地的商贩云集于此。

长赤县苏维埃政府还在根据地兴办了一些手工业工厂，铸造锄头、镰刀、铧，打造家具等等，以满足农业生产和群众日用品的需要。此外，长赤县苏维埃政府还起了药铺，包括中药铺和西药铺。中西药都是从巴中、广元和汉中等地进的货，药品较齐全，数量也比较多。苏维埃的老百姓看病吃药只登记，不要钱。

几个厘金局的执勤战士戴着袖套，背着枪在街上来回巡逻，维持集市秩序。税收人员戴着红袖套，拿着税收单据，认真严肃地从街这头检查到那头，严格防止偷税漏税。

街道两旁墙壁上，贴着厘金局的布告和游击队的宣传标语。许多人围在布告前议论纷纷，个个喜笑颜开。

孬娃子一大早便背着土特产到长池坝街上去赶集，卖完山货，便朝乡公所斜对面黄连树下的吕记茶馆走去。他背着背篼在狭窄的街道吃力地往前蠕动着，整个街道人山人海，水泄不通。费了好半天的劲，他才走到吕记茶馆门口，进去了。

三三两两的茶客不时地从吕记茶馆进进出出。不一会儿，一身便衣的孬娃子背着背篼从茶馆里走出来。茶馆掌柜看着他的背影，脸上露出一丝难以察觉的奸笑。

三十四

张琴秋坐在窗下桌前，望着桌上的一块金怀表和丈夫沈泽民的遗像，眼前又闪现出与他分别时的情景……

群山绵延，弯曲陡峭的盘山路上，红四方面军的队伍正在行军之中。

路上，医院、后勤工厂的人员，运着各式各样的设备器材和辎重艰难地向前行进。敌飞机俯冲投弹，爆炸声响起，一头运货的骡子被炸倒在地上。红军战士和民工立刻上前，将骡子身上的文件背在身上继续前进。

一匹白马在队伍中特别显眼，马后行走的是一对年轻的红军干部。面庞端庄，神情忧郁的女子，就是张琴秋。身边那位神态倦怠，不时咳嗽的男子就是她的丈夫沈泽民。

张琴秋站住，说："这里的情况很严峻，你一定要……"

沈泽民也站住，说："根据地群众都已觉悟起来，有了他们我们一定能坚持下去！"

张琴秋替丈夫整了整衣服，说："你的身体还没好，我真担心。"

沈泽民笑了笑："我会注意的，只是你，打仗不要总冲在前头。"

"嗯……"张琴秋似欲说什么，又终于没说。

"走吧，别让同志们等你！"沈泽民微微笑着。

张琴秋看着丈夫，猛地转身向前快步迈去。

"等等！"耳边传来丈夫的呼声。张琴秋回过头，只见沈泽民拿着一块怀表，走了过来，说："你留着用吧，里面有咱们女儿玛娅的照片。"

张琴秋接过怀表，泪水禁不住流了出来。

沈泽民轻轻地替她抹去泪水，说"上马吧！"

张琴秋收好表，上马，又回过头来，看了一眼沈泽民。

沈泽民挥了挥手："再见了，我等着你回来。"

张琴秋纵马向前飞驰而去，渐渐地汇入红军的洪流中。

张琴秋从回忆中回到现实，眼眶中早溢满了泪水。她拿起怀表，看着里面女儿玛娅的照片，心事重重。

张琴秋学名张悟，出生于浙江桐乡县石门镇的一户小康人家。在石门振华女校读了八年书，结识了小学同学孔德沚，这对她的一生产生了重要影响。从振华女校毕业后，张琴秋先后到杭州女子师范学校和蔡元培创办的上海爱国女校读书。在上海读书期间，她经常去看望也在上海的孔德沚，很自然地认识了孔德沚的丈夫沈雁冰（茅盾），接着也认识了沈雁冰的弟弟沈泽民。

早在一九二一年四月，沈泽民就经沈雁冰介绍，加入了上海共产主义小组。一九二三年，在沈雁冰的支持下，张琴秋考取了南京美术专科学校。正巧，组织派沈泽民去南京建立和发展党组织，两人于是同行。入学不久，张琴秋由于家庭困难，便辍学回到母校振华女校担任代课教师。

在半年多的代课日子里，张琴秋开始真正接触到社会，在生活的道路上迈出了新的一步。她看到了军阀统治的腐败、社会的黑暗和人民的痛苦，感到非常茫然。她把自己郁积在心中的烦恼和苦闷，全盘写信告诉了沈泽民。她的直率和富于反抗的见解使沈泽民深为感动，便多次热情写信帮助她。张琴秋开始接触到革命思想，努力追求真理与光明。

一九二四年初，张琴秋辞去母校的代课教师，来到上海，寄宿在沈雁冰家。恰巧沈泽民此时也已回上海担任上海大学社会学系教授。沈泽民建议张琴秋报考上海大学。张琴秋听从了他的建议，顺利地考取了该校社会学系，与时任该系系主任的瞿秋白的妻子杨之华同为社会学系的同学。一九二四年四月，经杨之华和中共上海地委负责人徐梅坤的介绍，张琴秋加入了中国共产主义青年团，并于同年十一月转入中国共产党。

在长期的革命斗争中，张琴秋与沈泽民结下了深厚的情谊。一九二五年十一月，张琴秋与沈泽民举行了新式文明的婚礼。婚后与沈雁冰夫妇、瞿秋白夫妇比邻而居，度过了一段非常愉快充实的时光。不久，杨之华又介绍孔德沚加入中国共产党。这样，沈雁冰夫妇、沈泽民夫妇都成为共产党员，成了一个名副其实的革命家庭。

一九二五年十一月，在党组织的安排下，张琴秋与张闻天、王稼祥、乌兰夫、伍修权、孙冶方等一百多人来到莫斯科中山大学留学。一九二六年春，沈泽民随刘少奇率领的中国职工代表团来莫斯科出席国际职工大会，会后也留在莫斯科中山大学学习。一九二六年五月，张琴秋生下了女儿玛娅。由于生孩子，张琴秋留了一级，与博古、杨尚昆、李伯昭等成为同学。

一九三〇年春，莫斯科中山大学停办，学生回国分配工作。四月，周恩来应共产国际和斯大林的邀请，赴莫斯科。在他的精心安排下，沈泽民和张琴秋绕道法国，乘法国邮船回上海。为了不影响工作，他们毅然决定把孩子留在莫斯科的国际儿童医院。

在一九三一年一月七日举行的中共六届四中全会上，沈泽民当选为中央委员。会后，沈泽民被王明任命为中央宣传部部长。不久，为贯彻六届四中全会精神，王明派沈泽民作为中央代表，担任中共中央鄂豫皖分局书记。不久，张国焘被任命为中央代表、鄂豫皖分局书记兼军委主席，沈泽民改任鄂豫皖分局常委兼鄂豫皖省委书记。

一九三一年五月上旬，他们来到苏区的中心金家寨。在鄂豫皖苏区，张琴秋任彭（湃）杨（殷）军事政治学校政治部主任。每天早上军号一响，张琴秋总是第一个来到操场，腰束皮带，斜挂短枪，英姿飒爽。当时红军女战士屈指可数，而女指挥员就更是凤毛麟角。

年仅二十七岁的女政治部主任张琴秋，显示出了文武全才。她组织宣传队时，亲自教姑娘们跳苏联海军舞、乌克兰舞。到了川陕革命根据地后，她又组建了红四方面军剧团，给大都是童养媳出身的演员们上文化课，并编写剧本。在带领剧团慰问部队和伤病员时，张琴秋自己也登台演出。一九三二年秋，在蒋介石二十万大军的“围剿”下，鄂豫皖苏区第四次反“围剿”失败。在决定红军的行动方针的黄柴畈会议上，张国焘、徐向前、陈昌浩等负责人都赞成红军主力跳出鄂豫皖根据地，越过平汉线，伺机歼敌后再返回根据地。但沈泽民却表示要留下来坚持斗争。

张国焘最后同意将沈泽民留在根据地，而此时已担任红七十三师政治部主任（师长王树声）的张琴秋随大部队转移。客观地说，当时转移是正确的。留得青山在，不怕没柴烧，转移保存了革命力量。但沈泽民在情感上舍不得离开根据地，为自己埋下了后患。

由于长期的劳累，营养又不良，沈泽民的肺病复发了，经常吐血不止，这让张琴秋非常担心。大部队转移前，张琴秋与沈泽民见了一面。她要沈泽民先去上海治疗肺病，但沈泽民已和鄂豫皖苏区人民建立了深厚的情谊，不愿意离开。

张琴秋没有料到，这一别，竟成了他们夫妻的永诀。

一九三三年十一月二十日，沈泽民病逝，年仅三十三岁。为了纪念他，当时由瞿秋白任校长，毛泽东、林伯渠等任校务委员的“苏维埃大学”改名为“国立沈泽民苏维埃大学”。

望着沈泽民的遗像，张琴秋泪雨纷飞，喃喃自语：“泽民同志，你是我一生的良师益友。通过你，我找到了党，把我引上了革命道路，救出了我这只温柔的、又好似迷途的羔羊。否则，像我这样的人，至多不过贤妻良母罢了。没有党的引导和帮助，决不会走上革命道路。这是我永远也忘怀不了的。”

她又回忆起在通江红军总医院工作的一天傍晚，红四方面军总政委陈昌浩到办公室找她。

张琴秋还以为他是来找她了解工作的，便一边给他倒水一边汇报说：“由于反动派封锁得严，药品早用光了，一点也进不来。伤员吗，我至少还知道伤势会怎样变化。病员就不好办了，有些地方病，我连听都没有听说过，有药也不敢用，何况没有药。眼巴巴看着他们一天不如一天，我这心里像猫抓似的。”

陈昌浩说：“地方病还得地方上的医生才会治，外面药品进不来，当地难道就不出药材？我听说通江县有个名医，叫杨成元，去把他请来呀！他是有顾虑，怕我们。一定要打听到他的住处，你要亲自去请！”

张琴秋笑着说：“我已将他请到红军医院来了，还是模仿当年刘备三顾茅庐的办法才请下山的呢！”

陈昌浩赞道：“还是你有办法！”

“杨成元来到总医院后，医疗工作有了很大的起色。”张琴秋说话间又给陈政委倒了一杯开水。

陈昌浩接过杯子，开口想说什么，又沉默了。

张琴秋看出了什么，问道：“陈政委，你好像有什么话要说？”

陈昌浩有口难言地支吾道：“嗯……哦……”

张琴秋又追问道：“陈政委，有什么事就说吧，是不是张主席还要追查小河口的事？”

“不是，那事早过去了。琴秋，你是个坚强的同志，你能经受任何风浪和打击，有一个很不幸的消息……”他又沉默了。

张琴秋似乎有所预感：“是不是他，泽民……”

陈昌浩点点头。

张琴秋被突如其来的消息震住了，呆呆地说不出一句话来。陈昌浩拍拍她的肩，一句话也没说，默默地走出房间。

张琴秋已是泪如雨下，她打开怀表，上面有她、沈泽民和玛娅的合影，耳边仿佛又传来沈泽民的声音：“我等你回来。”

三十五

孬娃子走到团部大门口，直接往里闯，被站岗的女战士拦住：“同志，找谁？”

孬娃子说：“小莲。”

女卫兵说：“叫小莲的多了，少说也有十几个，你找哪一个？”

孬娃子说：“长得最漂亮的。”

女卫兵说：“我们长得都漂亮啊！”

苦妹子正好路过，喊道：“廖永富，你怎么在这里？”

孬娃子说：“苦妹子，你帮我叫小莲出来一下，我有急事给她说一声。”

“好吧！”苦妹子说着快步走进大门。

不大一会儿，赵小莲便跑了过来。她见了孬娃子，又惊又喜：“孬娃子，你找我？”

孬娃子把赵小莲拉到一边，小声说：“这儿说话不方便，跟我到外边去说。”

赵小莲说：“不行，我正在给张大姐站内岗呢！”

孬娃子说：“大门口有岗，坏人进不来。快跟我走吧！”他不由分说，拉起赵小莲就往外走。

女卫兵看看赵小莲，又看看孬娃子，会心地笑了。

孬娃子拉着赵小莲来到营房的一角。

赵小莲说：“你来干啥子？”

孬娃子左右张望着，说："我想你，来看看你！"

赵小莲羞涩地说："孬娃子，张大姐说要尽快给我办离婚。"

"噢……"孬娃子有点神不守舍地说，"张大姐还说什么？"

"张大姐说，现在咱们是红军战士，得注意纪律。"赵小莲禁不住心头的喜悦，"张大姐还对我说，等革命胜利，她给咱们做证婚人。"

"是吗？！"孬娃子心有所动。

"那还有假！"赵小莲兴奋地说。

二人边说边情不自禁地往外面的小河边走去，赵小莲已经完全忘了自己还在给张大姐站内岗的事。

乳黄色的圆月悬挂在幽兰的夜空，清辉洒在溪水里。河水如镜，不知是溪水倒映着夜空，还是夜空倒映着溪水……

孬娃子将赵小莲拉到怀里，溪水闪动着他俩的倒影。赵小莲半推半就地被孬娃子推着消失在夜幕之中。

黑暗中，李副官、冯老幺带领上百个团丁和土匪，全部身着黑色衣裤，悄悄地向妇女团驻地摸来。

李副官压低了声音说："注意，只要里面枪声一响，就冲杀进去，打死了给钱，活捉了给你们当老婆。"

石洞内，孬娃子和赵小莲紧紧地拥抱在一起，疯狂地亲着嘴。二人亲了半晌，孬娃子突然动手要脱赵小莲的裤子。

赵小莲紧紧地按住自己的裤带，急促地说："孬娃子，不行啊！"

这时，赵小莲的公公和婆婆手握棍棒，突然出现在石洞口。赵小莲的婆婆上去就扇了赵小莲两个大嘴巴，大声叫嚷："你们两个猪狗不如的畜生！"

孬娃子吓得直哆嗦。赵小莲的公公挥起手中扁担朝他屁股打了下去。孬娃子大叫一声："哎哟，我们是红军，打不得！"

赵小莲的公公说："老子打的就是你这种红军！国民党说红军共产共妻，你们说人家是诽谤。耳传为虚，眼见为实，老子亲眼看见你勾引并企图强奸我儿媳妇。"

赵小莲说："别把话说得这样难听，他没有勾引我，更没有强奸我，这都是我自愿的。"

赵小莲的婆婆又打了她一个耳光，还狠狠地踹了一脚，骂道："不要脸的小娼妇，把老娘的脸丢尽了。"

赵小莲公公也踹了孬娃子一脚，吼道："走，找你们张团长评理去！"

孬娃子拔腿想跑，却被赵小莲的公公一把擒住，二人在洞里扭打起来。

孬娃子终不是赵小莲的公公的对手，两人被用事先准备好的绳子捆了个结结实实，然后押着走出山洞。

秋风低吟，秋虫浅鸣。

一个蒙面黑影在房屋阴影里，鬼鬼祟祟地摸到张琴秋的窗外，把眼睛贴在窗户上往里看，只见张琴秋伏在桌上，沉浸在悲痛之中，怀表孤零零地放在桌边，秒针一秒一秒地在跳动……

蒙面人回头四处看看，然后悄悄地把枪从窗户格子里伸进去，瞄准……

"谁？"一名女战士路过，突然发现了蒙面人，大吼一声。

蒙面人握枪的手抖了一下，仓促朝里开了一枪，转身又朝那女战士开了一枪，迅速逃离。

张琴秋听到枪声，猛地一惊，一口吹熄油灯，屋内一片漆黑。

墙头上，有的土匪已翻进院子。李副官挥着枪说："弟兄们，冲啊！打死的给大洋，活的做老婆，冲啊！"

营房内亮起灯，窗户外人影晃动。张琴秋佩好武器，手握着枪，查看着窗外的情形。

王桂兰从黑暗中跃进窗口，说："张团长，土匪攻上来了！"

"通知部队，准备战斗！"张琴秋手持双枪冲出了门。

营房内，女兵们一个个披头散发，乱成一团。一个女红军站在窗口穿裤子，被灯光照出身影，"砰！砰！"两声枪响，女红军被击倒。

"不准出声，熄灯！熄灯！"张琴秋一边射击，一边往营房跑。

一些土匪已经冲进了院子，还有一些正纷纷从四周的围墙上翻进来。张琴秋持枪躲在一棵树后，左右开弓，冲在前面的几个土匪被击倒。

营房的灯光照出了她的位置，土匪的子弹密集地朝她射来，向张琴秋靠拢的几个女战士中弹倒下。

"熄灯，谁再敢不熄灯，枪毙！"张琴秋卧倒在地上，回头呵斥着。

营房的灯全部熄灭了，土匪在月光照耀下反显在明处了。

张琴秋说："快！通知各连战士，守住门和窗子，坚持住，外援很快就会来。"

营房内一黑，又传出纷乱的声音："我看不见了！"

"哎哟，我的裤子。"

"鞋，鞋呢？"

"你抓住我的头发了！"

张琴秋带领几个战士，一面射击一面说："注意隐蔽！不要乱放枪，看清楚再打。"

营房左侧，几个土匪已经攻到一连营房前，王桂兰大叫："快，守住窗子、门。"

陈碧英拿着一把刀，刚想关门，一支长枪已经伸了进来，手起刀落，她一刀劈下了那抓枪的胳膊。枪落在了地上，被陈碧英夺回。她调转枪口，砰的一声，随着一声更惨厉的尖叫，土匪摔了出去。

杨玉香快步跃到窗户下，一个土匪砸破窗户，正欲翻身进来，杨玉香见状，砰的一枪，土匪倒下。又一个土匪冲了上来，杨玉香再放枪，子弹没了。土匪见状一跃，从窗口扑了进来，两人同时跌倒，滚在了一起。

陈碧英举起枪托朝压在女儿身上的土匪的头上狠狠砸了下去，土匪的脑袋开了花。陈碧英拿着枪托发傻，枪托上全是白花花的脑浆子。

这时，墙外枪声大作，郭威带着特务连赶到了。张琴秋趁机挥舞双枪带人冲进院子，前后夹击，向土匪射击。李副官左臂中弹，痛得大吼："红军大部队来了！快撤！"团丁、土匪纷纷逃窜，枪声渐停。

张琴秋严厉地责问持枪冲过来的姜参谋长："今晚怎么会发生这样的事情？"

姜参谋长一时语塞："这——"

张琴秋说："土匪袭击这段时间是谁的岗？"

姜参谋长说："我已追查过了，是赵小莲的岗。"

张琴秋说："把赵小莲给我叫过来。"

姜参谋长说："大门哨兵反映，出事前团部采购员廖永富便把赵小莲叫走了。”

张琴秋眉头紧蹙，肖主任说：“两人会不会有通敌的嫌疑？”

张琴秋威严地说：“现在不要妄下结论，我活要见人，死要见尸，你们务必在天亮以前给我一个交代。”

这时，门外有人大叫一声：“赵小莲回来了！”话音未落，五花大绑的赵小莲和孬娃子被赵小莲的公公和婆婆押了过来。众人见状一片愕然。

张琴秋惊诧地说：“这是怎么回事？”

赵小莲的婆婆抢先答道：“张团长，你手下这个女红军是我儿媳妇，和你的这个男红军在山洞里偷情，被我们抓了个正着，你看着办吧！”

赵小莲的公公说：“我儿子还小，孬娃子廖永富这个狗日的，长期霸占我们儿媳妇，张团长，你管还是不管？”

赵小莲带着哭腔争辩道：“事情不是他们所说的那样，请张大姐为我做主。”

肖主任怒斥道：“你擅自脱岗，差点儿害死张团长！”

张琴秋对赵小莲的公公、婆婆挥手道：“你们辛苦了，先回去吧。我们有我们的纪律，如何处理这两个人是我们妇女团的事。”

赵小莲的公公、婆婆还想申辩，张琴秋一挥手：“送客！”几个女战士立即将二人带出大院。

肖主任冲赵小莲和孬娃子怒吼道：“你们这两个败类！”

张琴秋说：“带下去连夜审查清楚，明天早上给我汇报。”

肖主任等人押着赵小莲和孬娃子离去。

张琴秋仰天长叹一声，正要离去，郭威又快步走了过来说：“张团长，我明天回部队，前线需要我！”

张琴秋说：“后方也很重要，你留下当妇女团的军事教官。”

郭威说：“中魁山战役很吃紧……”

张琴秋说：“不行，我命令你留下，李政委那里由我打招呼。”

郭威无可奈何却又不甘心地说：“让我跟这帮只能摆花架子的女人在一起……”

张琴秋严肃地说：“我的同志哥，原来你是瞧不起我们妇女团。我可告诉你，妇女团的女兵们不是没有勇气，不是没有革命精神，她们缺少的是训练，缺少的是打仗的经验。从明天开始进行正规的军事训练，她们是女的，但更是一名红军战士。你要像训练战士一样训练她们，严格训练，回去做个计划，向我汇报。”

“我……”郭威还想说什么。张琴秋转头就走，不听他的。

三十六

黎明又一次来到青杠梁，初升的太阳照耀着天空和大地。晨曦和从大地升腾而起的薄雾柔和地交融在一起，逶迤起伏的峰岭沐浴在朦胧的光晕之中。山谷中远远近近地响起了飞鸟的啼鸣。风吹过后，不远处的松林里就荡出了阵阵的涛声。

妇女独立团营房东头有一块宽阔场地，两千多名女战士们列队站在那里。张琴秋在队伍前面来回走动，声色俱厉，训道：“这是什么队伍？一有情况，乱喊乱叫，乱成一团，哪像个红军的样子！”

女兵们一个个被骂得垂头丧气，羞愧难当。

张琴秋看了一眼身后的郭威，转过头又骂：“口口声声说我们妇女不比男人差，有男红军，也有咱们女红军呀，可你们哪点配红军？丢脸，丢脸，给妇女丢脸！”

张琴秋回头看了郭威一眼，喊道：“郭威！”

“到！”郭威昂首挺胸地向前迈了一步。

“从现在开始，他，就是你们的军事教官！你们要刻苦受训，直到成为一名真正的红军战士！”张琴秋环顾了一下众女兵，喝道，“听见了吗？”

“听见了！”众女兵回答。

“开始吧！”张琴秋一挥手转身走了。

郭威一脸冰霜，上前两步，以标准的军人姿势笔直地站立在队伍前面。他看了看女兵们，举手行了一个标准的军礼，然后将手放下：“现在点名。柳红川！”

“哎！”苦妹子听到第一个被叫的就是自己，心里有些发慌，晃着身子走出队列。

“立正！”郭威厉声喝道。苦妹子急忙挺胸并脚。

“哎什么！一律回答‘到’，听见没有？”

苦妹子羞得涨红了脸：“是！到！”

郭威转头对众女兵大声说：“以后回答‘到’的时候要立正，声音要大、干脆，要这样……”郭威做示范动作，“啪”地一个立正，大声响亮喊道：“到！”

女兵们被这声音一惊，一个女兵忍不住扑哧笑了一声。

郭威恼怒地吼道：“不准笑！把嘴咪起来。”这一下，好几个女兵都咯咯地笑了起来。郭威大怒，大吼一声：“肃静！”一下子大家都被镇住了，也无人敢笑了。

张琴秋站在办公室窗前，望着操场上的女兵，心事重重。肖主任、姜参谋长、王桂兰一起走进办公室。

张琴秋说：“赵小莲和廖永富的问题都查清楚了吗？”

肖主任说：“土匪袭击团部的这段时间，赵小莲和廖永富千真万确不在现场，没有通敌的嫌疑，两人只能定性为生活作风问题。团长，你看如何处置？”

张琴秋说：“把廖永富放了，但要进行严厉的批评教育。”

肖主任说：“赵小莲呢？”

张琴秋说：“关三天禁闭，写书面检讨，记过处分。”

三十七

清平寨内，李副官正在包扎受伤的左臂，疼痛让他恼怒不已，他把给他包扎的小土匪打翻在地，骂道：“滚！”

岳鹏举走过来劝道：“别动气，别伤了筋骨。”

“唉，李某跟着三爷走南闯北一二十年，如今栽在一个婆娘的手里！”

岳鹏举拉过一把椅子坐在李副官的身边，说："可别小瞧这个婆娘！这个女人念过洋书，到过苏俄，我们和她正面硬拼是不行的。"

电话响起，李副官拿起电话，忽地起身立正，电话里传来王三春粗暴的咒骂和吼叫声："你个狗日的给老子打过保票，三日内提张琴秋人头来见，如今又栽在这个女人手里。"李副官心慌意乱，咧咧嘴没吱声。

王三春继续怒吼着："岳鹏举那个老杂毛，口口声声要武器要装备，老子给他那么多的好武器好装备，结果还是打不过一群婆娘。告诉岳鹏举，他妈的可知道欺骗王三爷的下场？"只听见电话那头猛一拍桌子，吼道，"敢说假话，老子先把他的两个卵子割下来喂狗！"

李副官装出惊惧的样子，诚惶诚恐地说："三爷息怒，三爷息怒，我和岳团长正尽力想办法，一举消灭妇女独立团和长池坝共产党的苏维埃政权。"

李副官放下电话，面目阴沉，将那只没受伤的手铐在背后，在屋里来回踱步，最后将目光落在岳鹏举身上，眼里闪着狡黠，然后走过去拍拍他的肩膀，狞笑道："王三爷性子很急躁，咱俩再想不出办法，嘿嘿，你我就等着挨刀吧！"最后几个字他拉成长音，显得阴森可怖。

岳鹏举阴沉着脸说："转告王三春，要是把我逼急了，老子就把队伍拉去投红军。"

李副官哈哈大笑道："举公说笑了，谅你也不敢去投红军，你手头欠了人家那么多血债，去了也免不了千刀万剐！"

远处传来隆隆炮声，岳鹏举转忧为喜："刘湘的几万增援人马正向长池坝压过来，咱们在这里困守山寨，终非长久之计。"

"那举公的意思是……"

"依我之见，还是同刘湘联手为好，咱们来个里应外合，这样就无后顾之忧了。不过，及早派人下山联络方为上策。"

李副官扶着受伤的胳膊说："行吗？我们和他交过恶，抢过他的军火。"

"不用愁，大敌当前，他刘湘必会舍弃前嫌，再说我出面，我和刘湘多少有些沾亲带故。"岳鹏举沉思了一会儿说，"嗯……我听你的。不过，你的内线可靠吗？"

李副官说："十分可靠。自从做了那笔交易，那娃儿就牢牢地控制在我手里，老子让他干啥他就得干啥，就是让他把泡屎吃了，他都得吃了。这次刺杀他们的张团长，要不是举公手下的人失了手，那娃儿便立了大功。”

岳鹏举说：“我已把那不中用的小子处决了。不过，这份功劳还应记在内线头上，该给的赏钱一个子儿都不能少！”

李副官说：“我明天便想法给他兑现。”

三十八

女兵营房里，累了一天的女兵们东躺西歪。

刘淑华一边哼哼一边发着牢骚：“累死人咯，哎哟！”

苦妹子也有些不解：“张大姐今天好冲哦，像是变了个人似的。”

梁红梅恨恨地说“这个郭教官，简直是凶神恶煞！”

苦妹子幽幽地说：“也怪咱们自己不争气！”

“哼，瞧他那样！”李秀贞走过来，学着郭威的样子，“不许笑，把嘴咪起来！”她做了个鬼脸，众女兵都哈哈大笑起来。

苦妹子想起自己的样子，也禁不住笑了起来。

李秀贞笑着倒在了苦妹子的床上，见苦妹子痛苦地蜷着腰，便关切地问道：“你……”

苦妹子说：“我的那个……提前来了！”

李秀贞明白了，长叹一口气：“哎……女人啦，就是倒霉，一点也不利索，为啥男的就没有这丑事呢！”

刘淑华取笑她：“你去问问郭教官嘛！”

李秀贞举手捅向刘淑华的胳肢窝：“看我撕了你的嘴！”大家都笑了起来。

肖主任办公室，孙干事把赵小莲的公公领到肖主任面前，说：“肖主任，这是赵小莲的公公。”

肖主任抬头看了看，说："坐吧！"

赵小莲公公说:"肖主任，赵小莲这个伤风败俗的贱人，不配再当红军，还是让我把她领回去吧！"

肖主任说："嗯，你领回去也好。"

孙干事说："是不是问问张大姐。"

肖主任说："算了，张团长这几天心情不好，我看不要再打扰她了。"

女兵营房里，赵小莲慢慢地脱去军服，换上土布衣裳，然后默默地收拾着东西，肖主任背身站在她身后。

女兵们见状，一个个不知说什么好。

赵小莲收拾好东西，提着小包就要走，肖主任叫住了她:"等等，帽子！"

赵小莲缓缓地摘下帽子，摸着红五星，猛地，她用帽子捂住了脸，抽泣起来。

苦妹子走过来，想要安慰她，却又说不出话来。

李秀贞走过来，说:"哭，有什么好哭的，都是你，差点害死了张大姐！"

赵小莲哭得更伤心了。苦妹子拉拉李秀贞的衣服，示意她别再说了。

羊肠蛇行般的山路，梦绕魂牵，弯弯曲曲，曲曲弯弯。山道上，赵小莲的公公押着一路哭哭啼啼的赵小莲往家走去。

宿舍里，张琴秋坐在桌前，手里拿着郭威的训练计划，心情沉郁。

"报告！"门外有人喊。

张琴秋理理衣裳，说："进来！"

苦妹子走进屋，说："张大姐，赵小莲被她公公抓回去了！"

"啊！"张琴秋大吃一惊，"什么时候抓走的？"

苦妹子说："刚才，不大一会儿——"

张琴秋说："快去叫上王桂兰，把小莲追回来。"

苦妹子快步跑出去。张琴秋穿好军装，挂好手枪，也快步冲了出去。

厨房里，赵小莲的手脚都被绑着，歪倒在灶边。磨刀声传来，赵小莲的婆婆在门外磨刀。

狗娃子推开厨房的门进来，笑嘻嘻地来摸了摸赵小莲的脸："姐姐，你别哭！"

赵小莲说："我没哭，弟弟，你听见他们说话没有，说什么呀？"

"爹说，要在你这里——"狗娃子伸出食指在赵小莲的大腿划了一长条，说，"割一刀，再撒上盐。"

"啊——"赵小莲瞪大了眼睛，"爹在吗？"

狗娃子说："盐巴又没有了，爹拿鸡蛋换盐去了。"

赵小莲说："快，弟弟，给我解开绳子！"

狗娃子摇摇头说："我不敢！"

赵小莲说："好弟弟，我对你好不好？"

狗娃子说："好！"

赵小莲说："你爱不爱我？"

狗娃子说："爱！"

赵小莲说："那你帮我解开绳子，爹要杀我！"

狗娃子去给赵小莲解绳子，但人小力微，说："我解不开！"

赵小莲说："拿那菜刀割，快呀！"

狗娃子用菜刀割绳子，却割伤了赵小莲的手腕，他丢下刀，哭道："出血了，姐姐，你痛不痛？"

赵小莲急了，说："不痛，快割呀！"

绳子终于被割断了，赵小莲双手解放了，赶紧又去解开脚上的绳子，站了起来："弟弟，我走了，你不要跟娘说！"

狗娃子说："你还会回来吗？"

"我……"赵小莲忽然回身抱住狗娃子，亲了亲他的小脸，流着泪说，"弟弟，你要真是我的弟弟，我该多爱你呀！"

赵小莲转身刚要走，她的公公一手握着刀，一手提着一包盐巴，堵在门口。

赵小莲的公公骂道："好哇，你这小贱人，还想跑！"

赵小莲一看，绝望地跌倒在地。她的公公拿着刀一步一步迫近，狗娃子吓得哇的一声哭了。

"赵小莲——"正在这时，张琴秋带着王桂兰和苦妹子等女红军持枪走进屋里。赵小莲公公愣住了。

"刘家山，你想杀死赵小莲？"王桂兰上前一把夺下赵小莲公公手上的刀。

赵小莲公公心慌意乱，说："不，不，我只是……"

王桂兰上前欲扶赵小莲，赵小莲几步爬到张琴秋面前，扑通跪下："大姐，我有罪，我差点害死你。"

张琴秋说："有罪的是土匪！"

张琴秋扶着赵小莲，对苦妹子说："带她回班里去，叫大家不许再提这件事。"

赵小莲刚要走，狗娃子起身哭喊着："姐姐……"

赵小莲回身抱着狗娃子，哭道："弟弟，姐姐走了，快点长大，当红军！"

"哎！"狗娃子懂事地点了点头，目送着赵小莲出门。

王桂兰对刘家山喝道："你以为以赵小莲伤风败俗为由，就可以为所欲为地加害我们红军了？"

赵小莲公公一愣，点头哈腰地说："张团长、王连长……我……"

"住嘴！"张琴秋厉声道，"赵小莲是我们的战士，你杀她就是杀害红军！"

苦妹子插话道："把这个反动分子押到肃反委员会去！"

"我没想杀她，我只是吓唬吓唬她呀！"赵小莲的公公吓得魂魄出窍。

王桂兰说："还辩解，还不给张团长认错！"

赵小莲的公公仿佛遇到了救星似的，连忙说："张团长，我……我错了……"

张琴秋不吭声。

王桂兰说："小莲婆婆呢？"

赵小莲的婆婆应声从里屋胆战心惊地走出来。

王桂兰说："你怎么能这样对待赵小莲呢？"

赵小莲的婆婆支支吾吾，说不出一句整话："我——我们——"

张琴秋说："你们学习过苏维埃的婚姻条例吗？"

赵小莲的公公、婆婆同声说道："知道，知道。"

"那你还强留赵小莲做你媳妇，知道不知道这是封建尾巴！"

"我明天就去下休书！"赵小莲的公公抖抖索索，低下了头。

张琴秋对王桂兰吩咐道："马上就办，立即为赵小莲解除这极度荒唐的、极度不合法的婚约，然后交到我办公室来。"

三十九

操场上，郭威正带着女兵在操练，他心情不好，一边纠正动作，一边喊叫骂人："一、二……你连走路都不会呀？这是右脚！这是右脚！左右都分不清吗？笨！走好！一、二、一。又乱了，是下饺子还是冲糍粑？一、二……笨蛋！啊，走好！出左脚，甩右手，出右脚甩左手，你怎么一边顺，笨……咳！一、二、一；左、右、左……右脚！左！右！左！一、二、一；一、二、一；一二三四！"

女兵们齐喊："一、二、三、四！"

郭威听了直皱眉头："像鸡叫，鸡叫！声音要洪亮，要有气壮山河的声势，我们是兵，不是乌合之众。再来，一、二、一，一二三四！"

女兵们齐声附和："一、二、三、四！"

妇女独立团的几位领导站在一旁认真观看着。

姜参谋长说："这个郭威，严格训练是对的，但太急了点。"

肖主任笑道："这就叫拔苗助长！"

张琴秋和王桂兰走来，站在旁边观看女兵们下操。张琴秋神色冷漠，毫无笑容。

肖主任说："张团长，你找我？"

张琴秋示意他别出声，先看一会儿郭威训练新兵再说。

郭威终于发现了团部的几位领导，快步走过来敬了一个军礼。

张琴秋命令道："没事，你们继续训练吧！"

郭威朝站在场边看热闹的特务连的战士们大吼一声："特务连的全体战士，集合！"

话音未落，几十个战士便以迅雷不及掩耳之势，雄赳赳、气昂昂地站列在他面前，顿时博得全场一片喝彩声。

郭威大声地说："同志们，请大家给妇女独立团的战友们做个示范，把各套军事基本要领展示给大家看看！"

战士们立即操演出操，跑步、劈刺、投弹、瞄准，还有特有的长矛、大刀套路。特务连的战士着装整齐，高大威武，一个个认真做着各种动作，行动敏捷，严肃紧张。

这时，张琴秋才对肖主任严肃地说："你在处理赵小莲这件事上实在不妥，我要对你给予严厉批评。"

肖主任说："我接受张团长的批评，并认真吸取教训。"

张琴秋说："我找你还不单是这件事。"

肖主任说："团长还有什么吩咐？"

张琴秋说："你们政治部立即动手调查，看咱们妇女团里还有多少像赵小莲这样的情况，发现一个处理一个，干净彻底地为她们解除不合法的童养媳婚约，彻底为她们割除封建主义尾巴，让她们一个个像自由的鸟儿在天空中自由自在地飞翔。"

肖主任说："团长放心，我保证尽快完成这个任务。"

张琴秋说："姜参谋长，长池坝最近是个什么情况？"

姜参谋长说："红军前脚刚走，白军后脚就到，还有去年被红三十军打得四处溃逃的各种地主武装，以及形形色色的土匪和地痞流氓，纷纷卷土重来。他们见房子就烧、见东西就抢、见男人就杀、见女人就奸，对长池坝人民进行疯狂地报复和血腥屠杀。特别是那些没来得及跟红军大部队转移的苏维埃干部、红军亲属，以及给红军抬过担架、送过军粮、办过实事的进步群众，首当其害。一时间，整个长池坝是乌云密布，腥风血雨，尸体成山，血流成河。凡是红军重点驻扎过的乡和村子，都变成了重灾区，许许多多的村和乡都没有留下一个活口，方圆几十里竟成了荒无人烟的无人区。但长池坝人民群众的心都是向着红军的，就是清平寨反动民团岳鹏举和长池大恶霸朱南阶像疯狗一样到处抓人杀人，见天都要杀几个红军家属，把人头挂在场口黄连树上示众，乡亲们恨不得吃他的肉！大家都盼望我们去收拾这个龟儿子呢！"

张琴秋咬牙切齿地说："这两个畜生，咱们绝不轻饶他！廖永富，你谈谈侦察清平寨的情况。"

孬娃子说："岳鹏举的民团加上王三春留给他的一个土匪连，总共有一千多号人，到处都是明碉暗堡，火力强大，我建议先不要动清平寨。"

张琴秋说："清平寨地势险恶，易守难攻，加上岳鹏举兵力众多，装备精良，攻打清平寨的条件暂时还不成熟。你再说说朱南阶的情况。"

孬娃子说："朱南阶是大名鼎鼎的棒老二出身，开初还算兔子不吃窝边草，只在外面抢，一次居然在成都抢了一辆汽车开了回来。发了横财后便在官放沟公母田坝买了一百多亩好田好地，长池坝除了岳鹏举，便数他的势力最大了。红三十军到了长池坝之后首先便革了他的命，鉴于他没有祸害乡邻，没有在当地犯下命案便没有镇压他。然而他从此便对共产党和老百姓恨之入骨，待刘存厚的队伍开进长池坝挤走红军妇女独立营和长赤县苏维埃政府之后，他便在刘存厚的扶持下当了长池维持会会长，收回了分给穷人的土地和财产，并组建了一支五六十人枪的联防大队守家护院，从此便以百倍的仇恨对人民群众实行反攻倒算。"

张琴秋果断地说："那就敲山震虎，趁朱南阶立足未稳，咱们先拿下他。"

孬娃子说："还有，朱南阶后天满五十岁，听说要大办寿酒，这两天里里外外正忙着张罗呢！"

姜参谋长愤恨地说："张主任，让郭威带特务连去端了他的老窝！"

张琴秋思索一阵，说："特务连的主要任务是保卫红三十军医院，我们妇女独立团的任务是保卫长赤县苏维埃各级政权。咱们得顾全大局，不能因小失大，但又不能让反动派为所欲为，一定要想法打击一下岳鹏举的反动气焰，杀杀他的威风，给他点颜色看看，让他知道咱们红军妇女独立团的厉害。否则就是我们红军妇女独立团的失职，就会让长池坝的人民群众寒心。但又不能硬来，只能智取。廖永富，各地给朱南阶送彩礼的多不多？"

孬娃子说："多，各地民团、地主都要给他送礼！"

张琴秋说："好！咱们就这么办，后天也去喝他的寿酒。一会儿叫上郭威到团部去开会，研究作战方案。咱们继续看郭威训练……"

操练场上，郭威说："现在练刺杀，谁愿意出来跟我做个示范。"

"我！"苦妹子挺身而出，她的脸色不太好。

郭威说："拿上长矛向我刺过来！"

苦妹子犹豫着。

"怕什么？"郭威吼道。

苦妹子犹豫一下，慢慢地伸过长矛来，生怕刺着郭威。

“不行！”郭威一把抓住长矛，直拉得苦妹子踉跄了几步。

“再来！”郭威命令道。

苦妹子望望周围的人，终于咬咬牙，一挺长矛直刺郭威的肚腹。

郭威左手一拉，右肩一顶，把苦妹子摔了出去。苦妹子跌倒在地上，疼痛难忍。

李秀贞忍不住出队大嚷：“你好狠呀！这几天她身上还闹着，你还这样……”

“什么闹着？”郭威不解地看着张琴秋。

“李秀贞，归队！”张琴秋命令道。她走近郭威，低声说：“这是妇女的生理现象。”

郭威一听，脸忽地红了：“这……”

“扶她回营房休息！”张琴秋对王桂兰说，“你了解一下，以后这种情况要提前告诉郭威！”

“是！”王桂兰上前去扶苦妹子。

“不！不用，我行！”苦妹子硬撑着站了起来。

四十

在通往白龙滩的古道两旁，全是高大的松柏树，掩盖得古道不见天日。

两旁树丛里，郭威带领的几个男红军战士和王桂兰带领的十几个女扮男装的女战士埋伏着，她们是李秀贞、刘淑华、梁红梅、冉兴华、蒋菊花、岳桂芳等。

一乘由两个轿夫抬的轿子从山路上走来，后面是几个背彩礼的背老二和押送彩礼的团丁。

郭威、王桂兰、黄新民等男女红军突然跳出树丛，大喝一声：“不许动！举起手来！”

这一行人马立马缴械，众战士扒下他们的服装穿上，并将这伙人捆得结结实实，嘴里塞上布条，关进附近的一个岩洞里，让一个男红军战士严加看守。

郭威、王桂兰、黄新民等人乔装打扮，由蒋菊花和岳桂芳二人抬轿子，李秀贞、刘淑华、梁红梅、冉兴华四人化装成背老二，一行人快速地朝白龙滩进发。

白龙滩河坝边上是一排排木桶粗的千年麻柳树，阴阳先生说东南坡地是一块风水宝地，便被朱南阶强取豪夺，独家占有。

大门口蹲着两只护院的大石狮子，除了两个荷枪实弹的哨兵外，还有几个游动哨兵来回四处巡逻。

郭威一行人朝朱南阶联防大队的哨卡走近，一个团丁拦住了他们："站住！干什么的？"

黄新民说："我们是汉中兵工厂张汉阳老板派来向你家朱老爷拜寿的。"

团丁说："先过来一个人。"

郭威和黄新民走过去。黄新民说："我们老板是汉中兵工厂张汉阳，是汉中堂堂大专员张笃伦的儿子。你们朱先生跟我们张老板有私情，做过好几档军火生意。"

团丁说："你哥子说些话吓死人，居然有这么重要的人物来给我们朱老爷拜寿？"

郭威递上通行证，说："我是汉中兵工厂张汉阳老板的管家周保平，这位是保安队袁队长。"

郭威原本就是北方人，团丁一听口音便深信不疑了。

郭威说："这是我的名片，这是张老板给朱老爷的亲笔信。"

团丁讨好地说："哦，是周大管家驾到，请弟兄们稍候，我马上去报告朱团总。"

不大一会儿，朱南阶带着两个团丁匆匆奔来，老远就招呼道："周大管家，稀客稀客呀！"

郭威说："朱老板，久违了！"

朱南阶一把抓住郭威的手，说："快请到寒舍一叙。"

郭威一行人走进朱家大院。朱南阶把众人引到厅堂坐下，说："我与张大老板汉中一别，怕有三年了吧！"

郭威说："差不多。"

朱南阶说："张老板还健康吗？张专员贵体无恙？"

郭威说："我们老板和专员身体都很健康。朱老板那时候八面威风，嘿嘿，怎么如今步入官道啦？"

朱南阶说："嘿，我这也是逼上梁山的。"

郭威说："此话怎讲？"

朱南阶说："说来话长。想当初朱某走南闯北，挣来几个血汗钱购置几亩田地养家糊口，这也是天经地义的事。可红军来了，不问青红皂白，就把我的田地和家产全部分给了那些穷鬼，还差点敲了我的砂罐儿。多亏刘存厚刘将军救我于水火之中，重新从那帮穷鬼手中夺回了田地和家产。为了保护这些田地和家产，刘将军又扶持我成立反共民团，委任我当了团长和长池坝的维持会长。"

郭威说："朱老爷有了一支守家护院的队伍，那就太好了。张老板为了给你老人家祝寿，特意给你送来了一批武器，这正好派上用场。"他回头叫孬娃子，"王全福——"

孬娃子递上两箱礼物，打开一个箱盖，里面是烟土、大洋和绸缎，打开另一只箱子，里面是十五支手枪和满箱子弹。

郭威说："这是我们张老板的一点微薄之礼，还请朱老爷笑纳！"

朱南阶大喜，说："哎呀，我的好兄弟，张大老板派你人来就赏了我个大面子，还送这么厚的礼干吗！"

郭威说："今后小弟也许会在长池坝你的地盘上做些小生意，要烦劳你多多关照！"

朱南阶说："你是谁呀，小弟巴结还巴结不上呢！"

郭威说："老兄过谦了！"

朱南阶说："如今共匪作乱，小弟拥兵自保，还要仰仗你们张大老板和张专员呢！"

郭威说："好说，好说！"

朱南阶回头高叫："摆宴！今日陪老兄一醉方休！"

郭威说了几句客套话，便带大家跟随着朱南阶下楼进了小宴厅，其他客人一律安排在大宴会厅里。

郭威展眼一看，餐桌上菜肴丰盛得很，天上飞的、地上跑的、水里游的，应有尽有。宾主依次入座，朱南阶和郭威坐了上把位，一位浓妆艳抹的妖艳妇人紧靠在朱南阶身边坐下，孬娃子等人依次坐下。那妖艳妇人一亮相顿时吸引了众人的目光，特别是孬娃子，看得目不转睛、目瞪口呆，只恨爹妈少给了他两只眼。

这艳妇是朱南阶的三姨太，朱南阶专门把她带来陪席，吩咐她要把郭威拿下，打通他与汉中张汉阳兵工厂的关系。长池坝那些大大小小、形形色色的地主武装和民团都需要武器。三姨太原是南江县城里的一个婊子，朱南阶隔三差五地跑到城里去嫖娼，一来二往，嫖出了感情，便娶她做了三姨太。

三姨太长得的确漂亮，三十多岁，看上去却像一个小姑娘，浓眉大眼、白皮嫩肉，丰满的胸、性感的臀，就像一只熟透了的水蜜桃，谁都想啃上一口。

朱南阶端起酒杯，两句开场白之后，便先饮为敬，大家纷纷端起酒杯都是一口干。接下去便是五花八门的名目，宾主之间生着法子让对方喝酒，你来我往，不多一会儿，早已十多杯巴山烧老儿酒下了肚。

郭威平时不喝酒，最多也就二三两的量，所以他从一开始便滴酒不沾，顶多也只是端一下杯子做个样子，走走过场。席桌上全靠黄新民来维持场面，他是一个酒罐子，两三斤烧老儿都灌不倒他。

十几巡过后，朱南阶端起酒杯向郭威敬酒道：“周老兄，你一定要赏个脸！”

郭威说：“我从来是滴酒不沾。”

朱南阶说：“少喝一点。”

郭威说：“那你要干杯！”

朱南阶说：“行！我今天酒逢知己千杯少，干！”

黄新民见状上前敬酒，说：“朱大团长威震一方，今后还望你多多照顾，小弟敬你一杯。”

朱南阶豪爽地说：“自己人，自己人，干！”

孬娃子也端起酒杯，说：“朱团长，小的敬您一杯，祝您福如东海，寿比南山。”

朱南阶说："这位兄弟怎么长得像女人？"

三姨太说："朱团长不能再喝了！"

孬娃子说："朱团长，是不是瞧不起小人？"

郭威说："他是张老板贴身保镖，一身武功了得，特地把他派来执行这次任务的。"

朱南阶顿时刮目相看，说："哦，来来来，老兄陪你一杯！"

几人轮流劝酒，朱南阶眼看就招架不住了。

三姨太劝道："我家老爷实在不能再喝了！"

"我没醉！"朱南阶逞强，可话没说完便躺在饭桌上了。

黄新民说："三姨太，朱团长是海量，再说他们老朋友见面，你可不能不给面子呀！"

三姨太说："那你们怎么轮流灌他呀，我看你们有点起心不良！"

郭威正色道："三姨太言重了，你是不欢迎我们呀！"

这时，一开始滴酒不尝的三姨太从容地端起朱南阶的酒杯，彬彬有礼地说："周先生，我们当家的平常滴酒不尝，今天他是为了巴结你这棵大树，日后好乘凉遮荫，才舍命陪君子。他实在不能再喝了，再喝下去就得做棺材准备后事了。这样吧，请周先生允许我代表当家的陪你喝两杯！"

席桌上所有人都惊讶地望着三姨太，谁也没有想到这位娇艳的美妇人居然还有这种举动。

黄新民睁大眼睛盯着三姨太说："我们周大管家平时也是滴酒不沾，也是为了结交雄霸一方的朱大团长，才舍命陪了君子。既然三姨太可以代表朱团长喝酒，那我为何就不能代替周管家喝酒？来来来，三姨太，我们两个整一下，小弟先饮为敬！"他随即举起酒杯一仰脖子，将满满一大杯酒倒进肚子里。

三姨太冷笑一声，也端起酒杯一口干，然后给黄新民抛了一个媚眼。众人发出一阵喝彩声。

黄新民有生以来还没遇到过这样漂亮的女人跟他喝过酒，有些兴奋，立马提起酒壶给三姨太倒满酒，然后给自己也满上，端起酒杯与三姨太接上了火。几圈喝下来，三姨太精神倍增，大声吆喝："管家拿大杯来，我要与这位兄弟大战三百回合！"

黄新民经三姨太这么一煽乎，情绪高涨，连声高叫 :“干脆抬一缸烧老儿来，我今天誓与三姨太一试高低，不喝三斤烧老儿，还算啥鸡巴男人！”

郭威第一次见到这阵仗，早被这一对男女的惊人之举吓出一身冷汗，醉意顿时消失到九霄云外，朦胧的大脑一下子清醒了过来。

黄新民是赤卫队里有名的大酒神，根本没把花儿一样的三姨太放在眼里，只想几个回合将她灌倒在桌上出点洋相，好让弟兄伙们饱饱眼福，过个干瘾。哪知三姨太越喝越勇，左一杯右一杯，上一杯下一杯，杯杯都有名堂，让黄新民喝得心服口服。三姨太的口号是“感情深，一口闷”，一两的大酒杯杯杯都是一口干。黄新民被灌得只有招架之功，没有还手之力，说话都囫囵了 :“糟了，没想到我黄大爷大江大河都过来了，今天却要栽在三姨太你的阴沟里！”

三姨太说 :“咦，你怎么又改姓黄了？”

郭威忙掩饰说 :“他这是喝得连自己姓啥子都不晓得了。”

众人一阵大笑，孬娃子把口中的饭菜都笑了出来。

三姨太大声叫道 :“岳管家，斟满大碗！”

岳管家拿来两个大碗，斟得满满的！

三姨太说 :“袁队长，怎么样？”

黄新民说 :“三姨太爽快！来，兄弟陪你！”

二人端碗碰杯 :“干！”

郭威立即端起酒杯提议 :“为双方合作成功干杯！”

众人纷纷站起身来，端起酒杯都是一口干。

三姨太说 :“岳管家，扶朱团长回房间休息！来，我们再喝！”

郭威吓住了 :“三姨太海量，我们甘拜下风！”

三姨太也不恋战，说 :“好，管家，送客人上房休息。”

三姨太回到房间，对着便桶，用手伸进喉咙一掏，将酒全部吐了出来，随即对岳管家吩咐 :“管家，我总觉得今天这伙人劝酒太凶，有点不对劲，你要多加小心。”

“是！”岳管家应声退出房间。

客房里，孬娃子与郭威等人在一起小声商议。

孬娃子说 :“黄队长醉了？”

郭威一笑："没事，全吐出来了。"

客房外，岳管家正靠窗偷听，忽然感觉到背后被刀顶住。黄新民低声说："不准叫，不然老子宰了你，进屋去！"

岳管家只好乖乖地被逼进客房里。

黄新民说："说！你是不是想谋财害命？"

岳管家说："不不，是三姨太害怕你们是红军游击队，叫我来看看。"

黄新民说："放屁，咱老爷是张专员的亲儿子，会是游击队？"

孬娃子说："我看朱南阶是心怀不良，想黑了咱们！"

黄新民说："对，尤其是三姨太那婆娘，就像开黑店的那个孙二娘！"

岳管家连声说："误会，误会！"

郭威说："害人之心不可有，防人之心不可无。这样吧，岳管家，你们朱团长果真没有坏心，那今晚我带来的弟兄和你们的团丁一起值岗，加强警戒。"

岳管家说："行行！朱团长喝醉了，我正愁今晚红军摸进来了，没人指挥呢！"

黄新民说："别怕，这事包在我身上，你跟我一起带着兄弟们去执勤，免得误会。"

岳管家连连点头："行行。"

黄新民对孬娃子说："赶紧带几个弟兄随岳管家去炮楼。"

炮楼隐藏在一处阴暗的角落里，十几个团丁蹲在里面，有的在打牌，有的抱着枪睡大觉。张牛娃子瞟了一眼打石匠出身的王胖子，便哼起了小时候唱的儿歌：

养儿莫学石匠，
天晴下雨在坡上，
斜起眼睛看婆娘，
一锤砸在手上。

王胖子不但不恼，反而一边抽烟，一边接着吼起打石调来：

哎哟喂……

胯脚下的婆娘喂喂哟，

伸起脑壳莫往回缩哟喂，

要看到我胯下的黑坨坨喂，

如果从我身上掉一坨嘛，

那就赶快跟到我。

我天天背你到对河，

走娘屋哟哟哦哟也……

众人齐声吼道："嘿毬！"

王胖子唱道：

对门那个穿花衣裳的嫂嫂喂——

众人齐声吼道："嘿毬！"

王胖子唱：

哪怕你夹得紧又紧哟——

众人齐声吼道："嘿毬！"

王胖子唱：

我的锤子来了你二边分哟——

"嘿毬！"众团丁们发出一阵淫荡的狂笑。

这时，孬娃子等人抬着一缸烧酒由岳管家带上了炮楼。孬娃子大声说："哥子们辛苦啦，我们张大当家的送哥子们一缸巴山烧老儿，为大家驱寒壮胆。"

众团丁惊诧地说："嘿嘿嘿，你们是哪路神仙哟？"

岳管家说："这是朱团长老朋友汉中兵工厂张大老板的保安队，今晚与你们共同守护炮楼，大家就放心地喝两口，但不能喝醉误了大事。”

岳管家话一出口，众团丁欢呼不已。白花花的烧老儿酒倒入一只大土碗中，酒香四溢。唱黄色小调的王胖子首先端起大碗，对孬娃子等人大声说道：“谢谢兄弟们，我代表炮楼的弟兄们向你们敬礼了。”说完他敬了一个极不标准的军礼，然后端起酒碗仰脖喝了一大口，把酒碗传给下一位……岳管家见状放心地离开了炮楼。

天上乌云散尽，皓月当空。岳管家脚步匆匆，一路急奔，半路上遇到哨兵盘问：“谁？”原来是郭威带来的特务连战士。

岳管家说：“今晚烦劳弟兄们帮忙执勤，多照看着点。”

红军战士说：“是！”

岳管家打着哈欠说：“啊，困死我了，我得回房睡一会儿。有事尽管叫我！”

郭威说：“岳管家放心安歇，这里有我呢！”

岳管家走到大门外的一片树林子边上，突然听见里面有响动，立即停下脚步，迅速拔出手枪，仔细辨听动静，从树林里传来公猫和母猫的嚎春声。

岳管家低声骂道：“他妈的，原来是两只猫嚎春，吓了老子一大跳！”他将手枪插回腰里，大摇大摆地进了朱家大院。

原来是张琴秋带领部分女战士埋伏在树林里，一个女战士不小心把枪托碰到了大树上，眼看就要暴露，张琴秋急中生智，与王桂兰学起了公猫母猫嚎春。

岳管家走进三姨太房间，对正准备休息的三姨太说：“三姨太，我察看了，他们的确是汉中兵工厂张老板的保安队，嘿嘿，还担心被我们黑办了呢！”

三姨太松了口气：“今晚还是小心为妙。”

岳管家说：“你放心，我都安排好了，他们也害怕红军游击队，要求和我们的弟兄一起站岗呢！”

三姨太说：“那好，你去睡吧！”

岳管家正要出门。三姨太猛然醒悟：“不好！回来！”

屋外窗下，黄新民正屏息偷听。三姨太紧张地说：“笨蛋！你怎么能让他们和弟兄们一起站岗呢，万一他们就是红军游击队乔装改扮的，那不就完了！”

管家一听傻了：“那……那怎么办？”

三姨太急忙去推瘫睡在床上的朱南阶：“老爷，老爷！醒醒，醒醒！”

朱南阶醉如一摊烂泥。三姨太从枕下摸出手枪，说：“快！快去把团副叫来！”岳管家匆匆出房。

岳管家走过走廊，黄新民悄悄走到他身后，低声喝道：“不准出声！走！”黄新民如抓小鸡一般把岳管家捉进屋来。

“那狗日的婆娘真厉害，已经察觉了。”黄新民对一个战士说，“通知立即行动，听我枪响为号！”那个战士匆匆出门去了。

黄新民与两个红军战士押着岳管家向三姨太的卧室走去。岳管家敲了敲门，说：“三姨太，蒋团副来了。”

三姨太一开门，黄新民便一拳将她打倒在地。另外两个红军战士立即把岳管家捆了起来，黄新民吩咐战士把朱南阶也从床上拖下来，来了个五花大绑。

黄新民吩咐道：“先把这两个反动派押到外边去集合，千万给我看好，不能让他俩跑脱了。”

一个战士说：“那三姨太呢？”

黄新民说：“狗日的婆娘坏得很，我先在房间里审问一番。”

两个战士押着朱南阶和岳管家走出房间，黄新民把头伸出门外，望着一行人远去，拔枪朝天射了一枪，然后关上房门，恶狠狠地扒掉三姨太的衣服，骂道：“我操死你狗日的地主婆！”随后他将三姨太抱起一把扔到床上……

炮楼里孬娃子听到枪声，和几个红军战士一齐动手，瞬间将团丁们全部解决。

张琴秋和王桂兰听到枪声率队迅速冲到联防大队司令部门口，迅速干掉两个哨兵，众人一拥而入。

郭威和几个红军战士也冲出客房，对院里的团丁大叫：“不准动，缴枪不杀！”

李秀贞、刘淑华、梁红梅、冉兴华四个女战士端着枪冲到三姨太门口，一脚踹开了门，正要往里冲，只见黄新民赤身裸体地压在三姨太身上，正惊慌地探起身子往门口张望。李秀贞等人一愣，转身便跑。

就在黄新民探身发愣的那一瞬间，三姨太迅速从枕下摸出手枪，对准黄新民头部就是一枪。听到枪声，李秀贞大惊，返身冲进三姨太卧室，只见黄新民已倒在血泊里。

三姨太又将手枪对准李秀贞，李秀贞等人的枪口同时迸出了火花，三姨太顿时殒命。

李秀贞惊魂未定，说："黄大哥对我们有恩，刚才发生的事谁也不许往外说，否则我对你们不客气。"

刘淑华、梁红梅、冉兴华一齐点了点头。

李秀贞说："快，大家一齐动手给二人穿好衣服。"

四人迅速给黄新民和三姨太穿好衣服。

李秀贞说："一会儿跟张团长和王连长讲，就说黄大哥是被三姨太冷枪打死的，正好被我们撞见，于是便开枪打死了三姨太。大家记住了没有？"

"记住了！"刘淑华、梁红梅、冉兴华一齐答道。

枪声惊醒了整个村子，村里立时乱成一团，大人喊、孩子哭、狗吠声连成一片。当太阳升起的时候，全村的男女老少才知道是红军歼灭了朱南阶的反动地主武装，一个个像过大年赶庙会那样云集到朱家大院。

李秀贞站在晨光里敲着锣，大声吆喝着："乡亲们听着，我们红军妇女独立团打掉了白龙滩团防大队，活捉了民团头子朱南阶，男女老少都到河坝开公判大会，看朱南阶敲砂罐啰！"

河坝里用木头临时搭起了高高的台子，台上坐着张琴秋、王桂兰和郭威。台下挤满黑压压的老百姓，大树上爬满了半大的孩子，连狗也跑来凑热闹。

王桂兰说："公判大会开始，请妇女独立团张琴秋团长讲话！"

张琴秋站起身，大声说道："乡亲们，你们受苦了！"她随即威严地大手一挥，"把反动还乡团头子朱南阶押上来！"

五花大绑的朱南阶在乱打怒骂声中被押上台，浑身筛糠一样颤抖，额头冷汗密密麻麻，眼神像死鱼一样。

张琴秋大声宣布："现在，我代表党和人民宣判罪大恶极的朱南阶死刑，立即执行！"

两个红军战士拖死狗一般将朱南阶拖了下去。

砰！砰！河滩上响起两声清脆的枪声！

张琴秋说："父老乡亲们，别看反动派气焰暂时嚣张，他们迟早会要灭亡的，我们红军很快就要打回来。反动派的血腥镇压，反而把你们锻炼得更加坚强。请大家相信，我们的革命一定会成功，一个没有压迫、没有剥削、人人平等的新世界一定会到来！我们撤离之后，敌人很可能会来报复，我会抽派一部分赤卫队员来暗中保护你们。大家也可以把粮食和贵重东西藏起来，暂时投亲靠友，躲上一段时间再回来。"

人群一阵骚动，瞬即四散而去。

张琴秋叹息一声，对王桂兰和郭威说："咱们也赶紧撤退，郭威负责把黄新民同志的遗体带回去，与杨天成同志安葬在一起。王桂兰同志负责组织一个追悼大会，我一定参加并讲话。"

四十一

妇女独立团的女战士们列队坐在沙滩上，认真地听张琴秋讲课。

黑板上写着"革命　红军　中国共产党　妇女"的繁体字。

张琴秋说："妇女的'妇'字，就是'女'字加一个扫帚的'帚'字，中国封建社会几千年，歧视妇女，看不起妇女，说女人只配在家扫地、做饭，不能到外面做事。革命，不仅仅要打跑侵略中国的帝国主义，还要打倒国内的资本主义和封建主义，同一切封建残余势力作斗争。"

赵小莲注意力有些分散，张琴秋见到了，喊了一声："赵小莲——"

赵小莲下意识地站了起来。

张琴秋说："我刚才讲的，你都听明白了吗？"

赵小莲说："我……我懂……"

张琴秋说："那你说说。"

赵小莲说："妇女……妇女……命好苦，一辈子拿扫帚……扫帚……"

李秀贞忍不住笑了，众人都笑起来，赵小莲十分尴尬。

“好了，下课！”张琴秋拿出怀表看了看，宣布下课。

众人离去，赵小莲低着头，站在原地不动。

张琴秋说：“回去吧，下午训练完了，咱们谈谈，好吗？”赵小莲点点头，转身要走，张琴秋又叫住她，说，“赵小莲，苦妹子没来是病了吗？”

赵小莲说：“她小肚子疼得不得了。”

张琴秋说：“小肚子疼……我去看看。”

苦妹子躺在床上，脸色蜡黄，整个房子里就她一人。张琴秋托着一个碗走到她身边，碗里放着一个冒着热气的鸡蛋。

“大姐……”苦妹子想爬起来。

“别动！”张琴秋按住了她，“好些了吗？”

苦妹子自责地说：“我真不争气，没能参加消灭朱南阶的战斗。”

“我知道你着急，不过，这不是争不争气的问题。以前，在鄂豫皖很多妇女也是这样，工作、训练、打仗，根本就顾不上自己的身子，时间一长，唉……就患了妇女病。”张琴秋说，“不过，那回我犯疼的时候，有一个老中医传了我一道秘方，你试试。”张琴秋从碗里拿出鸡蛋，还略有些烫手。“把肚子露出来。”

苦妹子将信将疑地撩起衣服。

“忍着点，有点烫，不过一会儿就好。”张琴秋一边说一边将烫热的鸡蛋放在她肚脐眼上，不停地滚动起来。

不大一会儿，苦妹子便叫起来：“大姐，这办法真好，我小肚子一下就不疼了。”

张琴秋说：“那就好，你自己再按我的动作做一会儿，水要是不烫了，再加点热的。我去找郭威说点事。”说完她起身走了出去。

张琴秋走到院坝边上，正好碰到郭威，便叫住他说：“妇女从十四五岁开始，每个月都要行一次经，医学上叫作月经。”

郭威似懂非懂地望着张琴秋。

张琴秋微微笑着说：“打个比方吧，就好比果树开了花就要结果子，这女人来了月经就会怀孕生孩子。以后妇女团的女孩子们，如果再有苦妹子这种情况发生，就要停止军事训练，或者只做些简易动作。因为运动量一加大，经量就会加大，甚至会引起下身大出血。郭教官，妇女的情况大致如此。”

郭威说：“要不是你讲，我真是一无所知，我可以把训练项目同这个协调起来。”

二人分手后，张琴秋便快步到河边找赵小莲去了。

山谷里静谧而空旷。由近及远望去，除了张琴秋所经过的那个豁口，谷地几乎整个地被峰岭围裹起来。一条浅水河从谷口东南方向的山峡口潺潺拐出，蛇行着向谷地深处蜿蜒而去。河水在夕阳的辉映下便显得波光斑斓，远远望去像是铺在草地上的一条巨大的随风拂动的锦缎。谷地豁口北侧不远处有几座低矮的土丘，丘上生长着大片的蔓荆和青杠树。虽值深秋，但那一簇簇的蔓荆却依然抖擞着冠头上的蓝紫色小花，在满目枯黄的野地中看上去分外妖娆。

张琴秋见了赵小莲，问道：“小莲，孬娃子这两天又找你了吗？”

赵小莲低着头说：“他不敢来了，我恨他！”

张琴秋开玩笑地说：“你是恨他来呢，还是恨他不来？”

赵小莲低头不语。

张琴秋说：“到底是还是不是？”

赵小莲说：“什么都不是！就因那天晚上他叫走了我，才差点害了你，所以我好恨他。”

张琴秋说：“你好恨他，也好爱他，爱和恨这两种相反的感情放在一个人身上，不但不会互相抵消，反而会加倍地强烈。”

赵小莲不禁抬头望着张琴秋，说出了心里话：“我就是忘不了他，一闭上眼睛，他就在我面前。”

赵小莲看着落日、夕阳、远山，百感交集，两行清泪从她的眼里无声地流了下来。

女兵营房里，苦妹子在晾床单和衣裳。郭威走过去，词不达意地说：“红川，我……”苦妹子用眼角扫了他一眼，把脸转在一边，偷着乐了。“这个，这个事，张团长都对我说了。”

苦妹子继续干活，不吭声。

郭威有些急，上前拉住她说："你有病，让我来干！"说着，他便要动手。

苦妹子急忙拦住他，用一种别样的眼光看着郭威。

郭威似乎也感到了什么，赶忙松开手，窘得满脸通红："那个，那个……下午，那你就休息吧。"

"我……没事……"苦妹子害羞地低下了头。

这时，操场那边有人叫喊："柳红川，快过来剪头发。"

"哎，来啦！"苦妹子一溜烟地向操场跑了。

郭威苦笑了一下，也赶紧离去。

苦妹子走到操场边上一看，原来是一营一连的女兵们集合在那里听连长王桂兰讲话。

王桂兰说："大家安静！你们的头发都很长，作战不方便，先把头发剪了！"

众女红军说："咋个呢？"

"格斗时，会被敌人抓住辫子。必须剪发！头发只能比男同志略长一点点。剪下的头发，拿回去保存起来嘛。"

"那我们不就男不男，女不女了吗？"

"我们是红军，同志们的头发各式各样，影响军容，打起仗来也不方便。再说大家都要求和男同志一样，要求一切人包括我们自己，从思想上清除男女的偏见。所以团部经过慎重的研究，决定妇女独立团的战士一律剃头，像男同志一样。我已经请来了理发员，"王桂兰回头招呼着，"你们来吧！"

五个理发员都围着白布围裙，围裙里放着理发工具，左手提着一只独凳，右手托着一个脸盆架，架上放着脸盆和毛巾，排成单行纵队，合着脚步，走到队伍前，放下脸盆架和独凳，退后一步，稍息站立，一言不发。

这阵势在女兵看来犹如刑场。

王桂兰说："谁先来？"

陈碧英一声不吭走到一张独凳上坐下，摘下军帽。

王桂兰向她报以感激的目光，又动员道："谁再来？"

没有一个人吭声，全场肃静异常。

王桂兰正想再动员，赵小莲、苦妹子、李秀贞、刘淑华、梁红梅、冉兴华、桂花子、杨玉香、何春香、谭晓岚一齐走向前去……

过了不久，秀发纷纷落地，赵小莲、苦妹子、桂花子、杨玉香、何春香一群女兵互相看着剪短了的头发，突然都哈哈大笑起来。

苦妹子问赵小莲："你的镜子呢？"

赵小莲从怀里摸出小镜子，苦妹子接过去照了照，开心地乐了。其他几个姐妹轮流把小镜子拿在手里照看起来，刘淑华看着镜子却忍不住哭起来。

李秀贞用手扒拉她的短头发，说："假小子怕找不到媳妇啦？！"说完大家都笑了。刘淑华也破涕为笑。

王桂兰走过来，问道："笑什么呢？"

苦妹子说："大家都笑自己变成了假小子！"

王桂兰说:"姐妹们,等仗打完了,革命胜利了,你们都有什么打算呀？"

刘淑华说："找个好男人，生一窝孩子，有儿有女，有的当农民，有的当教书先生，有的当医生，有的……"

李秀贞打断她的话说："你当你是老母猪呀！我的打算是跟着张大姐革命到底，她走到哪，我就跟到哪！"

苦妹子说："李秀贞说得对，真有了那一天，我就去上军校，听张大姐说有红军大学，我做梦都想有一天能像张大姐那样能文能武。"

李秀贞说："我倒建议你先跟郭教官结了婚再说，我看他对你很有那个意思！"

"我看你是要死啦！"苦妹子扑上去厮打李秀贞，众人大笑不止。

桂花子说："我也跟淑华姐一样，找个好男人结婚。"

李秀贞说："结婚以后呢？"

桂花子说："生孩子！生上三个五个！"

李秀贞说："也是个没出息的货！干脆生十个八个，正好一个班！"

桂花子嘻嘻笑道："人多力量大，你眼红了吧？"

王桂兰说："赵小莲，你呢？"

赵小莲说："仗一打完，我就跟孬娃子结婚，张大姐说好了当我俩的证婚人。"

李秀贞说："结了婚也拼命生孩子，三个五个还是十个八个呀？"

赵小莲说："让你失望了，我一个孩子都不要。我们两口子就在这青杠梁上，他耕田来我织布，他挑水来我浇园。先美滋滋地享受十年二十年后再生孩子，否则便对不起我这张好脸蛋和这一副好身材！”

大家听完赵小莲的这段表白，既没有笑，也没有吭声。

沉默了好半天，李秀贞才又问杨玉香：“该你啦！”

杨玉香想了半天才说：“我听我妈的！”

陈碧英哈哈大笑起来。

四十二

明月高悬，月光洒满柳家大院，孙桂英带领一群女红军在院坝练习《天鹅湖》，许多人在观看。

张琴秋也站在旁边观看着，说：“很好，越来越熟练了。注意，不是用脚前掌，是用脚趾头尖，1—3—5—1—”

众女红军演员跟唱道：“1—3—5—1—”

张琴秋对孙桂英说：“天天要带她们练练声。1—3—5—1—”

孙桂英应道：“是！”

张琴秋用手柔柔地打着拍子：“1—5—3—1—”

众女红军演员回应：“1—5—3—1—”

妇女独立团演出队由张琴秋担任艺术顾问，政治部肖主任兼任队长，孙桂英担任副队长兼编导，实际上由她总负责。总部文工团听说妇女独立团成立了演出队，主动派来了一位指导老师，还送来了不少乐器，诸如手风琴、扬琴、口琴、笛子、筝、竽等等，还送了不少服装道具。听说妇女团演出队缺少搞乐器的人，总部文工团赶紧又派来了几位老师帮助培训。

孙桂英有的是天赋，有艺术顾问张琴秋手把手教，加上总部文工团的老师坐镇指挥，更是如虎添翼、如鱼得水。前后只用了两个月时间，便编排出了十五个文艺节目，整整要演两个小时。节目内容除了像大合唱《八月桂花遍地开》、女声小合唱《军民友谊歌》、女声独唱《十送红军》、女声独唱《巴山来了徐向前》、女声独唱《盼红军》、女声独唱《诉苦谣》、独唱《送红军》等一些流行歌舞外，还有苏联革命歌曲《小路》、女声小合唱《喀秋莎》，以及苏联红军的《水兵舞》等等。

另外，孙桂英还根据红三十军和妇女独立团的一些典型事迹，即兴编成快板、四川清音、巴山民歌和小型歌舞。歌词由张琴秋、王桂兰、孙桂英共同完成，作曲直接套用川陕一带的民间歌谣和流行歌曲。

演出队平常到各乡镇苏维埃慰问，为当地群众演出。不演出时，便参加妇女独立团的各种活动，诸如军事训练、劳动生产等等。

女兵营房也没闲着，女兵们以班为单位，围坐在灯下做军鞋。陈碧英和赵小莲、苦妹子、李秀贞、刘淑华、谭晓岚她们在一起，一边做军鞋，一边小声地哼着小调：

(领) 一把扇子 (合) 连连
(领) 正月正 (合) 溜溜
(领) 家家门前 (合) 呀呼嗨，
(领) 挂红灯 (合) 闹莲花！

张琴秋查夜来到窗外，听见她们温馨的轻声哼唱，不禁停下了脚步。

(领) 二把扇子 (合) 连连
(领) 二月二 (合) 溜溜
(领) 弟弟妹妹 (合) 呀呼嗨，

赵小莲忽然抢上去领："做军鞋呦——"

大家仍然帮完腔，但随即大笑起来。

陈碧英说："尽捣乱，歌词不是这样的。"

赵小莲说："我们不是在做军鞋吗？"

张琴秋迈步进房，大家起立。

"唱得多好听，继续唱！"张琴秋坐下来，顺手拿过一只军鞋做起来。

大家笑着，都不好意思唱了。

“怎么不唱了？我来领！”张琴秋用似像不像的四川话领唱起来。

（领）三把扇子（合）连连
（领）三月三（合）溜溜
（领）红军来了（合）呀呼嗨，
（领）闹分田，（合）闹莲花！

四十三

一个三岔路口处，好不热闹，李秀贞正站在一棵大树下大声演讲。赵小莲在另一处打着快板，鼓励群众参加红军。大树上挂着一块招兵牌子，许多群众纷纷要求报名参军。两个女战士坐在石头上负责登记。

另一旁，一个女红军在拉胡琴，苦妹子、陈碧英、杨玉香、何春香、岳桂芳等人在那里唱歌。

蒋菊花手里还拿着一个碟子，两根筷子，击着节拍，边打边唱：

正月里采花无花采，
采花人盼着红军来。
二月里采花花正开，
红军来了鲜花开。
川陕建立了苏维埃。
……

张琴秋快步走了过来，王桂兰迎上去对她说：“我上午组织全连姐妹到各个村口和路口搞宣传，并设立临时招兵站。”

张琴秋说：“这个办法很好，我再通知孙桂英的宣传队配合你们行动。你们一营一连的姐妹们除了搞好军事训练，还要继续做好群众宣传工作，鼓励广大人民群众踊跃报名参加红军。中魁山战役形势依然严峻，国民党三个军紧追不舍，我们虽然歼灭了大量的敌人，但自己伤亡也很惨重，有的连队打得只剩下十几个人了。”

王桂兰说：“我们一手抓训练，一手抓扩红宣传。”

张琴秋说：“通过你和郭威的努力，一营一连的姐妹们已今非昔比！不过，还要强化军事训练，平时多流汗，战时少流血。”

王桂兰说：“是！”

孬娃子背着山货站在人群后，赵小莲发现了他，走过来小声问道：“孬娃子，你来干啥子？”

孬娃子说：“我到长池街上去赶集卖山货，路过这里听见你们又唱又跳，便过来看一会儿热闹。”

赵小莲说：“光看热闹哪行，跟我们一起搞扩红宣传啊！”

孬娃子说：“那哪行啊，我得赶紧上街，还有重要任务呢！”

赵小莲瞪了他一眼说：“那你就赶紧给我走，别在这里给我丢人现眼，一会儿又让苦妹子她们笑话我。”

孬娃子笑了一下，背着背篼转身快步向长池街上走去。

一个刚报名参军的小伙子穿上了红军军装，手拿一杆红缨枪，走到赵小莲面前，说：“红军衣服穿上了，但没有枪，不威风。好久发枪哦？”

赵小莲说：“暂时只能给你发杆红缨枪。”

“那多没劲，能不能把你的枪先借我用起哟！”

“长枪、短枪、机关枪有的是，田颂尧、刘存厚早就给你们准备好了，放在中魁山，叫你们自己去取呢！”

那人讨个没趣，红着脸走了。

这一幕恰好被张琴秋看见，她笑呵呵地对新兵们说：“新兵战友们，刚才这位小妹妹是用激将法激励你们上前线英勇杀敌。一会儿让王连长对你们进行简单的军事培训之后，便将武器发给你们，但不是人人都有。我们前线战斗部队，也还有一半的战士用长矛大刀呢！”

王桂兰随即将新兵编成一个排三个班，从中推选出排长、副排长、班长、副班长，让他们列队观看女战士军事表演。

一队女战士整齐列队，行动敏捷，着装整齐，严肃而紧张。她们向新兵表演出操、跑步、劈刺、投弹、瞄准，还有特有的长矛、大刀套路。

张琴秋满意地对王桂兰说："青杠梁这帮小姐妹能在短期内变成这个样子，全是你和郭威的功劳啊！"

王桂兰说："这哪是我的功劳呢，全靠张主任领导得好。"

张琴秋说："廖永富又获得一个重要情报，刘湘可能勾结，甚至收编岳鹏举。"

王桂兰说："川北大土匪王三春不是也将岳鹏举收编了吗？"

张琴秋说："这三股反动势力相互勾结，相互利用，目的只有一个，那就是联合起来，共同对付红三十军和长赤县苏维埃政权。"

王桂兰说："哦，那长池地区的形势就变得更加复杂了。"

张琴秋说："我今天又派廖永富到长池街上继续收集情报，以便及时作出应急处理。"

王桂兰说："廖永富在长池坝这一带熟得很，利用收山货做掩护，敌人绝不会怀疑他的。"

张琴秋说："但愿他今天又能带回更重要的情报！"

自从长池镇被刘存厚占领之后，赶集的人一下子就少了许多，今天更显得冷清起来，街上除了来来往往的国民党士兵外，几乎没有什么行人。孬娃子在街道一角与一个便衣人在交头接耳说着什么。不久，只见他一路畅通地到了黄连树下的吕记茶馆。一会儿，一个行商打扮的人走到柜台旁的茶座，解开因走路掖起来的长衫，抖抖灰尘，翻起"龙抬头"的袖子，坐了下来。

店小二泡上一碗盖碗茶。行商打扮的人喝了两口，将茶碗靠在茶托上。

茶馆老板见状，立刻从柜台后出来，一抱拳："你是初到本地？"

行商打扮的人说："头回！"也抱拳答礼，却跷起大拇指。

"路上不清净，你哥子是咋个来的？"

"无非是飘飘子，划划子，歪歪子。"

"你哥子吃不吃饭？"

"是梁子要报，是粉子要造。"

茶馆老板随手摆上一双筷子："吃啥菜？"

"烧红肉。"

"红肉有些烫嘴。"

"夹到吃，不怕烫。"他用筷子比画了一下，"一根筷子夹不起来。"

"再找一根！"

"哪里去找？"

茶馆老板说："山上找。"

"哪个？"

"三爷。"

行商打扮的人说："你哥子走错了路，三爷在阆中。"

茶馆老板说："莫涮坛子！不是张三爷，是王……"

行商打扮的人说："谨言，谨言！"

茶馆老板看见了孬娃子，露出一脸奸笑。

四十四

太阳已经升得老高，山谷的景致在视野中愈加清晰起来。

南边的山岭有一条支脉斜横着伸向谷地。支脉呈不规则的"S"状。陡峭的山岭自山麓处朝谷地方向延伸出一小片平地，然后就陡地沉陷下去，形成一个深深的峡谷。那条在谷地上蜿蜒而行的浅水河在峡谷北侧不远处分出一个支流。河水顺着渐次倾斜下去的坡急速地向着峡谷泻去。峡谷边上稀稀落落地生长着一些鳞皮黑松，旁边是一大片大叶槐树林和一些叫不上名字的灌木植物。再往北是一片宽达十多米的乱石带，乱石带上爬生着一些木藤蓼。木藤蓼上面的那些淡白色的小花已经开始凋谢，但仍散发出阵阵的清香。

张琴秋带领大家在那片槐树林里采集中草药。赵小莲在一块大石头旁停下，说："张大姐来呀，这里好像有一窝天麻。"

张琴秋走过去，与赵小莲一起动手挖天麻。

张琴秋见赵小莲粉红的脸上挂着笑容，知道她已经从困境中度过来了，便笑着说："赵小莲，你唱支歌吧！"

"好！"赵小莲也不推辞，随即高声唱了起来。

高高山上没搞头，
又出苞谷又出猴。
要得夫妻同床睡，
只有苞谷收上楼。

郭威在另一边喊道："不准唱这种下流山歌，革命军人唱这种歌，就叫犯纪律！"

赵小莲立刻嘟起了小嘴。

张琴秋笑笑说："来，我给你改个词唱，他就挑不出毛病了。"

郭威穿过一丛荆棘时，不小心被树刺抓住衣服，"嘶"的一声，肩膀处撕开一个大口子。

苦妹子"哎哟"一声，忙走过去，立即掏出针线包来。

郭威见状，忙说："没关系，回去再补。"

苦妹子说："那会越扯越大。"

郭威对谁都脾气大，但苦妹子不管说什么，他都不忍心驳斥，便说道："也好！"苦妹子便上前给他缝补起来。

郭威见苦妹子够不着，只好踮着脚，便半蹲着，最后竟坐在草丛地上，苦妹子便跪在他的身边，一针一线缝补起来，觉得幸福极了。

这时，赵小莲的歌声又传来了，曲调一样，但词都换成新的了。

红军来了有搞头，
穿衣吃饭不用愁。
要想翻身得解放，
杀尽敌人才自由。

山林里传来叫好声。

张琴秋说："你唱得真好，当地那些山歌，都是哥哥妹妹的，应该装上新的内容。小莲，再给大家唱一首红军歌曲。”

赵小莲拢了一下额上的秀发，一支甜甜的民歌飞向四方：

太阳落土四山阴，
端起饭碗盼红军，
泪落碗里星乱闪，
苦难日子啥时尽？
哎哟哟，只有红军救穷人。

太阳落土四山黄，
牛羊回圈儿想娘，
昼想红军夜里梦，
梦见红军打胜仗。
哎哟哟，穷人翻身有指望。

太阳落土四山红，
站在山顶手搭棚，
望断大山盼红军，
盼得心里暖烘烘。
哎哟哟，红军啥时回山中。

太阳落土四山黑，
唱个山歌四处飞，
问红军哥哥好，
问杀敌啥时回？
哎哟哟，美酒留待亲人归。
……

张琴秋对一旁的王桂兰说：“廖永富带回情报，刘湘近期可能要给岳鹏举送一大批军火。”

王桂兰说："这对我们来说，可是一次好机会。"

张琴秋说："我令廖永富继续侦探，情况一旦属实，到时便由你们一营一连去完成这个任务。"

四十五

自从妇女独立团打掉了朱南阶之后，岳鹏举的清平寨便安分了好长一段时间，紧闭寨门，再也不敢对长池坝的老百姓轻举妄动了。

这一天，清平寨来了一位特殊的客人，岳鹏举和李副官摆了个大排场，接见来人。

行商打扮的人被蒙上双眼带进清平寨的大厅里，李副官令一匪徒给他摘去眼罩。

李副官说："我们这个地方，好多人都在打主意，所以有个规矩，来客一律蒙上眼睛，莫怪莫怪。"

行商打扮的人说："好说，好说！"

李副官说："你从哪里来的？"

行商打扮的人说："成都。"

李副官说："奉谁的委派？"

"刘湘刘司令！"

李副官说："一家人，一家人。"

岳鹏举赶忙迎上来。

行商打扮的人说："想必是岳团长吧？"

岳鹏举说："正是在下，请，请上座！"

行商打扮的人说："你请！"

岳鹏举说："鄙人屈居这小小山寨，消息闭塞，川北局势还请尊兄指教。"

行商打扮的人说："哪里，哪里！去年田颂尧失利，一是轻敌，二是甫澄公正在和他幺爸刘文辉作战，无暇东顾。现在不同了，甫澄公被委员长任命为剿共总司令，集合了数十万大军，六路围剿。东有刘存厚，西有邓锡侯、田颂尧，南有杨森、李家钰，北边还有胡宗南配合，形成了铁壁合围之势，红军是节节败退。去年他们占据了二十几个县，今年只有几个县的地盘了。在你这里看到红军好像越来越多，实际是他们的地盘越来越小，现在已无路可退。趁此机会，我们从外面围剿，你们在里面中心开花，长池坝的红军定能一战歼灭。”

李副官说：“到那个时候，你们再来剿我们，对不对？！”

行商打扮的人说：“不是，不是！到那个时候，你们都是有功之臣、政府的军政大员。我再见你李副官，都得立正敬礼了。”

李副官说：“你是个说客！”

行商打扮的人说：“我带来了刘司令的委任状，任命岳团长为长池剿匪专员。”他从贴胸处取出油布包裹的委任状来。

“好！”李副官看完，与岳鹏举交换了一下眼色，“我们干！”

“不过……”岳鹏举顿了顿。

行商打扮的人说：“甫澄公有关照过在下，岳专员有什么要求，一概好说。”

岳鹏举说：“山上的弟兄倒是还有千把人，只是缺枪少弹，不成气候。”

行商打扮的人说：“甫澄公早就想到，已经派人筹集了五百支枪和一万发子弹，分批秘密运到。”

“好，我们干定了！”岳鹏举和行商打扮的人相视一笑。

与此同时，妇女独立团会议室也正在开会。

张琴秋说：“刘湘纠集了邓锡侯、田颂尧、杨森等军阀分多路向长池根据地围攻。目前，中魁山战役是关系长赤县苏维埃政权生死存亡的一次决战。红三十军作战极其艰苦，总部命令我们妇女独立团一定搞好救护伤员和物资运输工作。”

姜参谋长说：“长池坝山高路陡坡滑，尽是些狭窄弯曲的羊肠小道，平常空手行路都困难，何况抬着担架背着货物行走。”

王桂兰说：“青杠梁这帮姑娘们正好派上用场，我让她们抓紧训练全团姐妹们。”

张琴秋高兴地说：“好，此项训练马上开始！”

四十六

在营地外山脚下一块地形比较复杂的地方，全团女战士都集合在这里，听李秀贞、刘淑华、梁红梅、冉兴华、蒋菊花、岳桂芳讲解山路抬担架的一些基本方法。

李秀贞说："长池坝一带，路途险要，山道崎岖，在依山傍水的悬岩上、弯拐曲折的山道上，前不见路，后不见人，最易发生事故。卖劳力的轿夫和抬滑竿的，便发明了一套报路的口诀，也就是前后报路对答，言词粗犷，响亮流利，前面报，后面答。如见前面有两位姑娘，必须小心让路，前面抬夫便报道：'路边两朵花'，后面抬夫回答：'过路莫挨她'。假如前面来了很多人要与滑竿争道，前面抬夫便报道：'天上一朵云'，后面抬夫随答：'地上一群人'……"

众人听得津津有味，张琴秋也颇有兴趣地走过来听。

李秀贞提高嗓门继续讲了起来："我和刘淑华、梁红梅、冉兴华四人从前给恶霸岳鹏举抬轿子时，便学会了一套口诀，一路走一路说。抬轿子抬后面的比抬担架更看不见路，全靠报路口诀，一声递一声，像唱歌一样，走远路也不觉得累。遇到上坡时，前面报道：'陡上又加陡'，后面应道：'越陡越好走'。遇到打伞的行人，前面报道：'对面有把伞'，后面应道：'请他打高点'。过险要狭道时，前面报道：'两边紧'，后面应道：'当中稳'。这是提醒注意走路的中间。如遇陡坡，前面报道：'大路朝天'，后面应答：'一人半边'。是请过路的人向路边走。如果发现有急转弯时，前面报道：'前面十字拐'，后面应道：'前摆后不摆'。由山路到平坦大路时，前面报道：'平坦大路'，后边即应道：'甩开大步'。在行经田滩，又无停留余地时，前面报道：'太阳像把火'，后面应道：'你能过来我能过'。意思是要坚持下去。发现前面路上有拦路的障碍，前面报道：'拦路一条蛇'，后面应道：'踏上了不得'。是说路上有绳索、荆棘、树枝、石头、瓦块，都是妨碍行人交通的，后面要注意脚下，以免绊倒。在山路羊肠小道加上树木的覆盖，路旁又有荆棘刺条时，前面报道：‘头抬高，眼放亮’，后面应道：‘左右上下都要望’。遇到下坡路时，前面报道：‘板板坡’，后面应道：‘慢慢梭’。如果发现大路不平时，前面报道：‘不平在前面’，后面应道：‘我们慢慢端’。发现前方有妇人时，前面报道：‘前面一朵花’，后面应道：‘不要理睬她’。如果路上站立一条大牛，前面报道：‘路上力量大’，后面应道：‘让它不说话’。遇到有沟有桥时，前面报道：‘前面有条桥，小心慢步摇’。后面应道：‘桥板窄或宽，你要慢慢颠’……”

精彩的口诀，不时地引起姐妹们哄堂大笑。

“这里有二十多副担架，上面躺上一个人，由两个人抬着，我跟刘淑华在前面带路，配上以上口诀给大家表演，半小时轮换一次。”

李秀贞话音未落，现场立即喧哗起来，姑娘们嘻嘻哈哈地笑着，争先恐后地去抢夺担架，都想参加李秀贞的第一轮抬担架培训。

张琴秋笑着说：“姐妹们不要抢，人人都有份，由两人自由组合。”

李秀贞和刘淑华便抬着担架在山路上给大家示范，担架上面躺着一个女战士。二人根据路上情况，边走边喊，前呼后应。二十多副担架紧紧跟在后面，由于近似游戏，大家很是带劲。

妇女团的姑娘们经过李秀贞、刘淑华、梁红梅、冉兴华、蒋菊花、岳桂芳等二十多天日夜强化训练之后，果然派上了用场。这时，中魁山战役形成拉锯状态，敌我双方进进退退，有时候是战略上的假败，有时候又是战术上的真败。

崎岖的山道不时掠过浓浓的硝烟。远处、近处，爆炸声时起时落。

李秀贞、赵小莲、苦妹子、陈碧英、桂花子、玉香子、春香子等女红军抬着担架行走在山道上，号子声不断从队首传到队尾。

前面明晃晃，
地上水荡荡；
天上一朵云，
地上一个人；
前面朝左拐，
前摆后不摆；
……

赵小莲、苦妹子抬着一副担架冒着敌人炮火，将一名伤员抢救下来……

李秀贞等人在硝烟中穿梭，一发炮弹飞来，她扑倒在地，身边的一个女战士被炸死。李秀贞爬起来，继续拖着担架向前奔去……

烈日当空，道路上尘土飞扬。一列长长的担架队伍向山顶上艰难地攀登。赵小莲、苦妹子、李秀贞等人早已疲惫不堪，汗水淋淋……

张琴秋、王桂兰抬着伤员走到队伍前列，赵小莲和谭晓岚渐渐掉在后面。

谭晓岚步履艰难，走几步歇一歇，她的双脚不住地在打颤，担架在摇晃着……孙桂英站在路边打着快板给姐妹们鼓劲，见状立即将快板别在裤腰上，冲上前去从谭晓岚手中接过担架，与赵小莲快速向前走去。谭晓岚感激地望着孙桂英的背影。

敌军炮弹不断地在红军阵地上落下，浓烟滚滚，土石撒落在官兵们的身上。有的红军官兵受伤，背着红十字药箱的女战士快速跑步上去进行包扎。敌军密密麻麻地冲向红军阵地，红军各种火器齐射，敌人一片片倒地。

蒋菊花、岳桂芳等红军女战士在架电话线，她们把几棵树的树杈砍掉，当作电杆，然后开始拉电话线。

红军吹响冲锋号，红旗招展。官兵犹如猛虎下山，跳跃着冲下山。

妇女独立团的女战士们协助红军作战，追赶溃逃之敌，并负责收捡缴获的枪械。山坡上、沟壑里，横七竖八，到处是敌人的尸体和伤兵。

红三十军李政委站在前沿阵地的一块大石头上，用手指着右侧前方对军长余天云说：“张琴秋同志的妇女独立团在这次战役中发挥了巨大作用，她们一边参加作战，一边作宣传，一边救护伤员。让政治部准备妇女团的材料，我们要为她们向总部请功！”

余天云感慨地说：“是呀，妇女独立团对我们三十军来说，真是如虎添翼。”

李政委对身边的蒋参谋说：“你前去通知张琴秋同志，令她们妇女独立团火速撤出阵地，谨防岳鹏举反动民团偷袭红军医院。再告诉她，我们这边以后若没有特殊情况，妇女团就不要全部都出动了，只需派少数人员参与救护伤病员即可。”

“是！”蒋参谋转身跑步冲下山冈。

四十七

妇女独立团回到青杠梁驻地，长赤县苏维埃政府举行了隆重的祝捷大会。妇女独立团因配合红三十军又打了大胜仗，被红四方面军总部记集体一等功一次，孙桂英、李秀贞、苦妹子、赵小莲、刘淑华、陈碧英、梁红梅、冉兴华、岳桂芳、蒋菊花等人均立功授奖。

不久，张琴秋和王桂兰又带领妇女独立团一营一连干了一件漂亮的大事。

张琴秋、王桂兰带领妇女独立团一营一连的姐妹们埋伏在山谷两侧。这里的野草长得格外茂盛，深秋时节，大都枯黄，却依然不失柔媚。空气中弥漫着谷地泥草的浓郁清香。正值中午时分，太阳暖烘烘地照耀着谷原和山岭。除了野地里的一些秋虫的呢喃，一切都是静悄悄的。深秋的天空散淡着几片薄薄的白云，愈显出苍穹的无限寥廓，似乎会把人间的一切统统融化而去。远方的崇山峻岭沉浸在朦胧的光晕之中，仿佛是一处冥冥的氤氲仙境。空中隐隐传来南飞雁悠长的鸣叫，仿佛是在向着这些它们熟悉的山野恋恋不舍地告别。不远处的松树林被秋风摇曳着婆娑起舞，荡出一阵好听的涛声。近处，一些归巢的飞鸟或舞翅盘旋，或倏然而过。地上的大片枯草随风婀娜地拂动起来，远远望去像荡漾在谷原上的层层涟漪。

敌军沿大路行进，当官的骑着马，士兵们步行，肩扛着步枪、轻重机枪、弹药箱，时走时停。

通讯员急匆匆地赶到张琴秋身前报告道："团长，前面山坳里发现运送武器的敌人！"

“廖永富提供的情报果然准确！通知大家注意隐蔽，准备战斗！”张琴秋放下手枪，举起望远镜，朝山谷看去。

山谷中，摇摇晃晃走来一队搬运武器弹药的国民党士兵。他们有扛的，有抬的，也有背的，三个一群，五个一队，你推我挤，无精打采。

一个当官的不停地呵斥着："快走，快走，天黑前走不出这山窝子，小心给红军包了饺子。要把给岳鹏举的武器弹药弄丢了，谁也活不了。"

一老兵不满地说："爬开点！还走个锤子，等老子把这口烟抽了再说。"他用火镰击打石块，久而不燃，转头问另一士兵："还有'洋火'没得？"

另一士兵在小背夹里翻："找到了！"

敌兵个个效仿，纷纷倒在路边，从小背夹里拿出烟具，三三两两地抽起鸦片烟。

军官上前踢几名士兵的屁股，骂道："妈的！起来，快走。"

一个瘦骨伶仃、尖嘴猴腮、脸色青灰的敌兵哈欠连天，鸦片烟瘾发了，哀求道："长官，遭不住了。让我抽口鸦片烟，就跟你们走。"

军官凶狠地吼道："不行，快走！"

"长官爷爷，遭不住了。你要了我的命算了。"那个士兵嘟囔着，从小背夹里翻出军毯躺下，拿出烟枪灯盏，用火镰击打石块，吹出火星，开始吞云吐雾。

"你他妈找死呀，快走，走呀！"敌军官走上来，操起棍子就打。

士兵仰着头，一脸的绝望："长官，我……我实在走不动了……"

山头，张琴秋放下望远镜，一脸的欣喜，对身边的王桂兰说："我们这样，利用这里的有利地形，前后一堵，打他个出其不意……你带一排断后，我带二排从正面山头攻击，柳红川带领三排占领侧翼制高点。通知战士们，要节省子弹，集中手榴弹，先来个中心开花，听到号声后，摇旗呐喊，让他们弄不清我们的实力。注意嗓门儿要粗，不要暴露我们的身份……"

山坳里，敌军官像拽死猪似的把刚才躺在地上的那个烟鬼拖起来，骂道："再不走，老子毙了你！"

那士兵号啕大哭："长官你扔下我吧，晚死不如早死，反正都是死啊！"

敌军官掏出手枪，推上膛："好吧，老子就成全了你！"

其他的川兵见状一个个露出不满的神情。一个头上缠着绷带的士兵，走上来挡住军官："长官，你就饶了他吧！"

敌军官恼怒地说："滚开，不然老子连你一块捎上！"

缠绷带的士兵站着不动。

敌军官骂道："你……"

话音未落只听一阵爆炸声，周围顿时火光冲天，枪声大作。

"红军来了！"

"逃命啊！"

川军吓得魂不附体，四处逃窜。

正面山头上，女红军战士有的扔手榴弹，有的连连射击，有的大声呐喊："冲啊！杀啊！"

张琴秋观察了一会儿，说："司号员，吹号！"

司号员仰头吹起了军号，军号声响彻山谷。山坳里，敌人被突如其来的袭击打蒙了，顿时乱作一团。

突然，枪声、爆炸声停了，山头上传来了女红军的喊话声："白军兄弟们，我们是红军，你们被包围了，赶快投降吧，红军优待俘虏。"这是李秀贞的粗大嗓门。

众敌兵从晕头转向中清醒过来，一个个面面相觑。

敌军官喝道："不要听共匪的宣传，要活命的，跟着我冲！"

可众敌兵只是冷冷地看着他，站在原地不动。

敌军官愣了一下，举枪说："怎么啦，想反啦，想反啦，谁投降我就毙了谁！"

"不要怕，你们的反动军官，扣你们的军饷，抢你们的东西，你们挨打受骂，还要替他们送死。"山头上，李秀贞扯着嗓子喊，"快快来投红军，红军分你们好田好地，还发路费，让你们回家看父母……"

士兵们转头盯着敌军官，军官慌了神，吓得往后退。

张琴秋拿着望远镜观察着，李秀贞还在喊话："白军兄弟们，快抓住你们的反动军官，放下枪，到这里来吧！"

山坳里，士兵们紧盯着长官，一步一步地逼近，敌军官脸色大变："站住，我……开枪了。"

这时，刚才那缠绷带的士兵已悄悄举起枪，一扣扳机，敌军官向前扑地毙命。

"投红军，回家去！"那士兵高喊。

众士兵搀起倒地的重伤员，举着白旗，向山头走过去。后面的士兵也纷纷举起枪，跟上。

张琴秋放下望远镜，说："让他们往红旗这边来，你们几个严密监视，预防有变！"

路边草丛里，赵小莲和谭晓岚持枪紧张地警戒着，等待着战斗消息。

山路上，四个漏网残兵如同丧家犬般地奔跑过来。待敌人走近，赵小莲和谭晓岚猛地跃出，大喝一声："缴枪不杀！"

如头上惊雷炸响，四个残兵顿时吓得魂飞魄散，慌忙举手投降！其中一个敌兵见是两个小姑娘，妄图抵抗，被赵小莲一枪毙命！

走在最后的一个敌兵扔下枪慌忙逃命。赵小莲手里拿着一块石头，一边高喊着，一边追了上去。她将石头向敌兵砸去，敌兵扑倒在地，两人在山路上滚打在一起。

谭晓岚赶来，用手枪对准敌兵，喝道："我要开枪了！"

敌兵急呼："我投降，我投降！"

赵小莲站起身，大声高喊："敌人投降了，敌人投降了！"

张琴秋、王桂兰、赵小莲、苦妹子、陈碧英、玉香子、桂花子等红军女战士们，身上背着战利品，押着抬担架的俘虏兵们向村头走过来。

前来看热闹的百姓议论纷纷："抓了这么多白军，这女子兵可真了不起呀！"

一抱小孩的妇女羡慕地说："我要是也能拿枪当女红军，该多神气啊！"

孬娃子快步向张琴秋迎了过来，说："张团长，真了不起，祝贺你们打了个大胜仗！"

张琴秋说："也有你的功劳啊，全靠你提供的情报准确。"孬娃子脸上露出一片灿烂的微笑。

赵小莲和谭晓岚押着三个俘虏走在最后，神采飞扬。

孬娃子奔过去，高兴地说："小莲，这三个俘虏是你跟谭晓岚抓的？"

"那还用说！"赵小莲瞟了一眼孬娃子，脸上也露出得意的笑容。

孬娃子说："谭晓岚，你真了不起，第一次上战场便抓到了俘虏。"

谭晓岚说："小莲姐才厉害呢，打死一个，还和一个敌人抱在一起打滚！"

赵小莲指着那瘦个子俘虏笑道："那家伙差点把我的鼻子给咬了呢，呵呵……"

孬娃子突然咬牙切齿地从赵小莲手里夺过枪，对三个俘虏吼道："狗日的！走，跟我到看守房去！"他押着三个俘虏向他堆放山货的一间库房走去。

赵小莲大惑不解地望着孬娃子的背影喊道："嘿，你要干啥子？"

孬娃子也不搭理赵小莲，押着三个俘虏经过操场。妇女团的女战士们正围在那里看宣传队的慰问演出，没人顾得上搭理孬娃子。孬娃子押着三个俘虏径直走进他的那间小库房，用枪逼着他们跪在地上，杀气腾腾地吼道："说，是谁跟那个女战士抱在地上打滚，说！"

三个俘虏吓得语不成声："不是我，不是我……"

孬娃子二话不说，"砰！"向第一个俘虏开了一枪，将他打死在地！

枪声传来，王桂兰吃惊地听着，判断着。

"砰砰"，又传来两声枪响，王桂兰准确地判断出枪声是从孬娃子的库房传来，提枪便往那里跑。

王桂兰等人踹开门，只见孬娃子提着手枪，枪管里还冒着余烟，三个俘虏倒在血泊中。

王桂兰吃惊地问孬娃子："这是怎么回事？"

孬娃子愤恨地说："赵小莲和谭晓岚抓了三个俘虏交给我，我押到看守所，那里俘虏太多装不下了，我便押到这间库房里临时收押一两天。狗日的，进屋就想抢我的枪！"王桂兰半信半疑地盯了他一眼，转身离去。

赵小莲用一种复杂的眼神盯着孬娃子，孬娃子做贼心虚，不敢正视赵小莲，顺手把手枪还给她，说："走，去看演出。"他头也不抬地快步离去。

赵小莲望着他的背影发了一会儿呆，也跟着出去了。

四十八

黄昏，夕阳染红了河水。

河边浅滩，赵小莲、苦妹子、陈碧英、杨玉香、李桂花、何春香等红军女战士们，三五成群地蹲坐在那里，有的洗衣服，有的洗脸擦脖子，还哼着小调。

张琴秋从不远处走了过来，女兵们纷纷向她簇拥过来去。

赵小莲说："大姐，大家可高兴了。"

张琴秋接过一女兵递来的毛巾一边擦脸一边说："咱们妇女团就要为全中华的妇女扬眉吐气，彻底打倒一切反动派！赵小莲，把你刚学会的那首歌唱给大家听听！"

赵小莲高声唱道：

苦女子，年十三，
无爹无妈实可怜。
嫩苗出土遭霜打，
卖身顶债当丫环。
成天干的牛马活，
一年到头泪不干。
黄连树上挂苦胆，
苦上加苦苦难言。

苦妹子听着听着，禁不住眼泪流了出来。不远处的郭威本是满腔欢喜，忽然，他的神情也僵住了。

苦女子，年十三，
苦尽甘来好喜欢。
那天下河洗衣衫，
遇到一个女宣传。
八角帽上缀红星，
映红眼前半边天，
一把钥匙开心锁，
眼睛眉毛都笑弯。

苦妹子终于忍不住，向远处跑去。郭威愣了一下，随即跟了过去。

苦女子，年十三，
丢下棒槌把军参。
红军医院当看护，
火线上面救伤员。

河滩一角，苦妹子扶在一棵树上抽泣。

郭威跟过来，关切地问："你怎么啦？你怎么啦？"

苦妹子回头一看，哭的声音更大了。

郭威怔怔地问："是不是身体又那个了？"

"你！"苦妹子猛地回头，狠狠地盯了一眼郭威，转身朝远处跑去。郭威迷惑不已。

女兵们仍在河滩上欢笑打闹着。

郭威走向前，说："大姐——"

张琴秋说："有事？"

"刚才，我看见红川同志哭了，我才问了一句她就……跑了，是不是我……"郭威吞吞吐吐、词不达意地解释着。

张琴秋会心一笑，说："苦妹子，她不会有事。我这就去看她，你放心地回去吧！"郭威悻悻地离去。

张琴秋在河滩上找到苦妹子，和蔼地说："刚才听郭威说你哭了。"

苦妹子说："大姐，我听到赵小莲的歌声，也不知怎么了，心里特别难受。"

张琴秋说："哦，是赵小莲的歌声勾起了你苦难的往事。对了，刚才郭教官急坏了，他很担心你哦！"

苦妹子说："他呀，什么都不懂，就会问是不是身体又那个啦——"

"噢！"张琴秋情不自禁地笑了起来。

孬娃子和赵小莲在另一处没人的地方散步，孬娃子早已按捺不住，几次都想抱赵小莲，但都被她推开了。

孬娃子说："我这次给妇女团立下了汗马功劳，张团长都表扬了我，你还不奖励我一下？"

赵小莲说："忘了上一次的教训？没准从附近暗处又跳出一个什么人来，又想丢人现眼了是不是？"

孬娃子央求道："我只抱一下行不？"

赵小莲犹豫了一下，四处望望，小声说："说好了，只能抱一下！"

孬娃子如同遇到大赦的犯人，一下扑过去，将赵小莲紧紧搂在怀里，溪水闪动着他俩的倒影。

二人搂抱了半晌，孬娃子突然说："赵小莲，你真美！"

赵小莲自豪地说："那还用说！"

孬娃子说："你光着身子比穿上衣服还要美呢！"

赵小莲惊讶地说："你看见过？"

孬娃子自豪地说："那是自然！"

赵小莲恍然大悟："原来是这样，你这个混蛋……"

四十九

办公室，张琴秋对王桂兰小声吩咐道："明天长池镇上赶集，你带上刘淑华、杨玉香、李桂花、何春香四个机灵的姑娘扮成赶集的妇女，到镇上去执行一项重要任务，到了镇上自然有人和你接头。"

王桂兰说："保证完成任务！"

张琴秋紧紧握住王桂兰的手说："一定要安全地把姐妹们带回来！"

第二天一早，王桂兰便带着刘淑华、李桂花、何春香、杨玉香，扮成乡妇，背着背篼到了长池街上，夹在人群里挤来挤去。

镇街上来赶集的女人并不多，国民党士兵端着大枪不停地在街上走来走去，对那些赶集的人喝五吆六。赶集的人，特别是女人，都害怕这些丘八，那眼神像八辈人都没见过女人似的，一双眼睛把那些赶集的女人看了上面看下面，有时还借着街道狭窄拥挤，在女人屁股上或胸前抓上几把，女人们敢怒而不敢言，只好像躲瘟神一样远远地躲着他们。王桂兰和四个姐妹全部女扮男装，让敌人看不出半点破绽。

王桂兰、刘淑华、杨玉香、李桂花、何春香背着背篼在人群里挤来挤去，孬娃子也背着背篼出现在人群里，他一眼发现了王桂兰等人，想上前去打招呼，犹豫了一下，却掉头离去。一会儿，他背着背篼出现在吕记茶馆门口，停住脚步，回头四顾，随后快步走进茶馆。

王桂兰等人挤到场头黄连树下时，太阳都快当顶了。王桂兰抬头一眼便发现了要与她接头的那个人靠在黄连树上。他左手拿着烟袋，右手做着往烟袋里装烟丝的动作，这是张琴秋交代给她接头的暗号。正当她带着四个姐妹要与那人接头时，只见李副官带着几十个团丁和匪兵从天而降，一声呐喊扑向王桂兰一行五人。接头那人见势不妙又不能出手相助，只好叹息一声，快速离开。

五个姐妹见状大惊，王桂兰大叫一声："不好，我们中了敌人的圈套。"

五姐妹根本来不及从背篼里取出武器，便被李副官等几十号人团团围困起来。王桂兰等人只得扔下背篼，赤手空拳地与人高马大的匪徒搏斗起来。

五个姐妹深知身处绝境，只能背水一战。如果单凭王桂兰的功夫，她完全是可以打开缺口，冲出敌阵，只身脱逃。但她像鸡婆护着鸡崽那样护着四个武功远不如她的四个姑娘，指东打西，拳脚并用。因李副官下了死命令，必须捉活的，这等于无形中给五个姑娘挂了免死牌。

五个姑娘且战且退，李副官、冯老幺一伙仗着人多势众，肆无忌惮地步步紧逼，情况十分危急。

当李副官一伙把五姐妹逼到街西一处十字路口时，王桂兰突然飞身蹿进路旁一个掩体里，一阵拳脚扫倒了四五个国民党士兵，四个姑娘飞身扑进去结果了他们的性命，迅速操起掩体里的枪向追上来的李副官一伙开枪射击。事发突然，毫无准备的追兵们惨嚎连天，成排扑倒。

枪声一响，驻扎在附近的国民党部队闻讯赶来，大约一个连的兵力迅速开进战斗地点，对掩体猛烈攻击，一时枪声大作。掩体背后岩壁上，土崩石裂，硝烟弥漫。王桂兰等人居高临下，凭借着有利地形猛烈反击。手榴弹在敌军中间开花，强烈的爆炸声震得岩壁嗡嗡作响。敌人遭遇顽强阻击，抱头鼠窜。

王桂兰瞅准时机，命令刘淑华带领姐妹冲出掩体，抢先占领旁边的土道。在王桂兰机枪的掩护下，刘淑华带领杨玉香、李桂花、何春香势如猛虎般扑向土道，隐藏在一块巨石后，四颗手榴弹同时扔向敌群，立刻有七八个敌人被炸上半空。王桂兰趁机奔过去与四个姐妹一同跳下悬崖……

五十

李副官和二十几个团丁、土匪押着五花大绑的王桂兰、刘淑华、杨玉香、李桂花、何春香走进了清平寨。

李副官笑嘻嘻地对岳鹏举说："举公，小弟今天可是立了大功劳！枪和弹药全部运上山不说，还在长池街上遇到了五个女红军，叫我全部抓上了山寨。哈哈，个个都水灵，哈口气都吹得破呢！"

岳鹏举大喜，说："快，快带进来！"

王桂兰、刘淑华、李桂花、何春香、杨玉香被土匪推了进来。

岳鹏举望着王桂兰仰天大笑："好啊，冤家路窄！臭婆娘，老天有眼，今天你总算又落到我的手里了。臭娘们，红军完蛋了，余天云在中魁山快顶不住了，老子就要下山剿赤清匪，把你们妇女团的小娘们儿全部抓来给我的弟兄们当小老婆。不过，你们五人得先做个榜样，今晚就给我们几个头领当新娘。哈哈哈！"

王桂兰面如冷冰，岳鹏举说："王连长，如今你落到老子手里，还是放聪明点，把你们潜伏在长池街上的地下党名单交出来，把你们妇女团的详细情况说出来，我便免你们五个小娘们儿一死，否则我就让全寨子的弟兄们当着众人的面将你们一一轮奸，让你们尝尝生不如死的滋味！"

王桂兰朝岳鹏举"呸"地吐了一口唾沫，把头扭向一边。几个土匪一拥而上，刘淑华惨叫声不断，惨遭凌辱。王桂兰骂声不绝。

另外三个姑娘吓得瑟瑟发抖。岳鹏举见王桂兰仍无惧意，便下令匪徒们将五个姑娘吊在大梁上，施以酷刑，但始终敲不开她们的嘴，直到全部昏死过去。

五十一

第二天早上，张琴秋起床正在穿衣服，突然传来急促的砸门声，她急忙开了门，泪流满面的赵小莲一头撞了进来，哭着说：“张大姐，王连长她们全部遇害了……”

张琴秋大惊失色道：“啊，她们在哪里？”

赵小莲语不成声哭着说：“被敌人挂在村头大树上了。”

村头大树上，王桂兰、刘淑华、杨玉香、李桂花、何春香的遗体围着大树干分开悬挂着，全是赤身裸体，惨不忍睹……张琴秋泪流满面地站在大树下，沉痛地低下头。

赵小莲、苦妹子等女战士们跪在地上痛哭:“连长，你们死得好惨啊！”

陈碧英望着女儿的裸体，眼中射出的不是泪水，而是仇恨的火花。

孬娃子站在一角，呆呆地望着挂在大树上的五具女战士的尸体，身子不由自主地在哆嗦,一张恐惧的脸已经变了形。不知是因为悲伤,还是恐惧,他突然抱住一棵大树，爆发出一声呐喊：“啊——”

受孬娃子的影响，李秀贞大喊一声:“姐妹们，拿枪去，跟敌人拼了！”众姐妹一声呐喊，跟着李秀贞便往营房跑。

“站住！”张琴秋从沉痛中惊醒过来。众人停住脚步，望着她。张琴秋说：“这血海深仇一定要报，但不是现在，更不能以这种形式去和敌人拼命。肖主任，你马上安排，将五位姐妹安葬在杨天成的墓地旁，以后这就是红军烈士陵园。”

山坡墓地，王桂兰、刘淑华、杨玉香、李桂花、何春香五位烈士的遗体分别埋葬在杨天成的坟墓两边。

妇女独立团的全体女战士们表情悲愤，持枪默默地站在山坡墓碑前。

张琴秋一声令下：“举枪！”

妇女独立团的女战士举起枪来。

“预备，放！”

枪管如林，对着天空喷射出一串串仇恨的火焰，密集的枪声响彻云霄，震得大地发抖，山鸣谷应……

张琴秋沉痛地说：“红军妇女独立团的同志们、姐妹们，王桂兰、刘淑华、杨玉香、李桂花、何春香五个姐妹是被岳鹏举等反动民团和土匪杀害的，这仇一定要报！现在，我们必须冷静，不能蛮干拼命。同志们、姐妹们，我们绝不会被敌人的这种野蛮行为所吓倒，擦干眼泪，拿起枪来，苦练本领，直到我们报仇那一天！”

“报仇！报仇！”红军女战士们同仇敌忾，士气高昂！

张琴秋顿一顿，说：“现在我命令，柳红川！”

苦妹子向前迈了一步：“到！”

张琴秋说：“任命你为妇女独立团一连连长！”

“是！”苦妹子转身跑到队伍的最前列。

“陈碧英！”

“到！”陈碧英挺身而出。

“任命你担任一连副连长！”

陈碧英响亮地回答道：“是！”

“李秀贞！”

李秀贞向前一步跨出：“到！”

“任命你担任一连三排排长！”

李秀贞响亮地回答道：“是！”

“赵小莲！”

赵小莲应声而出：“到！”

“任命你担任一连一排排长！”

赵小莲无比坚定地说：“是！”

傍晚时分，赵小莲跟孬娃子在溪边默默地散着步。

赵小莲说：“听木工班长说，王大姐她们遇难的事都过去好几天了，你还是不吃不喝。每天晚上做噩梦，把同宿舍的人吵醒好几次。真看不出来，你对王连长这五位姐妹的阶级感情这样深。节哀吧，人死不能复生。”

孬娃子长长地叹息了一声，低着头，一言不发。

赵小莲问道："你怎么啦？有话就快说，没话我就回营房了，苦妹子找我还有事。"

"小莲，待我为妇女团再做成一件大事，我就带你离开这是非之地，躲得远远儿的……"

赵小莲惊诧地望着孬娃子："你说什么，你要让我跟你当逃兵？"

孬娃子不敢看赵小莲的眼睛，低语道："土匪心狠手毒，如果有一天，他们也这样对你下了手，我一个人活在这世上，还有什么意思？"

赵小莲动情地一下抱住孬娃子："别再胡思乱想了，我们俩永远都不会有事的！"

孬娃子趁机抱紧赵小莲，缠绵在一起。赵小莲赶紧推开他说："我得回去了。告诉你一个好消息，张大姐已批准我加入中国共产党了，晚上就要举行入党宣誓呢！"

当天晚上，团部墙上挂着一面鲜红的党旗，赵小莲、苦妹子、李秀贞、陈碧英和其他几个女战士跟着张琴秋宣誓。

张琴秋说："记住我们的誓言：缴纳党费，永不叛党，牺牲个人，为共产主义事业奋斗到底！"

赵小莲、苦妹子、李秀贞、陈碧英、蒋菊花、冉兴华、谭晓岚、梁红梅等人握着拳头，重复入党誓词："缴纳党费，永不叛党，牺牲个人，为共产主义事业奋斗到底！"

五十二

几天之后的一个晚上，肖主任与姜参谋长在妇女团办公室一起议事。

肖主任说："刚才接到廖永富送来的紧急情报，说明天上午敌人又有一批军火要送往岳鹏举的山寨。这次敌人很狡猾，让押送的二十多个人扮成巴山背二哥。张团长和团里的其他几位主要领导又都不在家，征求你的意见，这一仗打还是不打。”

姜参谋长说：“刚刚牺牲了王桂兰五位同志，妇女团战士们心中的阴影还没散去，打下这一仗可以鼓舞士气。”

肖主任说：“这一仗绝不能再有闪失，关键是廖永富的情报准不准确。”

姜参谋长说：“廖永富每次提供的情报都没有错，尤其是上次那一仗，多漂亮呀！让廖永富同赵小莲带领一连一排去完成这个任务，为了稳妥起见，再让陈碧英副连长随行监军。”

肖主任说：“这个决定好，我同意。”

第二天一早，赵小莲、陈碧英、孬娃子带领一连一排的女战士进入道河沟，悄悄地埋伏在峡谷的草丛里和乱石后面。战士们个个紧握钢枪，两眼紧张地注视着前方。前方不远就是山麓，一条小道从山麓下弯弯曲曲扶摇而上。岭脊的风明显增大，已经能够感受到些许的寒意。那条山路在这儿拐了个弯，沿着脊线往东南方向延伸而去。岭脊的正面是陡峭的断崖，再往前是几座连绵起伏的丘陵。东南方向的野岭沟壑间，隐隐约约浮现出几座孤坟野墓。从那里蓦地响起一声高亢的鸟啼，久久地在岭脊上空回荡，愈加衬托出雾色中野岭的荒寂。

断崖的缓坡处有一块陡斜下去的崖檐。崖檐上突立着几块峭石，峭石四周散乱地生长着一些叶片呈椭圆状的野生植物，其中几棵开着栗红色的小花。谷地前面是一条浅水河。这条河的河道要宽阔得多，湍流而下的河水便显出些浩荡的气势来。河面在秋阳的照映下斑驳陆离，跃动着五彩缤纷的颜色。河边一簇簇的菖蒲草散发着淡淡的清香。一群黑背鲫鱼争先恐后地在清澈的河水中逆流而上，时而便有几条跃上河面，嘴里发出短促的唼喋声。浅水河对岸的草丛里倏然钻出来几只野鼬，甩动着蓬松的长尾追逐着嬉戏打闹。

峡谷两厢山坡上埋伏着大批土匪，虎视眈眈地盯着谷底那帮女红军们的一举一动。

已担任反动民团特务队长的冯老幺跑到李副官面前报告说：“李团长，妇女团的女兵们已进入我们的埋伏圈。”

李副官说：“告诉弟兄们，不到万不得已不要轻易开枪，更不能伤了我们的那两个人。尽量将这帮女人活捉上山，赏给兄弟们开洋荤。俗话说三年兵当满，老母猪当貂蝉，何况眼前是一帮如花似玉的小娘们儿。”

大巴山蜿蜒曲折，延绵千里。枫树叶与骄阳融在一起，红彤彤里透着诡秘和厚重的杀气。

赵小莲和女战士们卧在潮湿的树丛里，静静地等待着敌人送货队伍的到来。土道上，几十个背老二一步步走进埋伏区。

赵小莲高兴地对陈碧英说：“果然来了，敌人又送来了一笔大买卖，廖永富没有谎报军情！”

孬娃子举枪一声怒吼：“放下货物，缴枪不杀！”

那伙背老二突然向站起来的红军女战士开枪，当即便有好几个被打倒了。

女战士们被这突然的袭击惊呆了，齐声叫道：“赵排长，我们上当了！”

赵小莲仰头望着两旁绝壁，不禁打了个寒战，大声命令道：“这里太危险，传令部队，跑步通过。快撤！”

她们刚转身跑几步，发现去路已有敌人。

正在这时，埋伏在峡谷上方两厢的土匪齐声叫喊：“妇女团的姐妹们，你们已掉入我们岳专员布置的天罗地网，不要再作无谓的抵抗，否则死路一条。”

陈碧英举枪怒视孬娃子，说：“你这狗奸细，把我们带进了敌人的包围圈！”

孬娃子说：“我也是上了敌人的当，我哪是他们的奸细呢？”

赵小莲瞪了孬娃子一眼，说：“但愿如此吧！”又回头对众人说，“姐妹们，我们不会成为革命的叛徒，绝不向敌人投降！”

女战士们齐声响亮地说：“赵排长，我们相信你！活，咱们在一起！死，咱们也在一起！”

赵小莲说：“好，大家跟着我从原路杀出去！”

枪声大作，一场残酷的战斗打响了。赵小莲带领女战士们奋力突围，顽强地抗击着正面阻击的敌人。

道路两头的敌人蜂拥而上，大声叫喊：“抓活的！”

赵小莲迅速冷静下来，果断发布命令：“我带一部分战士对付正面敌人，陈副连长带人用手榴弹解决背后袭击我们的敌人，争取在最短的时间内解决战斗，然后迅速穿插到正面敌人的背后实行反包围增援我们。”

陈碧英带领二十几个女战士们将手榴弹投向那伙假背老二队伍。手榴弹在他们中间开花，强烈的爆炸声震得山谷嗡嗡作响。土道上土崩石裂，硝烟弥漫。

赵小莲瞅准时机，率领女战士们势如猛虎般扑上去，很快便结束了战斗。赵小莲哪里知道她们打的是被红三十军打散的一小股国民党士兵。他们稀里糊涂地投靠了岳鹏举的民团，又稀里糊涂地做了红军女战士手下的冤死鬼。随后，冯老幺的特务队开始向女红军发起猛烈的正面冲锋。这伙人心狠手辣，如狼似虎。

山坡上的树林里忽然枪声大作，密集的枪弹袭向这伙顽匪。冯老幺大惊失色，隐藏在一块巨石后，一颗手榴弹在他身边不远处爆炸，立刻有几个团丁被炸上天。

原来是陈碧英迅速解决了假背老二后包抄到这里，把穷凶极恶的特务队打了一个措手不及，冯老幺慌忙率部四处溃逃。

赵小莲满以为这下战斗应该结束了，正当她准备下令打扫战场的时候，埋藏在附近的几挺机枪同时喷出火舌，立时有好几名女红军战士中弹倒地。这是王三春留给岳鹏举的那几十号土匪，战斗力自然比民团强。

机枪火力极猛，压得女红军们抬不起头，又有四五名队员栽倒在地上。赵小莲双目血红，吼叫着指挥队伍应战。

树林里负责打掩护的陈碧英见状，慌忙指挥队员集中火力，对着大石头上的机枪开火，机枪顿时哑了。

赵小莲暗自庆幸，迅速组织队员向陈碧英部靠拢撤退，然而，土道上人吼马嘶，尽是黑压压的民团和土匪，机枪在片刻的停顿之后，便又开始吼叫起来。赵小莲不得不重新寻找隐蔽点，猛烈还击。

陈碧英见形势危急，当机立断，指挥队员冲下山坡，与赵小莲合兵一处，以便集中火力对付土匪和民团。

在几挺机枪的掩护下，李副官指挥着民团和土匪从正面发起冲锋，军号凄厉，敌人端着刺刀哇哇吼叫，土坡被枪弹扫得一溜溜冒烟。

赵小莲见情况突变，急喊："快，快投手榴弹！打呀！"

十几颗手榴弹飞过去，在土坡前腾起一道土雾，硝烟过后，几十个土匪吼叫着冲过来。

陈碧英双目赤红，举起大刀，喊道：“同志们，冲啊，跟敌人拼刺刀！”

旷野中人影晃动，刀枪碰击，鲜血四溅，吼骂惨呼声不绝于耳。

陈碧英抡着大刀片，杀红了眼，大刀闪过，敌人的头在脚下骨碌碌滚。突然远处一个敌人向她连开几枪，陈碧英的身子晃了几下，鲜血喷溅，倒地牺牲。

赵小莲见陈碧英牺牲了，悲愤难当，端着雪亮的刺刀，刺进一个粗壮的敌人胸口。她拔出血淋淋的刺刀，悲怆地高喊：“同志们，陈副连长牺牲了，为她报仇啊！”

女战士们奋勇争先，越战越勇，瞬时将两股敌人打退，然而两端路口却让敌人密集的火力给封锁了。

半山腰第三层包围圈的敌人开始进攻了，赵小莲带领女战士们顽强地抗击着敌人。

由于地势对土匪十分有利，没过多久，女战士们一个个地壮烈牺牲。

孬娃子躲在大石后，也在不停地向敌人射击，但子弹却全部打到了天上。

赵小莲朝孬娃子吼道：“瞄准了再打！节约子弹！”

突然，枪炮声停止了，呐喊声也消失了，山野静悄悄。

阵地上，只剩下赵小莲和孬娃子两个人了。

孬娃子望着阵地上女战士们那横七竖八的尸首，眼中充满了恐惧。

赵小莲看见躺在身边的陈碧英，两眼望着天空，她伸手抹闭了陈碧英的眼睛。

孬娃子死人一般地靠在大石上，目光呆滞，绝望地对赵小莲说：“小莲，只剩下咱们两个人了！”

山坡上传来冯老幺的劝降声：“赵小莲、赵排长，赶紧投降吧！李团长，也就是之前的李副官，保证你过来吃香的喝辣的，再也不用受这种活罪了。再说了，打仗哪是你们这些拿绣花针的女人们干的事呢？”

赵小莲愤怒地朝着喊话的冯老幺正要开枪，身后突然传来孬娃子绝望的叫喊声：“小莲，要不然我们到那边去待几天。”

赵小莲猛地转过头来，怒不可遏地吼道：“你胡说什么？”

孬娃子说：“又不是真投降，等风声过了，再找机会逃出来。”

赵小莲说：“假投降也是对党不忠，对红军的侮辱。你就死了这份心吧！

我枪里还有两颗子弹，咱们宁死不当俘虏。这辈子做不成夫妻，下辈子我还是你的人。”

山坡上又传来冯老幺的喊叫声：“赵小莲、赵排长，投降吧，岳专员看中你是一个女中豪杰，答应给你一个团副当。今晚就让你跟你的心上人孬娃子成婚，洞房都准备好了！”

赵小莲大吃一惊，调转枪头对准孬娃子，愤怒地吼道：“敌人怎么把我俩的情况掌握得这样清楚？说，这是怎么回事？”

孬娃子低头不敢看赵小莲的眼睛。

赵小莲怒不可遏：“你这个畜生，张大姐对我们这样好，你为什么要背叛她？”

孬娃子绝望地说：“我也是没有法子，被土匪给逼的。”

赵小莲说：“怎么回事？”

孬娃子说：“当初我贪财，收了李副官五十块大洋出卖了王大姐，从此他便捏住了我的把柄，逼迫我为他们做事。他们威胁我，还要杀我全家。交代坦白，我又怕张大姐和王大姐饶不了我，我终日就在这种痛苦中度过。再说了，这一切都是为了你呀！”

“王八蛋！原来王大姐第一次被抓是你告的密，第二次被抓还是你，她至死也不知道是你害死了她！还有杨天成杨大哥、陈碧英陈大嫂、玉香子一家三口，以及今天一连一排死去的五十六个姐妹，都是你干的！你这个败类，我必须为死去的这些人讨回公道。”赵小莲双手端着手枪，指着孬娃子的脑袋，双手微微颤抖。

土匪又在叫喊：“赵小莲、赵排长，投降吧，岳专员、王司令看中你是一个女中豪杰，答应给你一个团副当，今晚就让你跟你的心上人廖永富孬娃子成婚，洞房都准备好了！”

赵小莲又调转枪口，寻找着喊话的目标。

孬娃子似乎是很吃力地站起身来，他的脸色看上去出奇的平静，似乎突然间苍老了许多。他目光呆滞而疲惫，脸上的肌肉明显地耷拉下来，这使得他看上去变得丑陋不堪，从身体到心理，他都已经处于一种崩溃的状态。他见说服赵小莲投降无望，便离开那块峭石向着山坡跑去。

赵小莲回头发现孬娃子要去投敌，忙调转枪口对着他，厉声喝道：“站住！再跑我就开枪啦！”孬娃子仍拼命地往山上奔逃。

赵小莲单手握枪，枪身剧烈晃动，又用双手握枪，枪身还是抖动。泪水模糊了她的视线，孬娃子也越来越远，越来越模糊。

“砰”的一声枪响，赵小莲手中的枪口冒出一缕硝烟，孬娃子摇晃了两下，却没有倒下去，回头看了赵小莲一眼，扭头继续往山上跑。

“砰”的又是一声枪响，赵小莲手中的枪口第二次冒出硝烟，孬娃子摇晃了两下，终于像一根木头一样，重重地栽了下去。

赵小莲愣了一下，扔掉已没有子弹的手枪，哭喊着奔向孬娃子：“孬娃子——”

赵小莲狂奔过去，血肉模糊的孬娃子，看上去非常丑陋和可怖。

赵小莲哭喊道：“孬娃子，原谅我，为了死去的姐妹，我不得不这样做哇！”随后她又扬起右手，不停地抽打孬娃子的脸：“这一下是为王大姐王连长打的，这一下是为杨天成杨大哥打的，这几下是为陈碧英、杨玉香、何春香、李桂花、刘淑华打的……”

随后，赵小莲把孬娃子的尸体抱起来，放到一个土坑里，然后动手将石头和土块往坑里扔。

山上的冯老幺被赵小莲的举动惊呆了，半天回过神来，又开始喊叫：“赵副团长，你该做的事也都做完了，现在该跟我们回山寨上任了。”

赵小莲站起身来，用手理了理散乱的头发，从怀里取出孬娃子送给她的那面小镜子，照了几下，举起小镜子打算扔进埋葬孬娃子的坑里，又犹豫了一下，还是放进自己的衣袋里。她整理了一下身上的衣服，从容地走向一块大石头，随后一头向大石重重地撞去……

五十三

妇女独立团办公室里，张琴秋正在召开军事会议。

“岳鹏举这伙土匪双手沾满了红军的鲜血，我们必须拔掉这颗毒瘤，为死难的姐妹们报仇！”张琴秋走到地图前，说，“当然，清平寨易守难攻，我们绝不能强攻，要施展奇袭的战术。具体布置是：正面佯攻，由郭威同志带领二营和三营牵动敌人的大部分力量，我带一营从后面越险插入，中心开花。兵贵神速，今夜就行动，拂晓前打响。”

张琴秋率领妇女独立团在山道上潜行出击，女战士们翻山越岭，跳涧渡险，终于接近了清平寨。月色下，几个团丁、土匪在岗楼上游动。

李秀贞带领一部分女战士们在小树林里观察着。苦妹子率领着一队女战士不声不响紧贴着后寨寨墙站立。

换岗时，一土匪向下看了看，月色西沉，寨墙下一片漆黑，悄无声息。

张琴秋低声命令：“钻！”

李秀贞爬了进去，随后又有几名女战士也爬了进去。

郭威带领一队女兵来到寨子正门下，只见寨墙正面的寨门上有碉堡，碉堡中有土匪在骂骂咧咧。

郭威示意战士们隐身山岸凹处或大石头后，然后看了看天上的启明星，朝天开了一枪，“砰”的一声，群山回应。

顿时，碉堡里乱了起来，呼声不断：“快，快走，红军来了！”

坡下枪声大作，实际上是女兵们在洋桶里放鞭炮。

敌人大乱，锣声连响，李副官从后面跑过来：“他妈的，快滚起来！”

碉堡上几个土匪被郭威和几个神枪手开火撂倒。众土匪乱成一团，大喊大叫：“不好，红军大部队来了！”

李副官喝道：“怕啥？这里易守难攻，给我守住。岳专员的人一会儿就增援过来，打！”

后墙内，岳鹏举带领大部分人马增援去了。

李秀贞从洞里爬出来了，她们拖着一条长绳，出洞后，一点点抽出绳子挽成一圈。

孙桂英爬上寨墙，寨墙上这一带只有两名土匪来回巡逻，他们这时都被寨门的枪声吸引，朝前探看着。

孙桂英从他们身后猛然扑上去，用刀扎进了一个敌人的身躯。另一个土匪还没醒过神来，就被孙桂英用手枪指住了。

一个女战士已上了寨墙，急忙往寨墙下扔绳索，另一头拴在寨墙的垛子上。

李秀贞命令那土匪跪下，土匪却趁势逃跑，边跑边喊："红军来了！红军来了！"李秀贞见状，一枪毙了他。一会儿，不断有土匪和团丁向这边打来。

两名土匪执刀杀来，砍死一名女战士。另一名女红军护着绳索，一名土匪向她杀来，她只好回身御敌，另一名土匪用刀猛砍绳索。

李秀贞已临近墙头，见状急忙紧抓住绳索，脚蹬墙壁，腾出左手，拔出手枪，开枪射击。那土匪中枪，长嚎一声，从墙头落下山寨，掉入深渊。

张琴秋带领女红军向寨上攻击，几挺机枪向寨上扫射。李副官和岳鹏举会合，指挥众匪向红军猛打。

一团丁气喘吁吁地跑来，报告说："岳专员，不好了，红军从后面摸上来了！"

"什么？"岳鹏举气急败坏，"我上当了！李团长，你守在这里，我带人去后面。"他带领团丁往后寨而去。

女兵们已经爬上寨墙，一女红军手持歪把子机枪向增援的团丁们猛烈射击，团丁们被打得鬼哭狼嚎地向后撤退。

岳鹏举带人又冲了过来，张琴秋和众女红军依据寨墙扫射，岳鹏举被压在下面抬不起头来。

张琴秋大喊一声："冲啊！为死难的姐妹们报仇！"

李秀贞一马当先，跃了出来，和几个战士冲在前面。

这时天已大亮，但见红军女战士漫山遍野，齐攻山寨而来。

张琴秋在寨内，指挥红军向寨门攻击。岳鹏举见势不妙，命令团丁向一间高大的房屋冲去。这房屋前有广场，后有高楼。

张琴秋指挥机枪手向高屋射击，命令苦妹子带一连进攻寨门，接应郭威。

李秀贞攻进寨门，往上打枪，土匪数人中弹，掉下城墙。

李副官指挥土匪往下扔手榴弹，炸死数名女战士，但随即又有人上前补上。

郭威端着机枪向墙头扫射。苦妹子攻击寨门，冯老幺被李秀贞一枪击毙！李副官腹背受敌，阵脚大乱。

寨门被撞开，李秀贞率先冲入，女红军战士潮涌而入。

李副官负隅顽抗，向冲在前面的李秀贞开枪。李秀贞胳膊负伤，苦妹子见状，扔了一颗手榴弹，几个残匪被炸倒，李副官却死里逃生，仓皇逃跑。

苦妹子、李秀贞、孙桂英等人会合，向高屋子攻去。岳鹏举借助高屋和广场空旷地负隅顽抗。

男女红军战士奋勇冲杀到阵前。忽然，鼓声响起，房门打开，一群赤膊“神兵”，胸上朱砂画符，额上用鸡血沾上一根鸡毛，腰系短裤，右手执大刀，左手握短枪，口喊“哟嗬！哟嗬！”一边列队一边射击前进。

高楼上，楼窗打开，“圣母娘娘”披发仗剑，大声念咒，两个“神兵”在一旁击鼓助战。女战士们没见过这阵仗，愣了一愣，敌人已冲到面前，几个女战士被射倒。

李秀贞见状，抽出背上大刀，手执短枪，高喊：“冲啊！”

“神兵”们也冲了上来，李秀贞射倒两人，然后挥刀猛砍。女兵们也随即冲了上来，有的用刀，有的用长矛，杀入敌阵。

张琴秋冷静地瞄准，一枪正中“圣母娘娘”的额头，鲜血四溅，“圣母娘娘”从高楼上倒栽下来，鼓声戛然而止。

大鼓一停，“神兵”失魂落魄，向后逃窜，郭威和张琴秋边射击边往前冲去，郭威抄起一把机枪，冲入屋子。

红军战士冲进屋子。房内房外，血肉横飞。

苦妹子从地上抄起一把长枪，跑进一房内，房内一个土匪，被她一枪击倒。这时，苦妹子见床下露出一条腿，大喝一声：“出来！”

李副官哆哆嗦嗦爬了出来。仇人相见，分外眼红，苦妹子抬手就是一枪，李副官中弹倒地毙命。

苦妹子仍不解气，边放枪边骂：“这一枪为王大姐，这一枪是为赵小莲和孬娃子，这一枪为我！”

敌联络官躲在一柱子后面向红军射击，郭威冲过来，一梭子弹将其击倒。

苦妹子带领队伍继续向楼上攻击，岳鹏举从房内跳出，一枪击中苦妹子，苦妹子倒下。张琴秋赶到，郭威机枪掩护，岳鹏举无路可退，垂死挣扎。张琴秋、孙桂英、李秀贞、蒋菊花、谭晓岚、岳桂芳、梁红梅、冉兴华等人齐射，岳鹏举中弹哀嚎而死。

“苦妹子！”郭威扑过去把苦妹子抱在怀里喊着。

苦妹子睁开眼睛，看着郭威想说什么，却说不出来了，只用手指了指兜胸。

郭威从苦妹子的兜里掏出小雕像，禁不住大声悲哭："苦妹子，你要活着！"

苦妹子脸上浮出微笑，倒在郭威怀里。

五十四

山坡上，挺立着一棵棵粗壮的松柏树和青杠树。草丛里，开放着各种各样的野花，红、黄、黑、绿、青、蓝、紫……

墓地选择在柳家大院，也就是红军妇女独立团团部对面的一座高高的山冈上，让这些死难的红军女战士们日夜遥望着妇女团营地，天天看得见她们的红军姐妹们。

张琴秋在墓前亲手栽了两棵碗口粗的松树，并在墓旁一块大石上面亲笔书写了几个刚劲有力的大字："死难的巴山女红军永垂不朽！"

靠着杨天成墓右边是陈碧英的墓碑，上书"陈碧英之墓"，左边是女儿杨玉香的坟墓。王桂兰墓背后是刘淑华、李桂花、何春香等人的坟墓，左边是赵小莲的墓碑，上书"赵小莲之墓"；右边是苦妹子的墓碑，上书"苦妹子柳红川之墓"……

墓前摆满了白色和黄色的山茶花和野菊花，张琴秋率领妇女独立团的全体女战士在墓地默哀。

一阵山风刮来，山冈上沙土飞扬，松涛怒吼。

"嘎——嘎"，天空中传来几声凄凉的尖叫，原来是一只巨大的山鹰在空中盘旋。

张琴秋说："现在我宣布，任命李秀贞担任妇女独立团一营一连连长！"

李秀贞朗声答道："是！"

"任命冉兴华同志担任妇女独立团一营一连指导员。"

冉兴华答道："是！"

"任命蒋菊花同志担任妇女独立团一营一连副连长！"

蒋菊花答道："是！"

"任命梁红梅同志担任妇女独立团一营一连副指导员！"

梁红梅答道："是！"

"任命谭晓岚同志担任妇女独立团一营一连一排排长！"

谭晓岚答道："是！"

"任命岳桂芳同志担任妇女独立团一营一连二排排长！"

岳桂芳答道："是！"

"任命李玉兰同志担任妇女独立团一营一连三排排长！"

李玉兰答道："是！"

张琴秋转过头对郭威说："郭威同志，人死不能复活，革命的胜利是用无数战士的鲜血换来的。红四方面军决定强渡嘉陵江西进，配合中央红军北上抗日，总部指示我们妇女独立团配合红三十军作为主力部队作渡江准备。"

郭威既振奋又惊讶。

张琴秋说："上级还决定，调你去总部，另有重要任务。"

郭威望着苦妹子的墓碑，感情激动，突然抬头说："我请求，继续留在妇女独立团参加战斗！"

张琴秋说："还是服从上级决定吧！"

山路上，郭威与前来送别的张琴秋、孙桂英、李秀贞等人依依话别。

郭威有些感伤："张大姐，这一别，不知今生今世能不能再见咯。"

张琴秋宽慰道："人生何处不相逢，说不定过几天咱们又见面了！"

郭威低头沉默不语，突然，他"啪"地敬了一个军礼，转身快步消失在山道上。

群山绵绵，山路弯弯……

五十五

一九三四年八月，红四方面军历时十个月的反六路围剿，取得歼敌八万余人的辉煌胜利，给四川军阀及反动当局以沉重的打击。三个月之后，不肯罢休的蒋介石又让撤职查办的刘湘官复原职，继续担任“剿匪”总司令，并调集胡宗南部，形成南北夹击之势，重新布置“川陕会剿”。红四方面军趁敌立足未稳，集结了十八个团的兵力主动出击，发动广（元）昭（化）战役，给胡宗南部予以重创。一九三五年一月二十二日，中央电令红四方面军集中全力西渡嘉陵江，突入敌后，策应红一方面军渡江北进。为坚决执行中央命令，配合中央红军作战，红四方面军采取声东击西，迷惑敌人的战术，先集结十二个团的兵力北击陕南，歼敌四千余人之后又回师川北，挥戈南进，攻克仪陇、苍溪，共歼田颂尧、罗泽洲部五个团，俘敌三千余人。我军忽北忽南，敌人始终摸不清红军的真正企图。红四方面军则利用这一机会，加紧进行强渡嘉陵江的作战准备。

硝烟蔽日，杀声震天。

红军战士呐喊着冲向敌人阵地，各种武器交叉扫射，火力织成一张密集的火网。敌人成片地倒下去，又成片地涌上来，再成片地倒下去……

冲锋号声响起，英勇的红军战士挥着闪光的大刀跃出堑壕，潮水般地压向敌群。敌人横尸遍野，溃不成军。势如破竹的红军战士奋力追杀溃逃之敌。

五十六

“川陕会剿”总司令刘湘面墙而立，久久地望着军事地图。半晌，他转过脸来，怒斥分列两厢的大小军官：“都哑巴啦？平时一个个都吹得赛诸葛、智多星，可到关键时候，都他娘的一群饭桶！”

大小军官们哭丧着脸，耷拉着眼皮，谁都不敢看刘湘，也不敢吭声。

刘湘突然问田颂尧：“田公，你说说徐向前会把渡江突破口放在哪里？”

田颂尧说：“徐向前虽把重兵压在我的防区，但依败兵之将愚见，徐某人是明修栈道，暗渡陈仓！”

刘湘说：“依田公之见——”

田颂尧说："徐向前在玩弄声东击西的鬼把戏，他的渡江突破口很可能会放在邓公防区的某个地段。"

与此同时，红四方面军总部在阆中召开重要军事会议，也称巴西会议。屋里上首坐着张国焘、陈昌浩、王树声，两厢分坐着军、师、团负责人。

徐向前总指挥站在军事地图前向全军下达强渡嘉陵江的作战部署。

徐向前说："嘉陵江西岸北起广元，南到南部一线的江防任务，由邓锡侯、田颂尧部担任。敌人的兵力部署是：邓锡侯部二十一个团，防守北起广元以北陈家坝、南至江口以北的沿江地段。其中以十五个团守备江防，以六个团分置于广元西北之车家坝和昭化东南的剑门关，作预备队。田颂尧部三十二个团防守江口以南至南部县境的新政坝，共四百余里的沿江地段。其中二十八个团守备江防，另有七个团配置于阆中以西的衣思场地区，为总预备队。"

各级领导干部全神贯注地聆听着，记录着。

徐向前说："总部决定，三十军为渡江主力，于苍溪以南的塔子山附近实施重点突破，消灭守敌后向剑阁、剑门关方向进攻，协同三十一军消灭剑门关之敌。"

红三十军军长余天云和军政委李先念坚定地点点头。

顿了顿，徐向前说："三十一军居右，从苍溪以北之鸳溪口渡江，尔后消灭剑门关守敌，并迅速向昭化、广元发展，打击邓锡侯部和阻击位于甘南的胡宗南部南下，保障我右翼的安全。"

三十一军军长王树声、政委张广才点点头，神情坚定。

"九军居左，从阆中以北渡江，尔后以一部协同三十军向北进攻，以另一部消灭阆中、南部守敌，保障我左翼的安全。"

九军军长何畏和政委詹才芳异口同声地说："保证完成任务！"

"四军为方面军第二梯队，待第一梯队渡江成功后，于苍溪渡江，以一部向南迂回，协同九军消灭南部守敌，主力则向梓潼方向发展。"

四军军长王宏坤和政委周纯全点头称是。

"方面军总部炮兵营配置于苍溪塔子山上，掩护红三十军强渡。总部分工由我负责渡江战役的指挥工作，王树声、王维舟二同志配合我指挥。陈昌浩同志负责在东线指挥三十三军及地方武装牵制敌人。"

三十三军军长王维舟和政委杨克明齐声答道："请徐总放心，我们保证完成任务！"

徐向前接着说："张琴秋同志在通江妇女独立营的基础上，组建成立的红四方面军妇女独立团，不仅在长池地区，而且在整个川陕甘地区都产生了很大的影响。在当今世界上，没有哪个国家和哪支军队拥有如此众多的女战士，鼎盛时期妇女独立团的女战士超过了三千人。妇女独立团在长池坝表现得十分出色，不仅保卫了长赤县苏维埃各级政权，而且还有力地配合红三十军在长池坝的系列战役，不仅完成了后勤保障工作，还拿起枪杆子直接上战场，与红三十军并肩作战，其勇气可嘉，精神可嘉。"

张琴秋满面微笑地站起身来，给大家鞠了一躬。

徐向前说："我提议，在座的全体同志起立，向张琴秋同志和她的妇女独立团致以崇高的敬礼！"

全场起立，向张琴秋敬了一个庄重的军礼。张琴秋也站起身来回礼，眼眶里充满了泪水。

徐向前说："总部决定，在现妇女独立团的基础上，成立红四方面军妇女独立师，任命张琴秋同志担任师长、曾广澜担任政委。下设两个团，第一团由张琴秋任团长兼政委，该团战斗力较强，直接配合红三十军强渡嘉陵江，同时为总指挥部机动团，驻旺苍坝、张家湾、黄洋场一带。第二团曾广澜任团长、刘伯新任副团长、吴朝祥任政委兼政治部主任。该团主要任务是保卫机关、红军医院、仓库，运送弹药，转送伤员等。"

张琴秋答道："总指挥放心，我们妇女独立师保证完成任务！"

五十七

苍溪县城人流如潮，隐隐约约从远处传来隆隆的枪炮声，频频调动的红军部队来往不息。

孙桂英带领妇女独立师宣传队的女战士在街头打着竹板搞宣传，宣讲要打破"川陕会剿"，强渡嘉陵江，吸引着众多的过往行人。

李秀贞、梁红梅、谭晓岚、李玉兰、简玉珍、肖红梅等红军女战士提着小桶在往墙上贴标语。

八十八师师长熊厚发和政委郑维山远远朝这边走来，他俩边走边谈。

熊厚发说："川陕根据地的广大群众，对这次渡江作战给予了巨大的支援！"

郑维山说："川陕革命根据地人民为我们付出了太多的代价，将来革命胜利了，千万不能忘记他们！"

熊厚发说:"是啊！走吧，咱们看看会场的布置情况。下午的誓师大会，总部和军部的首长都要来参加。"

二人走到搞演出的女战士身边，龙玉秀抬头发现了他们，叫道："熊师长，郑政委！"

熊厚发被龙玉秀那双火辣辣的目光盯得不好意思，忙把头转向孙桂英，说："这位女同志好面熟哇！"

龙玉秀抢过话头说："她叫孙桂英，是咱们妇女独立师宣传队队长，也是妇女独立师第一号大美人儿，她丈夫在你们八十八师二六三团当侦察连长。"

熊厚发问道："啊，叫什么名字？"

孙桂英说："蔡家俊。"

熊厚发说："是他？这个蔡家俊可了不得，他不仅枪法好，还有一身好功夫。记得有一次我命令他去抓回一个'舌头'，事情办得很顺利，不料在返回途中与敌人遭遇，他将'舌头'夹在肩腋下，用右手打枪还击，等他气喘吁吁地将'舌头'扔在我脚下时，才发现早被他夹死了！"

孙桂英、文秋芳、龙玉秀听得直吐舌头。

郑维山不解地问孙桂英："咱们红军部队早有规定，战士不准谈恋爱，你与蔡家俊怎么就成了夫妻呢？"

文秋芳说："哦，我们桂英姐可不简单！她父亲在上两河口银杏坝开背二哥客栈当老板，后来成为红军交通站，由她父亲担任站长。桂英姐结婚不到二十天，夫妻便双双参加了红军。桂英姐先在妇女独立营跳舞班当班长，后又担任妇女独立团和独立师演出队长。"

郑维山惊讶地说："原来你就是孙桂英？看过几次你的演出呢！应该

给你们妇女独立师宣传队这些花木兰记一功啊！”

孙桂英说：“政委，我们的工作还没做好。”

熊厚发说：“孙桂英同志，下午咱们八十八师召开渡江誓师大会，散会后请你们宣传队来几个节目怎么样？”

龙玉秀抢先回答道：“好哇！但要有个条件。”

熊厚发说：“啥条件？”

龙玉秀说：“熊师长也得来一段。”

熊厚发说：“嗨，我只能学几声狗叫！”

众人开怀大笑。

熊厚发拉着郑维山快步离去。龙玉秀两眼直愣愣地望着熊厚发远去的背影。

文秋芳俏皮地走过去，用两根指头在龙玉秀的眼前晃了晃，叫道：“坏了！”

众人问道：“怎么啦？”

文秋芳说：“熊师长把我们龙大美人儿的魂勾跑啦！”

众人大笑。龙玉秀扭住文秋芳打闹起来。

五十八

敌营长陈择仁和三个连长正在营部打麻将，房间满地烟头，乌烟瘴气。

陈择仁说：“弟兄们，这盘完了就收摊子。目前是非常时期，别让团长给撞见了。”

魏连长说：“怕他啥子？他要女人，咱们要麻将，摆平了！”

杨连长说：“陈团长四个婆娘，他成天忙得过来吗？”

此时敌旅长陈继善在团长陈登朴的陪同下，视察该地段的江防情况。一群大小官员跟在后面。

陈继善说：“陈团长，你可千万不能抱着侥幸的心理，随时都要想到徐向前会把渡江突破口放在你的防区，做到有备无患！”

陈登朴说:“旅长放宽心！我前有五百米宽的江面作屏障，后有杜里坝、陈家仓、蚕丝观三个险要的制高点作依托。再看我这些坚固的工事、碉堡，还有那密集的火力点，可算得上固若金汤了吧！再说三个月前，我就将苍溪境内所有过河工具，甚至连老百姓家的门板都全部搜集起来控制在西岸，难道徐向前的十万人马会飞过来不成？”

陈继善说：“登朴兄，还是提醒你的好，千万不能大意失荆州啊！田公待你我不薄，这次他哥子是再也输不起了，可不能让他栽在咱们手里。”

陈登朴说：“那是，那是！”

陈继善说：“走，看看你一营的防区，陈择仁这个大麻子，又嫖又赌，你可要当心！”

陈登朴说：“这个龟儿子，打起仗来倒不是孬种，要不老子早就收拾他了。”

陈择仁的营部牌桌上正热闹非凡，魏连长一声狂叫：“我胡啦！”他伸手去抓陈择仁面前的大洋。

陈择仁一声怒喝：“干啥子？给老子搁起！”

陈登朴一行推门进屋。四人吓得目瞪口呆，回过神后又急忙去抓各自的大洋。

陈登朴双眼一瞪，厉声吼道：“给老子搁起，一群孬种！”

四人将大洋放到桌上，垂手而立，大气都不敢出。

陈登朴训斥道：“龟儿子，徐向前把刀都架到脖子上了，你们还有心思耍这个玩意儿。刘副官……”刘副官应声走过来。陈登朴命令说：“把大洋和麻将一块充公！”

五十九

红四方面军三十军八十八师在召开渡江誓师大会，会场气氛空前热烈。二六三团钟团长在台下一边鼓掌，一边与蔡家俊谈话。

钟团长说：“师部决定让我们二六三团为强渡前卫团，主攻位置是杜里坝、陈家仓和蚕丝观，属陈登朴团一营的防区。为摸清敌人的兵力部署、工事及火力点的位置，师长亲自点了你的将。”

蔡家俊兴奋地说：“嗨，又有好戏唱了！”

誓师大会结束之后，孙桂英带领妇女独立师的演出队进行文艺演出。蔡家俊在掌声中抬头寻找他要见的人。

钟团长问：“哪一位是你老婆啊？”

蔡家俊笑道：“最水灵的那一位！”

钟团长说：“我看都水灵！”

在欢呼声中，文秋芳走上台，大声宣布说：“第一个节目，女声独唱《巴山来了徐向前》，演唱者：孙桂英！”

孙桂英快步走上台，一拢头发，大声演唱起来：

红军同志来这方，
夺回了地夺回了田。
半夜三更出太阳，
夺回了房产夺回了权。
一打虎，二打狼，
穷人从此伸腰杆，
穷人掌印坐天堂，
有吃有穿比蜜甜。

昂首阔步挺腰杆，
锄头下面开金花，
压迫剥削一扫光，
锄头下面长粮棉。
财主见了把头低，
大爹干活哼小调，
老爷见了躲一旁，
婆婆走路像风旋。
乾坤扭转来，

这场喜事是谁办?
世道变了样,
巴山来了徐向前。

蔡家俊大力地鼓掌,自豪地说:“她就是我老婆!”

钟团长笑道:“哟,想不到你狗日的还有这般艳福!”

蔡家俊与孙桂英分别一年之后竟在这种场合相遇,他望着温柔、秀美的妻子,脸上泛起幸福的笑容。

会场上,熊厚发与郑维山一边看文艺表演,一边说着话。

熊厚发说:“在离造船厂王渡不远的地方有一个湾潭子,水深五米左右,一面是宽大的鹅卵石沙滩,一面是紧贴袁家岩和老鸦岩的绿色屏障,是一个天然的练兵场。你负责在此训练部队,我尽快摸清敌情,拟出渡江突破方案。”

郑维山说:“敌人沿江封锁太严,你可当心!”

熊厚发说:“有蔡家俊保驾,你尽放宽心!”

孙桂英歌毕,换上龙玉秀的独舞,她那优美的舞姿加上光彩照人的身材,吸引了全场人的注意。

郑维山说:“我发现龙玉秀对你很有点那个意思啊!”

熊厚发说:“嗨,这个死丫头!”

郑维山说:“你要是喜欢她,我可以找她谈谈。”

熊厚发说:“千万别,我肯定不会干这种事。”

六十

崎岖的山道不时地掠过淡淡的晨雾。远处,不时传来两声阳雀叫声和枪炮声。

熊厚发和蔡家俊身穿蓝色布衣,头缠白布帕子,身背背篓,腰里别上旱烟锅子,手拿镰刀,一前一后在弯弯曲曲的山道上行走着。

山路拐弯处,梁红梅、冉兴华带领的一支担架队伍缓缓移过来,还喊着像歌一样好听的口号。

前面明晃晃，
地上水荡荡。
天上一朵云，
地上一个人。
前面朝左拐，
前摆后不摆。
……

熊厚发望女战士们远去的背影，百感交集地摇摇头。

郑维山指挥部队在沙滩上进行各项科目的强化训练，战士们在练习登陆、冲锋、劈刺、瞄准、投弹、打斗等。

湾潭子当地的老水手、老艄公们在帮助指导红军战士上船、下船、划船、泅水，训练由简到繁，由易到难，从偷渡的突击动作到抢滩登岸，从巩固滩头阵地到扩大登陆场的演习，一一严格演练。郑维山与三位团长在一旁观看着，脸上露出满意的笑容。

密林里，红军造船厂日夜在赶工。

乡亲们扛着竹子、木料，甚至成品家具，源源不断地送到堆成一座小山似的木料堆旁。

造船工地上热火朝天，工人们叮叮当当、乒乒砰砰的敲打声、吆喝声，还有宣传队的竹板声、歌声，汇集成一支奏鸣曲。

一个巨大的土坑里，柴火熊熊，人们把废铁破铜敲成碎块放进土坑里慢慢熔化，经过锤打，造成各种各样的钉子。十几个打铁师傅烟熏火烤，汗流满面，咳嗽不止。

熊厚发蹲在树林里，一边观察河对岸的动静，一边小声地与蔡家俊交谈。

熊厚发说："在江这边只能观察到敌我双方的地形、江情、江水流速。要掌握敌人兵力部署、火力点的详细位置和情况，必须摸到对面去。但敌人沿江封锁太严，上次三十一军在苍溪鸳渡口组织四十人偷渡失败，仅两人生还。”

蔡家俊说：“人多目标太大，今晚我依然这身打扮，只身一人靠岸……”

熊厚发沉默了一下，点点头说：“只能出此下策，你自己要多当心。”

二人收拾柴捆背在肩上，快步走下山去。

六十一

敌营部门口，刘副官提着包匆匆走来。卫兵向他敬礼，转身进屋禀报。

陈择仁笑吟吟地奔出来：“不知刘副官驾到，有失远迎，请！”

二人进屋。陈择仁与刘副官落座，勤务兵端上茶来。

陈择仁说：“刘副官有何指教？”

刘副官笑吟吟地将一个小包递给陈择仁说：“陈团长让我物归原主，并表示歉意，因当着旅座的面，不来这么一下怕说不过去。麻将和大洋全部在里面，请陈营长清点。”

陈择仁大喜过望，说：“感谢团长他老人家了！”

刘副官说：“陈团长让你莫要辜负他。”

陈择仁说：“我陈麻子誓与阵地共存亡！”

刘副官说：“团长有一私事想请陈营长代劳。”

陈择仁说：“陈某愿赴汤蹈火！”

刘副官说：“帮四姨太在苍溪城头搞一个丫环，要漂亮的。”

陈择仁说：“这个，包在我身上！”

八十八师指挥部里，参谋和干事们不停地跑出跑进。几个工作人员在不停地接电话，这边放下，那边又响起来。

熊厚发默默地站在地图前观察着，思索着。一工作人员走过来说：“师长，总部电话。”

熊厚发大步奔过去抓起电话，说：“喂，是徐总！陈政委在东线又打了大胜仗？太好了！嗯嗯。”

一参谋走过来说：“师长，三个团的领导都已到齐了。”

师部会议室，郑维山与三个团长交谈着。熊厚发走进来，众人起立，他挥手示意让大家坐下。

熊厚发说：“召集大家开个短会，首先转告总政委从东线打来的电话，王维舟的三十三军又打了一个漂亮仗，向南纵深推进了八十公里！请各团分别准备五只小船，船上扎满草人，草人一律穿上红军衣服，每船找两名水性极高的战士划船，再准备大量锣鼓鞭炮。”

众人纷纷交头接耳，猜测着师长又有什么锦囊妙计。

熊厚发说：“这不是我的新发明，只不过依葫芦画瓢，效法当年诸葛老儿，来个草船借弹！一是观察敌人的火力分布位置，二是迷惑敌人，使他们始终弄不清我们的主渡口究竟在哪里。明天拂晓三个团同时行动，之后轮流行动，再之后二六三团停止行动，真真假假、虚虚实实，搞得敌人晕头转向。他们紧张几天后便习以为常，不再理睬我们了，这也就是我们要达到的最终目的，大家明白没有？”

众人兴奋异常地说：“明白了！”

六十二

敌营部，陈择仁与下属三位连长又聚在一起打麻将。

陈择仁说：“团长真够交情，望三位老弟各自打扫门前雪，千万不能给他老人家捅娄子！”

众连长说：“请营长放心，不会让一个共匪从我们的防区溜过去。”

陈择仁说：“团座给了我一个差事，帮他四姨太搞一个苍溪漂亮妹子当丫环。”

魏连长说：“怕是团长他老人家又想换换口味儿吧！”

众人大笑。

魏连长一推底牌，叫道：“我又胡啦！”

“狗日的，你今天手气咋这样好？”陈择仁很不情愿地把大洋扔给魏连长，说，“魏连长，你不是有个亲戚在苍溪城头做生意吗？找他帮个忙。”

魏连长说：“苍溪城里到处是红军，怎么敢过去？过去了也未必回得来。”

陈择仁说：“想想办法嘛！”

魏连长说：“试试看。”

河滩上，熊厚发紧紧握住蔡家俊的手，低沉却有力地说：“出发！”

一身商人打扮的蔡家俊敏捷地下到水里，悄无声息地游向对岸。

几十条枪密切监视着对岸。熊师长和钟团长神情严肃地观察着。远处传来几声枪炮声，立即引起近处的一阵狗吠声。

敌营部里，陈择仁一推牌道：“弟兄们，时间不早了，快回各自的岗位吧！”

三位连长懒洋洋地站起身，打着长长的哈欠走向他们的防区。只见一排排黑洞洞的枪口，从那阴森诡秘的碉堡、工事里伸出来，密切注视着江面。

江边上，蔡家俊终于游到了岸边，他抬头四处望望，慢慢爬上岸来。当他爬到四五米远的山坡时，不小心抬脚将一块石头踢进江里，响声惊动了敌哨：“站住，干什么的？”

蔡家俊快步朝江里跑去。敌哨兵喝道：“站住，再跑老子开枪啦！”

蔡家俊说：“老总，千万别开枪！”随即他托着湿漉漉的衣服，战战兢兢地爬上岸来。

一个凶神恶煞的哨兵冲过来，一枪托打在蔡家俊屁股上，骂道：“龟儿子，老子叫你跑！”

魏连长闻讯走过来，问道：“怎么回事？”

哨兵说：“报告连长，我抓住一个可疑人，怕是红军探子！”

魏连长用手电照在蔡家俊的脸上，吼道：“说，干啥子的？”

蔡家俊说：“长官，我是做买卖的生意人。”

魏连长说：“龟儿子，扯谎都扯不圆，深更半夜，跑到老子防区来做啥生意？牛娃子，摸摸他身上有家伙没有？”

“把手举起来，放老实点！”他搜查蔡家俊的全身，摸出一个小包。哨兵说：“报告连长，没有武器，这一包好像是大洋，还有一封信。”哨兵将小包和信递给魏连长。

蔡家俊说：“长官，这可是我做了半年生意的血汗钱，得带回去给老母治病。”

魏连长说：“少废话，带回连部去。”

敌人带着蔡家俊走回连部，魏连长在灯下看着家书。

蔡家俊说：“这是家父托人带给我的信，说老母病重，盼我速归。”

魏连长把信扔在桌上，抓起那包银元在手中掂了掂，问道：“叫啥子名字，家住哪里，在啥地方做买卖？”

蔡家俊说：“我叫刘绍祥，家住苍溪东街五十四号，在剑门关收购土特产。”

魏连长说：“为啥深更半夜偷偷摸摸的？”

蔡家俊说：“长官，水路旱路全被你们封锁了，根本不准老百姓通过。情急之中，我只好壮着胆子泅水过河。”

魏连长用枪指着蔡家俊恐吓道：“你龟儿子不会是红军探子吧？”

蔡家俊说：“我家几辈人从商，从不问国事。”

魏连长说：“你若帮老子办一件事，我就放了你。”

蔡家俊说：“啥事？”

魏连长说：“帮我们团长四姨太在苍溪城头找一个妹子当丫环。”

蔡家俊说：“可以试试，但怎么带过来？”

魏连长说：“你若把事办成要过河时，用手电晃三下为信号，我派小船接你，大洋先替你保存，事办妥后归还。”

蔡家俊说：“一言为定！”

六十三

天刚蒙蒙亮，大雾弥漫。

红军战士将草人船抬到水里，水手们跳上船，飞快地向前划着，冲锋号吹响，一串串鞭炮在铁桶里炸起，还有那敲击铁器、木板、竹筒的声音，犹如千军万马强渡之势。

草船到了江中，水手们纷纷跳进水里，钻到船底用手推着向前移动。江对面的轻重武器一齐朝江面开火，密集的火网映红了半边天。

敌工事里，陈登朴一手拿望远镜，一手拿电话，说："陈旅长，江中心隐约发现好多船只，船上全是红军。"

电话里传出陈旅长的声音："其他两个团的江防地段也发现红军船只，共匪又喊又叫，又打枪又吹号，由于雾大，很难判断他们的企图，严密监视，随时报告。"

太阳出来了，大雾慢慢散去。江面枪炮声停止了，红军的呐喊声也消失了。

陈登朴忙举起望远镜朝江面观望，江面早已空无一物。陈登朴惊愕片刻，忙抓起电话，拨通了，说："喂，旅长，我这边什么都没有。什么，其他地段也如此？怪哉！明白。"

大道上，神采飞扬的红军战士们抬着草人船，谈笑凯歌还。

钟团长说："师长这招真绝，只怕敌人三魂跑了两魂。"

熊厚发说："可惜雾太大，看不清敌人火力点的详细位置，下面就看蔡家俊的了。"

蔡家俊将情况向熊厚发汇报。

熊厚发说："同意你的方案，但四姨太要的丫环可是头等见面礼，让谁去合适呢？陈登朴老奸巨猾，四姨太诡计多端，年龄大了他们不要，小了又完不成任务。这事我得向李政委汇报，你的任务是抓紧休息，我让人给你安排房间，与你爱人孙桂英同志团聚两天。"

蔡家俊说："这——怕她不会同意的。"

熊厚发惊愕地望着蔡家俊，像不认识他似的说："你开啥子玩笑啊！"

蔡家俊羞涩地说："她，她怕怀上娃儿红军不要她了，参军这两年多的时间里，一直不让我碰她……"

"哈哈哈——"熊厚发拍拍他的肩膀，直爽地哈哈大笑。

六十四

李政委、熊厚发坐在一条已造好的木板船里交谈着。

李政委问：“派谁去合适呢？”

熊厚发说：“我认为蔡家俊的爱人孙桂英比较合适。”

李政委说：“那把孙桂英同志叫过来，我们一起跟她谈谈。”

熊厚发站起身用手卷着喇叭筒叫道：“孙桂英同志，请过来一下。”

孙桂英一阵小跑来到船边，举手向两位首长敬礼问好。

李政委说：“孙桂英，上船来，有件事与你谈谈。”

造船厂一角，宣传队的几位女战士打着快板为造船工人鼓劲加油。

龙玉秀说：“师长叫孙桂英姐干啥子？”

文秋芳说：“怕有重要任务呗！”

小船上，孙桂英沉思片刻，抬头说：“我同意首长的决定，保证完成任务。”

李政委说：“孙桂英同志，祝你圆满完成任务！”

熊厚发说：“师部给你和蔡家俊安排好了房间，你即刻回去休息。”

孙桂英愣了一下，说：“这——”

熊厚发说:“这是命令，理解执行，不理解也要执行，在执行中加以理解。”

孙桂英突然明白了师长的良苦用心，满面绯红地低下头去。

熊厚发说：“关于你打入敌人内部的事，先别告诉蔡家俊，稍后我找他谈。”孙桂英起身敬礼，转身离去。

六十五

孙桂英在房间里对着镜子梳头，镜子里映出她那秀美的脸庞、弯弯的眉毛、水灵灵的大眼睛、浅笑的酒窝，连她自己也有些惊异于自己的美丽。

蔡家俊站在她身后，朝镜子里悄悄窥视着。孙桂英回手用木梳打在他头上。蔡家俊从身后一下将她搂在怀里。

“咚咚”，门外有人叩门，孙桂英忙过去开门。

熊厚发走进来，与二人打招呼。

熊厚发接过孙桂英递过来的茶杯，呷了一口，问道：“睡得怎么样啊，缓过劲了没有？”

孙桂英脸刷的一下羞红了，赶忙低下头去。

蔡家俊却挥了挥胳膊说：“师长，早恢复啦！”

熊厚发说：“好，请你跟我走一趟。”二人走出房间，朝营房附近的溪边走去。

文秋芳、龙玉秀、焦翠莲、简玉珍等人在此为红军战士洗衣服。她们一边洗一边哼着小调，由文秋芳领唱，大家合唱，似唱似念。

（领）一把扇子（合）连连
（领）正月正（合）溜溜
（领）家家门前（合）呀呼嗨
（领）挂红灯（合）闹莲花！

熊厚发和蔡家俊走到小溪对面，听见女战士们别有风趣的哼唱，不禁停下了脚步。

（领）二把扇子（合）连连
（领）二月二（合）溜溜
（领）弟弟妹妹（合）呀呼嗨

熊厚发说：“唱得多好听，川北民歌别有风味，继续唱呀！”

大家蹲下洗衣服，反而不好意思再唱。

熊厚发说：“怎么不唱了，我来领！”他也学着用似会非会的川北话唱道：

（领）三把扇子（合）连连
（领）三月三（合）溜溜
（领）红军来了（合）呀呼嗨
（领）闹分田（合）闹莲花！

众人大笑，二人向小溪东侧的沙滩走去。

蔡家俊说："师长，给四姨太当丫环的女同志确定了没有？"

熊厚发说："这事我向李政委汇报后，大家经过认真分析，认为有一位同志最合适。"

蔡家俊问："谁？"

熊厚发说："孙桂英同志。"

蔡家俊听后，一下跳起来，大声嚷道："师长，这可不行，你给我处分，撤我的职，就是把我枪毙了，我也不能答应！你不知道，陈登朴是一个老色鬼。孙桂英，我是多么地爱她呀！"这个出生入死，从枪林弹雨中闯过来的硬汉子，竟像孩子一样呜呜地哭了起来。

熊厚发说："同志哥，你的心情我完全理解，我也有一位可爱的妻子，她叫肖阳春。结婚三个月，我就参加了红军，一直到红四方面军撤离鄂豫皖向西转移时，我所在的部队路过宣化店，我才顺便到家中同已分别两年多的妻子见了一面，然而只在家中停留了半个小时便告别了她，随大部队出发了。红军走后，反动派对鄂豫皖根据地人民，特别是对我们红军家属进行了血腥地报复。反动民团杀了我的父母，把大姐卖到河南，二姐被迫当了童养媳。我的妻子——不久也被迫改了嫁。"

蔡家俊怔怔地望着熊厚发。

"穷人要翻身，就只有干革命，而干革命就必然有牺牲！我们千千万万的红军战士谁没有一本血泪账呀！派孙桂英打入敌人内部，我们是经过认真考虑的。孙桂英稳重、机敏，加之又结过婚，对付陈登朴她会有一定经验的，而其他姐妹就很难完成这个任务。我们找她谈了，她接受了任务。这件事你再想想，我先走了。"

蔡家俊怔怔地望着熊厚发的背影，突然大叫一声："陈登朴，我日你先人！"

六十六

深夜，江边沙滩上，蔡家俊用手电朝对岸晃了三晃，向敌魏连长发出接人的信号。熊厚发、郑维山、钟团长紧紧握着化了装的蔡家俊和孙桂英二人的手，然后挥手告别。

敌连部里，魏连长在通电话："报告营长，刘绍祥发来信号，我已派船接他去了。"

话筒中传来陈择仁的声音："全连加强警戒，让弟兄们多长两只眼睛，谨防那龟儿子有诈！有情况随时向我报告。"

魏连长答道："是。"

江面上，一条小船隐隐约约地向江边划了过来。江边草丛里，几十支黑洞洞的枪口一起对准小船。

小船上，孙桂英将小包袱紧紧搂在怀里，神情紧张地盯着江面。

小船靠岸，从船上下来一个敌兵，另四人则用枪对准蔡、孙二人。走下船的敌兵帮蔡家俊提着东西，神情慌张地跑上小船。蔡、孙二人也快步登上小船。敌人慌忙将小船划离岸边。

小船到了江心，一敌兵走近蔡家俊说："对不起，我们要例行公事。"说完他将蔡家俊上下摸了一遍，没有发现什么，转身又要去摸孙桂英的身子。蔡家俊怒斥道："她是你们连长的亲戚，不得无礼！"搜身的士兵愣了一下，也就罢手。

敌兵将蔡家俊和孙桂英带回连部，魏连长设宴款待二人。

蔡家俊说："这是我表妹，叫胡杏花，今年十八岁，请魏连长今后多关照！"

魏连长见了孙桂英那个美，眼睛都笑成了一条缝，说话都不利落了："那是自然，那是自然！"

蔡家俊从包袱内取出两条烟、两瓶酒递给魏连长说："不成敬意，请连长笑纳！"

魏连长接过烟酒，笑眯眯地说："受之有愧，受之有愧。刘先生真够意思，若不嫌弃，本人愿与你交个朋友。"

蔡家俊说："这是我的造化！"

魏连长举起酒杯说："来，干了这一杯！"

随着一声杯响，二人都是一口干。

蔡家俊说："魏连长，小弟有一事相求。"

魏连长说："请讲。"

蔡家俊说："家母病重，一时半刻也好不了。我不能再去剑门，想通过你的关系，在陈团长的地盘上做点烟酒生意，顺便也孝敬了老母。"

魏连长沉吟半晌说："这事我得找陈营长，他跟团长交情不薄。"他抓起电话，说："营长，刘先生把人带来了，天仙般漂亮。后来才弄清楚，刘先生是我的远方亲戚，带来的姑娘是他的表妹，他有一个要求，想在咱们的地段向弟兄们推销烟酒，赚点小钱，我看完全可以，求你在团长面前美言几句。嗯，好！"

"营长答应帮忙。"他瞟了一眼孙桂英，"只要团长满意了，什么都好办。今晚先在这里休息，明天送你们去团部。勤务兵——"

勤务兵应声而至。魏连长吩咐说："带我这两位亲戚去休息，好好侍候！"

第二天一早，蔡家俊和孙桂英跟在敌勤务兵身后，穿过陈择仁的防区，向敌团部走去。

二人一路将敌人的明碉暗堡尽收眼底，并不时地向敌勤务兵套近乎，勤务兵有问必答。

一行人来到敌团部门口，只见两个哨兵荷枪而立。

勤务兵上前通报，哨兵瞟了一眼蔡家俊和孙桂英二人，转身进了大门。蔡家俊将团部的位置、地形尽收眼底。

哨兵走出来，拱手说："刘先生请！"二人随哨兵进了团部大门。

哨兵在大门外喊了一声报告，妖艳媚态的四姨太坐在陈登朴腿上正在打情骂俏，闻声忙从他腿上弹起来坐在旁边沙发上，用手理了理头上的乱发。

陈登朴靠在太师椅上，咳了一声，叫道：“进来！”

蔡家俊和孙桂英走进来，向陈登朴、四姨太打过招呼。

陈登朴头也不抬地靠在太师椅上，只半闭着眼睛斜瞟着孙桂英，突然，他圆睁双目，像触电似的从椅子上跳将起来，直愣愣地盯着孙桂英，像牛一样喘着粗气，一张惊愕的脸，张着大嘴，“啊”了半天也没说出一句整话。

四姨太醋意十足地剜了一眼大失常态的陈登朴，哼了一声，站起身冷冷地说：“陈团长，我先把这丫头带下去。”

陈登朴如梦初醒，恢复了常态：“别别别，刘先生是有身份的人，又是魏连长亲戚，胡小姐是刘先生的表妹，哪能让她去干粗活。我另给你找一个吧，胡小姐就留在我身边当秘书。”

四姨太气得一甩手走了出去。陈登朴打了一个哈哈说：“女人见识，莫介意。勤务兵——”

勤务兵闻声而进：“团长有何吩咐？”

陈登朴吩咐道：“给刘先生、胡小姐看茶！”

勤务兵上茶离去。

陈登朴说：“人言你们苍溪县一产雪梨，二出美女，果然名不虚传！我陈某闯荡半世，今天才一饱眼福。哈哈……胡小姐什么文化？”

孙桂英说：“读过几年私塾。”

陈登朴说：“这也算知识分子，我封你为少尉文书。跟我好好干，陈某绝不会亏待你！”

蔡家俊说：“还不快谢谢团长！”

孙桂英说：“只怕我干不好，误了团长大事。”

陈登朴说：“轻巧得很，每天只帮我整理文件资料，端茶倒水。勤务兵——”

勤务兵又走进来问道：“团长有什么吩咐？”

陈登朴说：“通知刘副官，给胡小姐准备一套住房，环境要清静点。”

“是！”勤务兵快步走了出去。

蔡家俊从包袱里取出烟酒递给陈登朴，说：“一点小意思，不成敬意。”

陈登朴说：“让刘先生破费。”

蔡家俊说："陈团长，我有一事相求。"

陈登朴说："今后咱们就是一家人了，有话直说。"

蔡家俊说："我想在团长的地盘上做点小买卖。"

陈登朴说："陈营长已向我讲了，这是好事，方便了我的弟兄。给你办个通行证，可以随便在我的三个营区走动。"

蔡家俊说："多谢团长！"

"我马上给你写张条子，你就可以去办自己的事了。"陈登朴边说边找纸笔。

蔡、孙四目相对，心领神会。

陈登朴将写好的条子给蔡家俊。蔡家俊提着包袱离去。

陈登朴迫不及待奔过去要搂孙桂英，恰在此时刘副官一头闯进来。陈登朴没好气地说："以后进门打报告。"

刘副官说："是！报告团长，胡小姐的卧室已准备好。"

陈登朴说："好吧，你先随刘副官去休息。"孙桂英随刘副官退下。

陈登朴倒在太师椅上，美滋滋地哼了一段《西厢记》里的唱段：

待月西厢下，
迎风户半开。
隔墙花影动，
疑是玉人来。
……

蔡家俊连夜赶回师部，把他侦察到的敌情作了汇报。熊厚发吩咐他还要利用到敌人各个营区推销烟酒的机会，进一步摸清陈登朴三个营的兵力分布点和火力位置，同时吩咐蔡家俊，一定要和孙桂英善于隐蔽自己，保护自己。

蔡家俊第二天一早便把烟酒等货物带回敌营，他身穿长布衫，背着背篓，一路走，一路叫卖："卖香烟，打烧酒。"

一敌军官提着空酒瓶走过来，叫道："刘老板，来两包烟，一斤烧酒。"蔡家俊放下背篓，取出两包烟，抱出酒坛，给敌军官打了一斤，又放回背篓。

敌军官假意掏钱，蔡家俊摆手谢绝，背上背篓离去，边走边吆喝："卖香烟，打烧酒！"

敌军官打开香烟，取出一支叼在嘴里，划火柴点燃，望着蔡家俊的背影说："刘老板真他妈够意思！"

敌团部，已是国军少尉打扮的孙桂英，装着收拾办公桌，快速地翻阅着各种文件资料。

蔡家俊背着背篓在敌营林立的碉堡、工事之间穿行，孙桂英将情报交给蔡家俊，他将情报藏在酒坛子里，孙桂英提着酒瓶子离去。

当孙桂英再返回团部司令部办公室时，陈登朴一把将她搂在怀里，强行亲她。正在这时，四姨太一步跨进门来，陈登朴尴尬地放开孙桂英，四姨太气得哼了一声，摔门走了出去。

陈登朴又要抱孙桂英，孙桂英挣脱道："团长别这样，我怕四姨太。"

陈登朴说："怕她干啥！臭娘们儿敢再对你无礼，老子宰了她！"

孙桂英说："我是正经人家女儿，你要是真心喜欢我，请不要这样随便动手动脚，我实在不习惯。选个好日子，明媒正娶。"

陈登朴大喜过望，说："好好好，今天日子就不错，我今天就娶了你！"说完又要动手。

孙桂英坚决地说："今天肯定不行，一定要先通知我父母。"

陈登朴死皮赖脸地缠着孙桂英，哀求道："姑奶奶，我实在受不了啦，今晚你就成全我吧！"

"不行。我已答应嫁你，但必须先通知娘家父母，选定一个吉祥日子，正式结婚后才行。团长，强拧的瓜不甜，你要把我逼急了，今天我就死给你看！"

陈登朴急忙松开手，笑嘻嘻地说："妹子，别生气，我跟你闹着玩。你马上去找你表哥，请他去趟你娘家。"

孙桂英赶紧出去找到蔡家俊，把刚才发生的事情告诉了他。

蔡家俊听了心焦如焚，咬牙切齿地问道："老杂种欺负你了没有？"

孙桂英在蔡家俊额头戳了一指头，说："放心吧，你老婆的便宜他占不了！"

蔡家俊说："敢！他要是占你的便宜，老子就把这条老狗给骟了！"

孙桂英扑哧一声笑着说："亏你说得出口！快去吧，我等你的好消息。"

六十七

蔡家俊赶回师部，把陈登朴要强娶孙桂英的情况向师里领导作了汇报。熊厚发与郑维山决定来个将计就计，请来妇女独立师张琴秋师长一起商议，派妇女独立师一团一营一连副指导员梁红梅、三排长李玉兰与独立师演出队龙玉秀、文秋芳以娘家陪亲客的身份前去保护孙桂英的安全，另外派侦察连韩副连长带四名战士以孙桂英娘家亲戚前往贺喜。熊厚发还告诉蔡家俊，总部把强渡嘉陵江的时间定在三月二十八日晚上九点，让他告诉孙桂英，答应与陈登朴结婚，时间定在三月二十八日，也就是后天。等后晚打响后，配合二六五团里应外合，端掉陈登朴的团部。

孙桂英得讯后告诉陈登朴说："我舅舅、舅娘同意了这门婚事，并找阴阳先生择了日期，认为明天大吉大利！"

陈登朴欢喜若狂地说："好，就定在明天！刘副官——"

刘副官走进来问道："团长有何吩咐？"

陈登朴说："明天是我和胡小姐的大喜日子，你马上为我着手准备，要操办得越隆重越好！"

蔡家俊说："按照当地习俗，娘家要来四名姑娘给新娘当陪亲客。"

陈登朴说："好！好！"

蔡家俊说："娘家还有五位亲戚要前来贺喜。"

陈登朴说："欢迎，欢迎！我会吩咐刘副官好好款待，不敢怠慢！"

渡江前线指挥部设在塔子山后潭子湾。塔子山上，几十门迫击炮对准着敌岸。塔子山后密林里，八十八师三个团的红军战士已集结在此待令出发。

师部在召开营团以上干部会议。

熊厚发说："望各团作好战前的一切准备，今晚九点我带二六三团实施偷渡，伺机接近敌岸，攻占陈择仁的登陆场。与此同时由郑维山政委带领二六五、二六八团快速登陆，全歼陈登朴两个营后，攻占回龙山，要坚决打掉陈继善一个旅，这样登陆场才算巩固，大部队才能安全渡江。二六三团攻占登陆场后，迅速将敌人控制的大批船只送到对岸，然后与二六五、二六八团会合，大家明白没有？”

众人回答道：“明白啦！”

敌团部，灯笼高挂，唢呐声声。陈登朴披红挂彩，满脸堆笑地迎接客人。

刘副官通报道：“新娘子表兄及娘家亲戚到！”

陈登朴迎到阶下。蔡家俊大摇大摆地带着化装的红军战士抬着彩礼走来。

蔡家俊说：“陈团长，恭喜恭喜呀！”

陈登朴眉开眼笑地说：“众位亲戚请！”

厅堂里宾客满屋，热闹非凡。司仪官吆喝道：“东方一朵祥云来，西方一朵彩云来。月下老人云台坐，红线牵出新人来！新郎、新娘就位！”唢呐高奏。

陈登朴身披红绸，牵出由梁红梅、李玉兰、文秋芳、龙玉秀四人陪着新娘子。

司仪吆喝：“一拜天地，二拜祖宗，夫妻对拜！”

宾客们大呼道：“陈团长，把新娘子盖头揭开，让我们先饱饱眼福！”

陈登朴喜滋滋地一把扯下新娘子头上的盖头。全场一片哗然，无不为新娘的美色叫绝。

魏连长死皮赖脸地叫道：“陈团长，跟新娘子亲个嘴儿！”

众军官立即起哄说：“对，亲一个，亲一个！”

欲火攻心的陈登朴巴不得有人来这么一句，猛地抱住新娘子，强行亲了一个响嘴。

厅堂里顿时炸了锅。孙桂英双眉倒竖，眼中喷火，但她发现红军战友，悲喜交集，两行泪水夺眶而出。

红军战士们一个个怒火中烧，手都不由自主地伸向腰间。蔡家俊伸手去掏枪，韩副连长急忙踩他的脚。梁红梅等四位女战士忙将孙桂英拉进新房。

宴厅内，觥筹交错，猜拳行令之声不绝于耳。

营长和连长分别向陈登朴敬完酒后，韩副连长也只好端着酒杯上去敬酒说："陈团长，你一定要赏脸！"

陈登朴说："人逢喜事精神爽，干！"

红军渡江前线指挥部里，徐向前眼不眨地盯着桌上的马蹄钟。王树声手握电话机，眼不眨地盯着徐向前。

当时针指向九时整，徐向前大手用力往下一劈。王树声即刻通过电话筒向八十八师下达急袭渡江的战斗命令。

红军战士们把船抬到江边，轻轻推入江中。熊厚发指挥二六三团全体指战员，立即登上大小船只。战士们以瓢代桨，轻声划船，夜来风起，江面的浪涛哗哗作响。

宴厅里欢声笑语，热闹非凡。

蔡家俊劝酒道："陈团长威震一方，今后还望你多多关照，小弟敬你一杯！"

陈登朴说："自家亲戚，应该，应该，干！"

陈登朴举目四望，宴会厅里却不见刘副官的影子，心想这家伙为何不前来给我敬喜酒。

此时刘副官正与他的四姨太搂抱在一起。

刘副官说:"四姨太，我得走了，要是让团长撞见，还不把我给毙了！"

四姨太说："哼！老东西让那小妖精迷得成天像掉了魂儿似的，心思哪还在老娘身上！"

刘副官说："四姨太不知有什么重要事情要我提醒陈团长？"

四姨太说："徐向前大军压境，虎视眈眈，陈登朴还有心思玩女人。我总觉得这伙人来者不善，新娘子和那四个陪亲客很可能是张琴秋手下的女红军。"

韩副连长前往厕所解手，正好路过四姨太卧室，听到房间有人说话，便停步在窗下偷听。

"我多次提醒过老东西，他总认为我是争风吃醋。再说由小妖精选择今天为大喜日子，会不会有什么阴谋？"韩副连长在窗下恨得咬牙切齿。四姨太说："老东西已鬼迷心窍不会听你的，你马上去把三个营长给我叫来。"

刘副官转身出屋，当他走到拐弯处，韩副连长一匕首结果了他的性命，拖至黑暗角落里，转身奔向四姨太卧室。韩副连长冲进卧室，一拳将四姨太打倒在地，反手关门走了出去。

红军突击队冲上岸，连续摸掉敌人几道岗哨。大批红军战士一拥而上，迅速占领了登陆场，并向东岸红军发出胜利登陆的信号。敌巡逻兵仓促进行抵抗，但很快便被红军歼灭。

一会儿，敌沿江防线响起密集的炮火，妄图封锁江面，炮弹在水中炸裂，激起十数米的巨浪。

四姨太被外面的枪炮声唤醒，从地上爬起来，提着手枪冲出房间。

宴会厅里，宾客们被外面的枪声吓得四处逃窜。蔡家俊拔枪在手，厉声喝道："都不许动，我们是红军！"他迅速开枪击毙几个企图顽抗的敌人。

与此同时，韩副连长和其他几位红军战士亦拔枪在大厅里与敌人展开激烈的枪战。

四姨太一脚踹开新房房门，冲进去对准新娘就是一枪，孙桂英猝不及防，倒在血泊中。梁红梅、李玉兰、文秋芳、龙玉秀四位女战士迅速拔枪还击，龙玉秀不幸中弹倒地。四姨太也同时身中数弹倒地。梁红梅、李玉兰、文秋芳提枪冲出房门。一群敌兵冲过来，三位女战士挥动双枪，左右开弓，敌人顿时倒下一片，余者掉头便逃。

蔡家俊将陈登朴追赶到一个小院墙下，陈登朴将打光子弹的空手枪向蔡家俊掷来，蔡家俊闪身躲过，陈登朴却趁机跃上院墙，蔡家俊连发数枪，陈登朴惨叫一声栽下墙来。

敌团部门口，梁红梅、李玉兰、文秋芳躲在石狮背后，与三面围来的敌兵展开激烈的枪战，三位女战士中弹牺牲。

蔡家俊和韩副连长冲过来，对准敌人背后一阵猛扫。又一股敌人冲过来，韩副连长中弹倒地，蔡家俊只身与敌人展开殊死激战。

登陆场上，钟团长指挥着战士们把缴获的大批船只抬运到江边。

红军大部队开始全面渡江，船来船往、人山人海。远处枪炮声、呐喊声此起彼伏，惊天动地。

黎明前的山路上，八十八师红军战士长驱直入，一路追袭，杀得敌人溃不成军，尸横遍野。

师临时指挥所里，熊厚发在打电话，说 :“徐总，我们八十八师解决陈登朴团后，一路追杀，全歼陈继善一个旅，占领了思依场。又在八庙场后的金龟山、守石垭一带击溃了敌江防总预备队前来增援的王志远旅。”

电话里传出徐向前的声音 :“好，太好了！这下登陆场算彻底得到了巩固，你们八十八师担任的渡江突破任务已胜利完成！下一步仍按原计划进行。”

“是！”熊厚发放下电话，叫道，“参谋长，通知三个团立即按原计划行动，拿下剑门关吃午饭！”

大路上尘土飞扬，熊厚发、郑维山带领八十八师红军部队快步前进。

陈登朴团部的枪炮声停止了，呐喊声也消失了，四下里静悄悄……

满脸血污、遍体伤痕的蔡家俊抱着血已流尽，但依然眉清目秀、楚楚动人的孙桂英，从贴着双红“囍”字的新房中一步一步地走出来，他神情木然地望着前方，双手托着孙桂英，迎着五彩缤纷的朝阳，从尸体上踏过，一步步地向江岸上走去。

红军大部队如潮水般地从他身边穿过，他抬头望着东天的旭日，好像要对太阳诉说着……少顷，他又低头俯瞰江面——

百舸争流，千帆竞渡！

红旗猎猎、霄气冲天！

他好像怕把孙桂英惊醒了似的，轻轻把她放在地上。他从过往的红军队伍中要过一把铁铲，开始狠命地刨着土坑。

过路的红军队伍似乎明白这里所发生的一切，都纷纷地向他和她致以庄重的军礼！

蔡家俊拼命地挥动铁铲，汗流浃背。他弯腰抱起孙桂英，在她那苍白的脸上亲了一下，然后轻轻地放进土坑里，重重地叩了三个头。

蔡家俊站起身，又回过头来向孙桂英的坟包敬了一个庄重的军礼，然后融进浩浩荡荡的红军队伍中，迎着太阳，朝着北方，向前，向前……

后　记

红四方面军强渡嘉陵江历时二十四天，十万人马全部过江，先后歼敌十二个团一万余人，攻占剑阁等九座县城，控制了东起嘉陵江西至北川，南起梓潼，北抵川甘边界的大片地区，大有北出陕甘，南攻成都之势，牵制了几乎全部川军，有力地配合了中央红军佯攻贵阳直插云南，巧渡金沙江。

孙桂英、梁红梅、李玉兰、文秋芳、龙玉秀等人在强渡嘉陵江的战役中壮烈牺牲，张琴秋下令把她们安葬在嘉陵江边，让当地人民世世代代地照看着她们。

红四方面军妇女独立师两个团三千多名巴山女红军直接配合红军主力三十军、九军作战，在攻打包座、腊子口的战役中立下了赫赫战功。蔡家俊、谭晓岚、冉兴华、肖红梅、简玉珍等人便是在著名的腊子口战役中壮烈牺牲的。

红军三大主力会师后，两千多名巴山女红军随红四方面军总部和四军、三十一军协守陕北。妇女抗日先锋团女红军随五军、九军、三十军西渡黄河，开始红军历史上最为悲壮的西征。张琴秋担任西路军军政委员会委员兼组织部部长，王泉媛被任命为西路军妇女独立团团长。西路军妇女独立团由原四方面军抗日先锋团一千三百多名女红军组成。一九三七年三月，西路军在河西走廊与马家军经过四十多天血战后，损失惨重。西路军总指挥部、五军、九军、三十军和西路军妇女独立团被围。此时两万一千多人的西路军，只剩下不足五千人，而且伤病员居多，已经失去了战斗力。王泉媛果断地请求由西路军妇女独立团断后，总指挥部和主力部队突围出去。西路军妇女独立团的任务完成了，但全团仅剩不足三百人了。在最后一战中，女红军战士大部分壮烈牺牲，被敌军抓住的红军女战士中，有的受尽凌辱，有的宁死不屈被押到祁连山上修公路，有的被带到西宁做苦工，还有一部分女战士被强迫嫁给了马家军下级军官，她们后来的命运结局极其悲惨。

西路军失败后，三十军政委李先念率仅存的四百余人急行军七天七夜穿过祁连山进入新疆星星峡辗转回到延安，为我党我军保存了一批极其宝贵的力量。郭威便是其中的一员，后来成为共和国的将军。

张琴秋和李秀贞在祁连山最后一战中弹尽粮绝一同被俘，后经党组织多方营救回到延安。张琴秋历任安吴堡青训班生活指导处处长、延安抗日军政大学第八大队大队长、女子大学教务处长。一九四一年秋，改任中共中央妇女委员会委员、解放区妇联筹委会秘书长。一九四八年十一月，出席国际民主妇女联盟第二次代表大会。一九四九年三月，当选为全国妇联常委，生产事业部部长。一九四九年十月，任纺织工业部副部长。一九五三年，当选为纺织工业部党组副书记。

张琴秋在纺织工业部工作了近二十年，把自己的后半生贡献给了社会主义建设事业，为祖国的纺织工业做出了重要贡献。但就是这样一位为中国革命出生入死，为社会主义建设事业呕心沥血的女将军、女部长，却不幸在“文革”中蒙冤遇难。

粉碎“四人帮”后，张琴秋的冤情得以平反昭雪，一九七九年六月二十三日，党中央为张琴秋举行了隆重的追悼大会，李先念、王震、余秋里、陈锡联、胡耀邦、徐向前等党和国家领导人参加了追悼会，徐向前元帅亲自主持了追悼会。党中央给予张琴秋高度评价：“无论在艰苦的战争年代，还是在社会主义革命和建设时期，她都是勤勤恳恳，兢兢业业，忘我地工作，为共产主义事业，贡献了自己的一切。她的一生是革命的一生，战斗的一生，全心全意为人民服务的一生。”

跋：巴山女红军影响了我的一生

我的家乡位于当年红四方面军川陕革命根据地中心所在地南江县长池坝。一九三三年初，红三十军开进长池坝，我家大院住了红军一个排。红军刚入川时，由于受国民党反动宣传的影响，除我的父母和祖父母外，其他五个叔伯婶娘全部拖家带口，远逃他乡。红军来了之后，并不像国民党宣传的那样可怕，红军战士有铁的纪律，与老百姓秋毫无犯，和蔼可亲。开初，红军战士睡在房前屋后，后来在我父母的再三劝说下才住进屋里。红军要用什么家具也非常有礼貌地事先打招呼，从不随便乱动，而且还主动帮我父母干农活做家务，比如耕田、种地、碾米、扫地、担水、劈柴等等。

红四方面军在我的家乡建立了长赤县苏维埃政权，把长池坝的“池”字改为“赤”字，也就是赤化长池坝的意思。红三十军在长池坝与数十倍于已的国民党军队进行着一场生死较量。那一仗打得异常残酷，虽然红军最后胜利了，但伤亡也很惨重。红军医院就设在我家大院的堂屋里，战斗最激烈的那几天，伤员每天源源不断地从战场上抬下来，屋里安置不下，屋外阶沿上、院坝里全部躺满了伤病员。我父亲参加了担架队，白天黑夜不停地运送红军伤员，运送粮食和弹药。由于伤病员太多，医护人员远远不够，而我爷爷本来就医术高明，正好派上用场，许多身负重伤的红军官兵是在他的精心救治下才得以康复的。我母亲和村子里又跑回来的妇女自觉组织起来，为伤病员擦洗伤口、换药、洗血衣绷带。记得在长池坝拍摄电影《巴山女红军》时，一次在禹王宫的革命文物展厅中无意间发现一个展柜中存列着一只土巴碗，上面有一段文字介绍：“这只碗是当年何朗书给李先念送鲫鱼汤的碗”。何朗书便是我的父亲。关于时任红三十军政委的李先念在中魁山战役中身负重伤在长池书院养伤的故事，从小便听父母讲述，但父亲给李先念送鱼汤的事却记不起两位老人说过没有。

原红四方面军总政治部主任张琴秋因得罪了张国焘，被贬为红江县（今四川通江县红江镇）县委书记，后又担任红四方面军总医院政治部主任。红三十军进驻长池坝后，总部派张琴秋率领通江妇女独立营到长池坝配合红三十军作战，主要任务是保卫长赤县苏维埃红色政权和红三十军医院。妇女独立营后来又扩建为妇女独立团，由张琴秋担任团长。妇女独立团的女战士绝大部分都是通（江）、南（江）、巴（中）穷苦人家的女孩子，其中还有一部分是川北地区命运最悲惨的童养媳，人们习惯称她们为“巴山女红军”。这帮苦大仇深的女孩子在张琴秋的带领下，很快便成长为能文能武、能征惯战的红军女战士。她们火线抬担架、救护红军伤员，有时还直接拿起枪杆子配合红军主力作战。妇女独立团的女战士们每天轮流到医院为伤病员洗衣服、擦洗伤口、喂水喂饭，还为他们唱歌跳舞，慰问演出。母亲便天天和这些英姿飒爽的巴山女红军们打交道。张琴秋也经常到红军医院来，母亲无数次领略了这位传奇人物的风采。解放后，县委工作队又设在我家大院，父亲被培养为积极分子，并很快加入了中国共产党，后来带头创建了全县第一个互助组和高级农业合作社，带领全村人民苦斗了三年，硬是把解放前一个十年九灾的穷村，改变成全县乃至全省的先进示范村。我父亲被评选为县地省和全国劳动模范，后来又担任公社党委书记长达三十年之久。

我母亲娘家是自耕自足的普通农民，外爷在农闲时也偶尔出外做点小生意，家境说不上十分富裕，但温饱尚能保障。然而天有不测风云，外爷在一次去木门赶集再也没有回家，托人四处寻找也无踪影，从此，十四五岁的母亲便撑起了这个家。母亲美丽贤惠、聪明伶俐、知书达理，精通针线，善理家务。而且她还有一副金嗓子，天生就会唱山歌。她的歌声一年四季传遍了杨家湾的山山岭岭，是远近闻名的“百灵鸟”。母亲还是一位故事大王，儿时夏夜里，我们一群孩子围在她身边，一边数着天上的星星，一边听她讲故事。她的故事比天上的星星还要多，讲了一个又一个。讲的最多的还是巴山女红军，在我很小的时候，满脑子都是巴山女红军。母亲还经常跟我父亲开玩笑说：“我要是当年跟张琴秋走了，没准现在把你接到北京去安家了呢！”

父亲打起哈哈戏言道：“你要是跟着张琴秋走了，怕骨头早就敲得鼓了。

假若能活到今天，怕也早给哪位将军当了夫人，哪还有我的戏唱？”

我一生对红军有着很深的情结，当兵时部队首长是老红军，在北京工作三十年间又接触了上百位红军老将军，其中一位便是原红四方面军巴山女红军、老一辈无产阶级革命家谢觉哉的夫人王定国。记得二十八年前，我在南河沿中组部招待所二楼一个套间里第一次见到了王老。原来她竟是那样的和蔼慈祥，就像见到自己的亲生母亲一样亲切，没有半点紧张和距离感。王老告诉我，她当年参加红军后到过我的家乡长池坝。一提起长池坝，也就自然带出了张琴秋和她们妇女独立团。说话间，一位女孩子叫王老吃午饭了，我便赶紧站起来告辞。王老却拉住我的手，无论如何也不让我走，非要留我吃午饭，说吃了饭再陪她摆一会儿龙门阵。我便难为情地留了下来，席间才知道王老因房子拆迁，临时安置在中组部招待所，等那边房子建好后再搬回去。照顾她生活起居的那位姑娘是她娘家的一个侄女，王老管她叫小王。饭后，王老让我参观她的书房。她酷爱书画，客厅、书房和储藏室里，放满了几十年来创作的书画作品上千幅。老人谦虚地说：“垃圾堆似的。”她最爱画的是梅花。花瓣是画上去的，枝干则是用嘴巴吹出来的。“吹画”的梅花栩栩如生。她最爱写的字是“红军万岁”，实际上王老没上过一天正规的学。

我对老人家的崇敬之情油然而生，便大胆向她索要一幅字。王老欣然答应，即刻铺纸准备笔墨，给我写了两幅字：一幅题字是“进取”，另一幅是“开拓”。最具有纪念意义的是，王老给我题字时，她的生活秘书小王还帮我照了一张珍贵的照片。王老将写好的字摊在地上，说要等干了才能带走。趁这空隙，王老给我讲述红四方面军妇女独立团的故事，以及张琴秋的传奇人生。

从此以后，我便成了王老家的常客。当时我的住地离王老家很近，天天往她家里跑，有时一天要去好几次。一进门，王老便给我讲张琴秋和巴山女红军的故事。她说，当年一部电影《红色娘子军》，让海南岛那支一百多人的红军女子连家喻户晓，而妇女独立团三千多巴山女红军的辉煌历程却鲜为人知。王老便无数次地给我下达任务，一定要将巴山女红军和张琴秋的故事搬上银幕，我也无数次地向王老立下军令状，保证完成任务。于是我便决定先创作一部长篇小说《巴山女红军》，并开始做一些准备工作。在以后的日子里，王老带我先后拜见了众多的红军老将军，其中不少还是党和国家领导人。他们都为张琴秋和巴山女红军题了词，并给予了很高的评价。其中原红四方面军老将军、原中共中央委员会副主席李德生的题词是“发扬红军精神，忠诚党的事业”；原中共中央政治局委员、原中顾委副主任宋任穷的题词是“向张琴秋同志学习,做一名合格的共产党员”；原红四方面军老将军、原全国政协副主席洪学智的题词是“张琴秋同志的革命精神永存！”原红四方面军老将军、原国务院副总理陈锡联的题词是“巾帼之星,光照后人”;原红军老战士、全国政协副主席康克清的题词是“张琴秋同志是我国妇女战线上的一面旗帜！”数十份题词原件均在本人手中保存，是一份极其珍贵的历史资料，将在适当的时候全部捐赠给川陕革命历史博物馆。

在此期间，我还采访了纺织工业部部长吴文英，以及张琴秋生前好友和亲属，搜集到了大量有关巴山女红军和张琴秋的宝贵资料。然而遗憾的是，长篇小说《巴山女红军》却因我连年忙于影视拍摄，迟迟未能完成创作任务。但一九九二年却与王老联合创作拍摄了一部反映巴山女红军的电视剧《张琴秋》，由原红四方面军高级将领，原国家主席、全国政协主席李先念同志为该剧题写了片名。

在红四方面军入川暨创建川陕革命根据地八十周年之际，我和夫人张仕芳女士联合创作了电影《巴山女红军》，并由中润海天传媒科技（北京）有限公司、中共巴中市委、巴中市人民政府、中共南江县委、南江县人民政府、四川传媒学院、北京环球联合国际文化艺术院等单位联合搬上了银幕。王定国老前辈为该片题写片名，并担任总顾问；原红四方面军老将军、空军副司令员王定烈，原红四方面军巴山女红军、开国上将肖华的夫人王新兰担任顾问。

电影《巴山女红军》在南江县和通江县拍摄期间,得到了中共巴中市委、巴中市人民政府、巴中市政协、巴中老区建设促进会、中共南江县委、南江县人民政府、中共通江县委、通江县人民政府、四川全丰酒业有限责任公司等单位的大力支持，我谨代表中润海天传媒科技（北京）有限公司及电影《巴山女红军》摄制组全体演职人员，对这些支持单位表示衷心感谢。

电影《巴山女红军》完片后，在川陕革命根据地举行了多场次首映活动，深受广大人民群众喜爱，截至目前已在全国农村电影院线放映了上万场。2015 年 4 月，电影《巴山女红军》被四川省委宣传部列入四川省加强领导班子廉政文化建设最佳影片在全省范围内进行展播展映。2015 年 12 月又荣获四川省第八届巴蜀文艺奖电影类铜奖。

在中国工农红军长征胜利八十周年之际，长篇小说《巴山女红军》即将出版。该书主要描写红四方面军妇女独立团这支妇女武装在川陕革命根据地的那段辉煌历程，是对当年三千多名年轻的女红军战士人生亲情与爱情、成长与苦恼、理想与冲突的多视角的展示，是一部欢乐与痛苦、追求与挫折的交响曲。长者回味岁月的留痕，后生畅想美好的前程。用诗意化、人性化之艺术手法，生动地描述了这些可歌可泣的川北姑娘们，如何从一个受苦受难的童养媳妇成长为一位文武双全，英勇善战的红军女战士，讴歌了她们为了推翻旧世界，建立新中国而不惜抛头颅、洒热血的高尚情操。同时也展示了她们热爱生活、珍惜生命、渴望和平、反对战争的强烈愿望。

感谢林中阳先生热衷于红色公益事业，给予鼎力相助。林中阳先生是中国著名的书法大师，他的作品分别被人民大会堂、中国国家博物馆等悬挂或收藏，代表作“中华吉祥龙”曾被当作国礼赠给外国元首，并搭载我国神州九号宇宙飞船遨游了太空。

《巴山女红军》弘扬的是主旋律和正能量，必将激励一代又一代的中华儿女，为国家的安定团结、繁荣富强不断拼搏进取。同时也再次告诫青少年们，胜利来之不易、忘记过去意味着背叛！

远山于北京 2016 年 2 月 18 日

（京）新登字083号

图书在版编目（CIP）数据

巴山女红军/远山著. —北京：中国青年出版社，2016.6

ISBN 978-7-5153-4197-2

Ⅰ.①巴… Ⅱ.①远… Ⅲ.①长篇小说-中国-当代 Ⅳ.①I247.5

中国版本图书馆CIP数据核字（2016）第117293号

责任编辑：侯群雄

*

中国青年出版社 出版 发行

社址：北京东四12条21号 邮政编码：100708

网址：www. cyp. com. cn

编辑部电话：（010）57350401 门市部电话：（010）57350370

三河市君旺印务有限公司印刷 新华书店经销

*

710×1000 1/16 15.25印张 228千字

2016年7月北京第1版 2016年7月河北第1次印刷

定价：27.00 元

本图书如有印装质量问题，请凭购书发票与质检部联系调换

联系电话：(010)57350337